U0450485

艾明雅 著

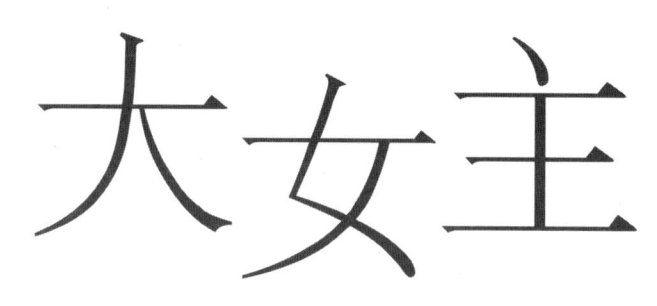

大女主

唤醒女性内在的力量

湖南文艺出版社·长沙

目 录

引　言 001

我这个不被定义的女性孤勇者 011

第一章　1.0版本　传统中国式女儿

辅助者的角色：没有资源的中国女儿　019

极简化养育　025

扶弟魔：中国家庭内部的资源流动　030

寄希望于婚姻　038

1.0版本的束缚，死也不能离开关系　042

妥协阶段的婚姻选择　055

看清婚姻和母职的本质，再考虑婚姻　058

母职吞没　066

离开令人痛苦的1.0版本婚姻　077

第二章　2.0版本　纠结的圣母

2.0版本女性：资源与关系的博弈　085

有限的资源 vs 被过高期待的关系　088

2.0 版本底层女性的觉醒　097

女性为何离开婚姻　103

学会打直球，拒绝猜猜游戏　113

突破刻板性别需求　122

善用关系的大女主　128

不要被婚姻的权力斗争，误导了自己的人生方向　132

如果这辈子选错了伴侣该如何　135

大女主，把男性当帮手而非救赎　140

不要陷入性别证明的完美主义　145

平视男性　151

具象化母职惩罚，然后跨越它　154

给家务设定时间　158

在普世婚姻里，淡然处之　164

要么守婚，要么离婚，拒绝成为怨妇　169

给坚持在婚姻里的女性一点掌声　175

大女主的 bug：别错把背负当引领　178

离开关系，但永远可以重建关系　186

离婚究竟是在离开什么　190

不需要等到 100% 溃烂，才结束关系　193

如果要离婚，你要敢于设想一个截然不同的人生　196

更新你的头脑剧本　204

从 1.0 版本出走的小花姑娘　207

离婚带娃，先找伴侣再谈父爱　214

孩子究竟应该归谁？　221

受控制的孩子，与备受控制的前妻　225

以离婚为镜，照见自己的固执意识　229

不要因为离婚，把自己变成"厉鬼"　232

第三章　3.0 版本　重新制定规则的女巫

江浙沪独生女：被羡慕的 3.0 版本人生　237

水土不服的海归女　242

深圳女孩：从 1.0 版本直接跨越到 3.0 版本的深圳女性　248

选择 1：适应单身，让关系来得更先进一点　253

选择 2：做权力女性，拥有比爱情更美妙的体验　257

选择 3：单身生育，为什么非要和男人结婚呢　261

选择 4：那些后悔生下孩子的伪独立女性　265

选择 5：六亲不认，和有毒的原生家庭分离　273

选择 6：拥有独立房产和空间　277

选择 7：不生育的自由　281

第四章　4.0 版本　勇敢清醒的先锋女性

那个庆幸自己没有去读女性主义的女孩　287

上野千鹤子：在日常中，温柔地领悟女性主义　289

III

伍尔夫：让高敏感促进你的天赋　292

波伏娃：有才华的女性，思考胜过一切　298

女性中年，什么是最后的依靠　304

后　记　309

引　言

1

当这本书还完全没有雏形、只有一点感觉的时候，出版人陈垦先生很兴奋、很笃定地对我说："这一次，我们要做点儿硬核的东西出来。"这瞬间得到了很多男性朋友半开玩笑、半质疑的回应："啊，中国女人还不够硬核吗？你看看我老婆，在家都快要反了天了！"

这恰恰印证了这本书的愿景。

看起来，如今的中国女人好像已经很"硬"。但是，做女性社群的我深知，很多时候这种"硬"只体现在一次吵架上，一种脾气、一种情绪的宣泄上，这个特质在上一辈，譬如五〇后、六〇后的中国女人身上体现得淋漓尽致：她们一边骂骂咧咧地抱怨自己太累，抱怨这个家，一边拉扯孙子，帮衬亲戚，顺便踢几脚在沙发上早已变成"不动产"的老头。

我们很"硬"，但没那么幸福。这不是"硬核"，而是"脆皮"。我们的"硬"只体现为"无可奈何的全能"，每日还要遭受社会的嘲讽，说"中年女性都是煤气罐，没有腰，一点就爆"。

这只是当代中国女性的表象。实际上，假如你真的去深入当代女性的生活，你会发现她们能挣钱、能上班、能带娃，但只有天知道她们有多累。她们做得那么多，但幸福那么少。在网络上，似乎每个已婚女人都很忙碌且愤怒，但背后常常是很深的委屈和伤痛。很多女性觉得是家庭问题，怪罪丈夫和婚姻；有的女性干脆水泥封心、绝情断爱，说"不婚不育保平安"——这是眼下年轻女性正在做的事。

我有一个留学归来的读者，她本想利用自己的专业在国内发展，可是没过多久，她又回欧洲了。理由无奈：她真的受不了同年龄的女孩眼里只有爱情婚姻这件事，而进入婚姻的女性似乎又沉浸于另外一种痛苦中。左右都是痛苦。她说在国内感到一种精神世界的阉割：既无法和她们聊历史，也没有办法聊权利，她们似乎都是从同一批生产线出来的，只想"找到一个不会让自己觉得太亏的男人，快点把自己嫁出去"，而嫁出去之后是一片关于婚姻家庭的哀号之声。

她想问，幸福的根源究竟在哪里？

我能够理解她所说的阉割。女性主义在中国的发展还停留在一个非常肤浅的斗争阶段。我们仅仅停留在女人觉得找对一个丈夫便决定了自己的人生这一层面上，还没有上升到生产资源在谁手里、权力在谁手里的层面。她们与丈夫争斗，与婚姻的某些不公争斗。有的争斗源自女性个体的成长不够，有些却是集体创伤，源自所有女人都没有办法抗衡的社会意识形态。

如果人生是一座金矿，大部分中国女性的人生，则刚挖出两块金石头就跟身边的人和事打起来了，这一打就打了一辈子。有一堆属于自己的金矿，但没挖出来就已经到了暮年，而且还接着斗，和老丈夫斗，和儿媳斗……

自我生命成长这件事，在中国普世女性中，几乎被家庭全然耽误了。

很多中国女人都只顾着发小脾气，看起来很厉害，但只要走入社会，在很多大是大非面前，瞬间变成一只被困在意识铁笼子里的凶猫。比如，发挥创造力和想象力，灵性和艺术上的成长，强大的社会参与精神，如何面对"荡妇羞辱""教育权利"，如何拿回"身体权利"，即生不生孩子，如何积极争取自己应得的家族资源财产，如何获得职场公平晋升机会，如何拒绝"男性凝视和评判"，如何摆脱一段内耗的婚姻，如何硬核面对"道德绑架"，如何在五十岁的年纪坦荡荡地恋爱，为自己再活一次，如何自由发挥自己的魅力，如何真正做到经济独立和人格自由的双系统运行……

大部分女人只能在一个男人、一个家里、一个村里横。很多时候，她们愤怒和所求的东西看起来是家务事的分配问题，但其实是权利问题。这种权利问题没有被解决，便会长期地，甚至经年累月地困住我们，让我们全然浪费了原本可以飘然灵动的人生。

2

没有哪个时期像如今这样，女性在自我与家庭之间有一场剧烈的价值观碰撞。

每每看到网上有女性在婚姻里不顾一切地开启骂战，停留在向男性乞讨一种爱、一种公平的层面上时，我都感到非常痛心。这种痛心源于大部分女人搞错了方向。这个世界，无论男女，人的最终目的应该是一种庞大的自我实现，而不是和伴侣的长期斗争。即便那是一条必经之路，它也必须有个期限。最终你要问自己：作为个体，我实现理想了吗？而不仅仅是——这个男人，他到底爱我吗？

我们每个人的幸福都取决于一个空间，而不是情爱这个点。这个空间的纵轴是权利、资源，代表我们的安全感；横轴是关系、家庭，代表我们的亲密感。

绝大多数的五〇后女性只有关系没有资源，所有时间都奉献给了孩子。到了七〇后、八〇后，有人提出疑问：我是否能够为自己稍稍留有一片天地？她们想要在资源上有所成就。而到了九〇后，很多女性开始激烈抗争：我一丁点儿时间都不想花在婚恋和家庭上，我只想在事业上攀爬，"不婚不育保平安"。〇〇后呢？一〇后呢？……

我们到底要留给未来的女性一个怎样的前车之鉴？

每一代人都在资源和关系这两个维度上给出了不同的答案，也获得了不同的幸福空间，但没有任何一个人敢说她有女性幸福的终极答案。

在写这本书的过程中，我面对这个"没有终极答案"的无限游戏，越是接触女性绵延百年的痛苦，就越感到沮丧、迷惘，找不到书写的意义，停滞了很长时间。但后来我觉得，生生不息就是书写的意义。

如果说女性也有乘风破浪这回事，那每一代女性都试图往更大的世界走了一步。我们试着在婚姻里拿到该有的权利，然后往婚姻围墙外更高远的世界再探索，比如事业、创作等，而不仅仅是让某个男人成为自己的天花板。

我们修好婚姻和关系这堂课，放下婚姻里的执念和无明，才能走向宇宙和旷野，那才是幸福所在。我希望能尽快地给身边的女性实现一种意识提升：和男人达成家庭的共识不是最终目的，而是实现自由人生的一座桥梁，我们要尽快从这堂课毕业。所有女性，让我们奔向更大的生命提升。在这个过程中，有时我们需要斗争，有时我们需要迂回、重新选择。

女性主义在中国的发展仅仅处于萌芽阶段，大多数女性非常懵懂、迷茫、随大流。她们似乎觉得自己的生活被什么卡住了，但没有办法看清，也没有办法厘清。但是，我们有先锋、向导、朋友、母亲、儿女，我们将永远在路上。因为有彼此，所以不孤单。

我试着在这本书里探讨一种更大胆的、更开阔的人生理论，展开一些案例，把婚姻这个几乎占据中国女性人生的重大事件，仅当作女人的一部分去探索，让很多感觉被困住的女性去看看，在离开或者留下之外，是否有更多的人生可能。

第一，让她们摆脱受害者情绪，客观评价眼下的婚姻是真的不值得，还是对婚姻的理解方式不对；或者说，她们在婚姻里没有用更开阔的女性思路去生活。

第二，给那些在婚姻里找不到出路但不想离婚的女性展现一条精神上的出路。不一定是离婚，离婚也可以只是其中的一个选择——我太了解大部分中国女人，她们并不是想要打倒男性，也并非想破坏家庭，她们的控诉只是在索爱，而索爱很大程度上源于不肯放弃性别红利。

第三，让那些真正想要"离开"的女性不再哭泣，找到一条平静而坚强的道路，抛开道德枷锁。

去年，综合离婚率将近百分之四十，也就是说，有四成女性不再把家庭和婚姻当作自己最后的归宿。我写这本书的时候，上海的生育率已经跌到了零点六，再过三十年，中国女性的集体归宿可能是一片生活价值观的旷野，这将是一个巨大的考验。如果我们的归宿不仅仅在生育孩子和为家庭奉献一生，那我们去哪里？事业会收留我们到最后吗？

八〇和九〇这一代可能要十分负责任地承担开启新时代的责任。假如婚姻家庭幸福只是幸福模式之一，那其他幸福究竟长什么样子？

未来社会对女性而言犹如旷野，有无尽资源、无尽可能，各种模式，百种生活的模样，需要百般武艺。它再也不是家庭农场，过往那种被家庭和婚姻圈养式的女性生存环境会变得稀少。你如果秉承一个非常单一的幸福价值观，到时候可能会遭到巨大冲击，令你恍然，生活会变得痛苦。

与其等到那个时候自艾自怜，不如从现在开始稳固心性，面对剧变，承接一切不确定性。所以，我试图把中国式女性主义写得更本土化一些。

3

在这本书里，我不想做一种干巴巴的学术讨论，而是借由一个又一个活生生的女性样本，用她们唯一的人生去实验。我们究竟还能去哪里？单身是否可行？社区养老是否可行？假如家庭令我不幸福，换一种生活方式是否能得以善终？我能否在五十岁开始学画画，成为一个街头艺术家……我的未来有没有我未解锁的模式？

未来是否有那么一天，我们终于可以放下男女情爱、红尘争斗，去发掘生命本身存在的一种灵感？我们是否能够跨越资源和关系，等到真正自由灵动的那一天？

古典老师说："未来职场只有一种存在，即超级个体。它会不断进化，不断演变，有巨大的学习接纳能力，不断地适应这个多变的世界。"

我想，女性生存世界也一样。

我们必须承认，女性虽然羽翼未丰，但在接下来的时代，笼子的门将会打开。要不要走出去，是每个女性自己的选择。在未来，唯有硬核女性才得以生存。女性要真正意识到，这将是一个靠自己的时代。不仅仅要在经济上，更是要在精神上，走出意识的牢笼，走过情爱的束缚。不再是作为一只痛苦挣扎的笼中"凶猫"，而是真正成为一个快乐自由、尖牙利齿、灵活多变、有强大生存和领导能力的强大的女性（母性），自由奔跑在路上。

未来只有一种女性能够得到幸福。她们足够"渐变"，足够硬核。她们打破思维的墙，成为旷野上奔跑的母狼。有时捕猎，有时育儿，但知道自己要去的方向。我想让每个女性都拥有自己的定制版、限量版人生，不仅务实，而且极度有想象力，极度浪漫。

我尝试提出一个从 1.0 版本女性到 4.0 版本女性的进化过程。

曾经有人说，一个完美的女性身上要具备四种灵魂：小女孩、圣母、女巫、女神。

小女孩是我们最初的1.0版本，我们从父亲手上的乖女儿转移到丈夫手上服从的妻子。我们没有资源，期待完美的关系解救我们。

圣母是生了孩子以后的我们。我们似乎完全被剥夺，被强占时间，但有一个强大的自我在持续生长。我们获取资源，却又受困于这个内在的蓬勃感，常常"自己都hold（控制）不住自己"。在这个阶段，我们感到无奈与痛苦、不甘和挣扎。我们既舍弃不掉家庭的温暖，又没有办法与内在那个蓬勃的自我抗衡。在这里，我们要完成一种自我的突围和剧变。

女巫是那些不按照社会期待值活着的女人。她们自由地使用自己的身体权利——生育或不生育，发挥自己的灵动性、创造性，成为高精尖的科学工作者、医疗专业人士，甚至从事政治。她们超越了社会对她们的"身体只是用来创造劳动力"的束缚。在某些特定时代和领域，她们被称为"女巫"。她们拥有强大的资源，对关系的态度也是似有非无。

女神，在很长一段时间里，我们只能驻足于某一个角色，直到有一天，我们穿越时间，整合能量，把这四个元素灵活地加注在自己身上，真正地实现我本具足，在资源和关系之间随意切换。这是目前我心目中虽不能实现完美存在，但能好好活着的一个状态。这是我认为的真正的大女主。她足够全面、足够灵动，不再索爱，而是给得出力量与爱，领导其他女性走向更好的人生。

这是本书中我最想要传达的观念，从而让所有有血有肉的女性能够找到自己的人生坐标。此时此刻，我究竟活到生活的哪个维度了？而不是每日如同面对荒野，茕茕孑立，举目无援。

最后，我想鼓励每个女性都尝试活成一个美妙的"大女主"，能够经济独立、人格自由，拥有爱与温暖，打破一切限制性的信念和传统陋习，摆脱弱者受害情绪，成为命运的主人，真正为自己而活，将自己的天赋和创造力发挥到极致。

祝我们，终将得到想要的一切。

我们最大的优势从未改变。我们是女性，我们会互相帮助，获得族群力量，这是我们生活里最隐秘的支持关系。

我们每个人都是自己人生剧情里的大女主。

你的朋友　艾明雅

我这个不被定义的女性孤勇者

让我们从一件有趣的亲身经历走入这本书。

在我写完《小野兽》不久后的一个晚上,一位许久未见的男性朋友打电话给我,勃然大怒,因为他的妻子坚持要和他离婚,而他认为这一切和妻子无关,而是受到了"我这种女人"的影响,即便我和他的妻子已经好几年没见过面了。

我并没有生气,而是戏谑他:"那你说说看,我这种女人是什么样的女人?"

他怔住了,没想到我会这样反问他,就骂骂咧咧地把电话挂了。

后来在聚会的时候,我把这个故事当作笑话讲,朋友们听了都乐不可支。但随即他们认真探讨起来,"我这种女人"代表哪一种女人?那一晚,我们有了一次非常深刻且激烈的关于人生观的讨论。我们得出的结论是,在那位先生的眼里,我大概是"无法被描述和控制的女人"。

我的一位男性朋友说:"光是这一点,已经足够令传统的中国男性害怕了。"

我的女性朋友说,我好像是她们身边唯一没有被什么东西困住的女人。

后来，我长期地思考着这个问题，越想越觉得是如此。事到如今，的确没有什么困住我了。单身没有困住我，婚姻没有困住我，离婚没有，再婚也没有，孩子没有，工作也没有。

我的父母没有控制我，他们让我自由地接受了教育，自主地选择了职业和婚姻状态，甚至当我发现第一段婚姻并不适合我而选择离开时，我的父母也没有在这件事上对我过度评判。在我完全独立后，当大部分女性喊着再也不结婚、再也不相信爱的时候，我又胆大包天地恋爱再婚了。有时工作收入高，我就去工作。但当我发现当主妇依然很自在时，我又退回家庭几年，保持写作状态。我从不认为自己失去了价值。

截止到目前，没有任何一个男人、一个空间，或者母亲的身份，控制了我的生长。换句话说，是我自己不允许任何一个身份定义我，成为我人生的天花板，更别提为某一个男人彻夜伤神，一生困顿。

我没有固定模式，没有执念，没有任何不能改变的状态。我一直在自由地爱，也在自由地选择不爱。我不认为某个工作形象一定能代表我的全部。

软弱没有控制住我，坚强也没有。我几乎没有什么限制性的信念和执着——在人生路上是全开放的。或者用一句如今很流行的话："我是臣服于生命的。"我对一切都说yes。身边的人说几乎从未见我抱怨过什么,对于所遭遇的一切,我好像都觉得"嗯,那太好了"。而且,保持这种"太好了"的信念感之后,身边的一切真的都挺好的。

我穿越了女性周期,从一个懵懂的女孩到一个独立闯荡世界的成熟女性、自主思考的母亲,从为自己的价值而反叛到目前比较和谐的状态。内在的那个自我,随着年龄的增长真的成熟了,具有了一个强大的内核。

我的生命轨迹与任何人都毫无关系。是女儿,是母亲,是妻子,都可以,她们都是我,但她们都不能代表全部的我,只能一步步构成完整的我。我的内在成为一个很成熟但不失去乐趣的女性,我很早就知道此生要去哪里、使命是什么,任何关系都不值得我与之缠斗。我将心无旁骛、步履不停地去遇见最好的那个自己。

我正在全然接纳地去体验我的人生。

曾经有一位佛学老师对我说:"早早知道人生的任何事情都只是一份暂时的礼物,要享受它,但不执着于它,能理解这一点也许是一种慧根,更是一种幸运。"

但我知道,大部分女性的内心没有这么幸运。这条路其实并不容易。她们大部分会在情感受挫以后,停顿在某个阶段,缠斗下去。她们看起来很生猛,但内在有一个瑟瑟发抖的小女孩一直在哭泣。她们有了丈夫，就成了妻子本身；有了孩子，就成了母亲本身。但一切的困境是由这个消失的自我带来的。

无数女性对我说，她们靠着看《嘿，三十岁》，走过了自己最孤单的产后岁月。那么此刻，面对四十岁的盛年，我将继续陪你们一起，好好看一看你的这条人生路走到了哪里。你有没有真正成熟起来，找到你的坐标，点亮你的路灯。最后的最后，你成为一个可以裹紧风衣、独自上路、勇敢成熟的女人，内外一致，灵魂和鸣。

在这条寻找幸福的道路上，我比较了大量的案例，抽丝剥茧地厘清了很多女性的人生。我的脑海里逐渐出现一条线索：从1.0版本进入2.0版本、3.0版本，甚至4.0版本的女性，那些活生生的女人。我总结出外在的四种女性集体身份，以及内在的两个元素——资源和关系——对我们女性内外的交织影响。此处先做一个简单的介绍，之后我会慢慢地用很多故事，详细地阐释这四个状态：

1.0版本女性：服从的女孩，零资源到全关系

2.0版本女性：抗争的圣母，一般资源与一般关系

3.0版本女性：叛逆的女巫，强大的资源和被弱化的关系

4.0版本女性：和谐的女神，融合的资源与关系

这四个版本被总结出来后，我自己都感到有些兴奋。这四个意识让我得以充分解释，为什么现在我们女性的生存状态如此诡异：为什么网络上看起来在发达社会，现实中又像回到了清朝；为什么网络上"有毒"的情感导师那么多，却依然解决不了很多女性的问题，反而让她们更脆弱；为什么女性之间难以达到统一；为什么我们读了那么多书却过不好这一生；为什么我们一边反对婚姻不公，一边又有那么多女性过不好单身生活，感到孤独和苦闷。

这四个意识的厘清，能够让我的女性读者朋友们更加清晰地去理解自己一路走来的人生。这四个意识能够解释很多的女性问题：婚姻纠葛、重男轻女、女性教育、婚姻家庭、职业瓶颈……更能让我们知道我们的成长空间还有多大。

有时候，我们一直是那个惴惴不安的少女，被封建的父母牢牢控制着精神，这一控制就到了四十岁——夜深人静时发现自己还是个很胆怯的少女。有时候一旦成为母亲，我们感觉自己整个人生被孩子吸干了。社会用最完美母亲的标准要求我们，我们也开始慢慢地为孩子而活，却在整个社会对母亲的赞扬里变得枯萎。有时候，我们受够了这个闭塞的世界、这个对女性不友好的环境，关上心门，成为一个女斗士，爆发小宇宙，剃掉自己的头发，咒骂男性，绝情断爱。

但实际上，亲爱的女人们，那都是我们，但都不是最后的我们。路漫漫，还有更美好的你等着绽放。如果我们卡在这四个阶段的任何一处，我们的生命就会被卡住。要坚信，一个女性此生能走到什么高度，能达到怎样的快乐和自由，取决于多大程度上能走出庞大的集体意识，多大程度上能勇敢而聪明地走向个人独特的自由意志。

第一章

1.0版本　传统中国式女儿

不管我们出于生计从事何种其他类型的劳动,社会总是期望我们给男人生孩子,向他们提供性服务,而这种期望常常是强加给我们的。

——《超越身体边界》

辅助者的角色：没有资源的中国女儿

一个女人，此生来这个世界是做什么的？

请大家记住这个问题。

对封建传统的父母而言，女儿就是为另一个家庭传宗接代、生儿育女的。在1.0版本里，女性＝女性身体＝性和子宫的提供者。同样，在1.0版本的婚姻里，男性的目标和理想理所当然地代表了妻子的理想，他想去哪里都可以，他是船长，妻子只是船上的厨师而已。

普通的中国女性有一个很强大的内在意识出厂设置包，里面装满了我们对于男女、婚姻家庭、人际关系、工作、自身发展的设想。而这个设想，大多是从我们的原生家庭潜移默化习得而来的。而且，大部分都是被灌输的。"男大当婚，女大当嫁""女孩子读那么多书做什么，迟早是要结婚嫁人的""干得好不如嫁得好"……诸如此类的言论在我们这个国度已经充斥了很多年。

其中的任何一条都代表社会的"原始信念"，有多少个由这样的信念组成的压缩包，就有多少个闭塞的女性人生。我管这个叫"1.0版本女性"。这个阶段的女性关于男性、婚姻、社会的意识都还是乡土化的，所谓的人生路线，连女性自己都是模糊的。

费孝通先生的经典书籍《乡土中国》，有一个版本的封面上写着一句话："当下的中国，依然是乡土性的。"我在想，这个"当下"还可以在封面上印多少个年头。如果整个中国的社会形态是乡土性的，那么中国的婚姻模式、对于女性的大众认识，也只可能是乡土性的。如果是这样，那么男人就一定是关系的主体、经济的主体、家庭的主体，女性无论接受多少教育，都会成为这个结构的附属品，是打辅助的那个人。

假如这个压缩包里有一条"父母认为女孩读书是没有用的"，那么，她的教育权就丧失了。如果在潜移默化下，女孩自己也认可了这个观念，她也许就会在努力读书和迅速结婚之间选择后者。如果一个男性在婚后有着繁重的工作，那么女性就不得不成为那个辅助的人，就一定会选择不去工作。

三十多年前，我有一位亲戚，她长得非常漂亮，十九岁高中毕业后，迅速和一个男孩坠入爱河，谈婚论嫁。那个男孩的学历和能力等条件都很一般，在大家看来都是配不上她的，但她沉浸在爱情里无法自拔。当时，家族里学历和认知比较高的只有我母亲。在中学当英语老师的母亲苦口婆心地劝导她，叫她不要这么早结婚，并提出由自己出面，去县城一个很好的部门给她找一份工作。

在那个年代，我母亲就认为读书和工作对一个女人而言是一个巨大的人生底座，这个思维已经很超前了，当时大部分人都没有这个意识。整个社会认为女性嫁得好就是一切，完全忽视了工作对女性命运之改变有多么重要。大家都认为只有男人需要前途，而女性需要做的就是辅助一个男人的前途，或者拿到这个男人的前途果实。

几十年后，这位亲戚已经半百，如今经历人生风霜的她常常会对着我母亲叹气，说如果当年听了我母亲的话，大抵比现在过得要好很多。这么多年过去以后，她发现并不是所有男性都一定有前途，且有前途的男性未必是一个家庭的幸福保障。女性的可能性在这种辅助模式里丧失了。

但这是她的错吗？未必。她无从选择，没有别的道路。这是大部分中国女孩的出厂设置——长大成人、结婚、生子，这是一种既定的、主流的、女性必须遵循也几乎没有多大能力改变的轨道。

我的一位朋友有严重的安全感问题，她向我倾诉小时候她母亲常常在夜里哭泣，向年幼的女儿控诉丈夫有多么恶劣、多么不负责任。那么小的女孩承受着母亲铺天盖地的悲痛和怨怼，母亲还一遍遍地灌输：如果不是因为害怕女儿没有完整的家庭，她就会离婚。

因为这件事，她一直对母亲耿耿于怀，但是我对她说，你想过没有，你的母亲选择忍耐，有可能是在那个时代对你们母女最好的选择。离开你的父亲，她在那个时代会举步维艰，你甚至连学业都无法完成。我们不能这么苛刻，一边拿着母亲自我牺牲带来的红利，一边又嫌弃她们不够独立，只能坠落在婚姻里。在过去，这种大批量的女性命运是一个命定，而非一种选择。即便在现在，网络上独立女性的声音喊得非常响亮，但与现实也有很大鸿沟。去看你身边的女孩，这条路的席卷能量仍非常强大。

再谈另一个故事。

在某县城有一个男性，他的妻子在生孩子时难产而死，一尸两命。办完丧事后，他做的第一件事竟然是去岳父母的家里，找还沉浸在悲伤中的二老谈判，看能否取回他结婚时给的彩礼和三金。坊间当然一片唾骂之声，认为这个男人冷血无情，背信弃义。

他们假如知道"1.0版本女性"的概念，虽不能接受，但能立刻理解这个男人为什么会这么做。因为在这个男人的眼里，妻子不过是万千女人之一，他当年攒钱娶老婆的唯一目的就是生儿育女。这是他为自己的人生所做的一笔交易。他按习俗为女方付出金钱，可是在"生产过程"中出现了不可抗力，他没有收到"订的货品"。他隐约觉得某一种约定俗成的人生合同没有被履行，于是找"供货方"索要他的本钱，弥补他的损失，以便再去找别人家"订货"。

没有人在乎那个死去的女人长什么样子，她笑起来是不是有酒窝，她会不会写作、画画、唱歌，她是否也曾有过梦想。她的面容非常模糊，"妻子"就是她的名字，"子宫"就是她的功能。除了辅助，她还要具备传承的功能。

总的来说，女性的自主意识在婚姻里是被淡化的。她们需要什么不重要，男性需要她们做什么才是重要的。"男性出门的时候把所有家务都留下了，而女性出门时则把所有的妻职和母职同时打包带走了。"

这个故事的本质是，女性被当作一个生育机器来进行交易。这是一个血淋淋的婚姻本质。在过去的几千年里，女方付出一个女人，男方接收一个妻子，让她生育孩子，延续家族。

通过以上两个故事，我想说的是，曾经这就是我们女性的命运，在传统的婚姻社会里，这就是一个流传时间最长、遵循人数最多的基础大套餐服务。如果这个基础服务能正常履行和运作，那么，它就会成为最稳定、性价比最高、最方便管理的社会最小生产单元。

在某种暗流之下，所有女性都只有一个名字，叫作子宫。无论你的理想是什么、你想做什么，或你是否真的想成为一个母亲、一个妻子，那都不重要，背后的力量会把你推进这两个身份里。有些女性甚至这一生都没有机会思考、没有能力质疑这是不是我们生存的唯一方式，就被推了进去。

请各位记住这两个故事,这是"1.0版本女性"的核心。这两个故事此刻看起来还非常简单和赤裸,但它几乎是这本书的起源。只有深刻理解它们,才能一步步走进庞大的女性生存空间,看看我们面对的究竟是什么,我们的幸福之路究竟要如何规划。

《女孩子:勇敢生长的书》

扫码加入

文艺的壁 勇敢者

极简化养育

一位二十四岁的读者对我说,她非常讨厌回江西过年。在她母亲的眼里,年纪已经很大的她非常碍眼。因为她不结婚,家里收不到彩礼,没办法给她弟弟安排婚事。幸运的是,弟弟在深圳找了个女朋友,两个人非常独立,谈婚论嫁也没有要什么彩礼。但是母亲不高兴,因为弟媳尽管没有找这家人要彩礼,但完全不回江西。他们在深圳很独立地过着他们的婚姻生活。母亲想要和儿子住的梦想就破灭了。

这个女孩笑称自己是家族的"鲇鱼",她的晚婚以及弟弟的"独立婚姻",似乎瞬间把这个家庭的某种系统打乱了,令老一辈措手不及。

他们打乱的是一种既定系统:1.0版本里面,每一个女性的诞生都是为了二十年后另一个男性的家庭劳动准备的,俗称"女儿迟早是别人家的";每一个男性都要承担起原生家庭的壮大和赡养义务。

在过去的社会里,女儿不具备资源生产力;儿子则拿到了全家的资源,也背负了全家的责任。养育女儿等于未来会失去一个免费的家庭劳动力,而养育儿子意味着他会带回一个免费劳动力。在很长一段时间里，劳动力意味着财富。

这也是为什么很多女孩从小到大不受传统父母的重视。一个公司不可能给一个迟早要被切割掉的部门投入很多养育成本——很多不待见女儿的传统父母没办法这么精准地表达这个意思，他们喜欢用"女儿迟早是别人家的"这句话来呈现他们轻视女孩的合理性。生女儿意味着没有人种田、没有人挑水，还没有名声。养女儿唯一的价值就是嫁个好人家，换几头牛回来，如果换不回来就更不用关爱了，最好是用最低的养育成本，换回最高的彩礼。

这是一种非常极端的情况，但它就是 1.0 版本运行的基本逻辑：女儿是资源的输出者，儿子是资源的提供者。这是很赤裸的表达。在现实生活里，有时候要给这个结构包一件温情的外衣。比如家庭对女儿依然很好，但默认房产和钱财，即资源，是儿子的，这是大部分中国家庭的底线。

所以，这个江西老母亲很愤怒的是，不仅女儿没有作为劳动力输出换回财富，儿子也没有如她所想带回一个劳力——因为儿媳经济独立且性格强硬，生子后，坚决不和婆家同住——她想要的"资源"没有兑现。

这是一个现代而自立的婚姻家族故事，但大部分时候依然有陈旧的故事存在。

有一次，我看到一个令人非常心酸的视频。一位农村的新娘在寒冬腊月，泪流满面地拽着一双筷子不松手，而旁边一对七姑八姨摁住她，要她把这双筷子丢在地上。我才知道，在 21 世纪的今天，这依然是很多地方的风俗：新娘在出嫁时丢下一双筷子，意味着从此不吃娘家饭。他们生怕女儿带走原生家庭的一丁点儿资源。这个女孩从此没有靠山了，生她之地，生她之人，连一双筷子都不能留给她。她的父母、大家族、环境均不觉得有任何问题。因为背后强大的基础就是，她的价值要被买走，娘家不可能再给她多少附赠价值。

我称之为"传统中国式女儿"。绝大部分传统中国式女儿的背后都有这样一套生存系统、一个强大的信念：女人没有男人重要，女儿没有儿子重要，女人必须依附男人才能活下去。这种信念在内心深处可以把控女性灵魂的存亡感：有男人我就存在，离开男人我就灰飞烟灭；没有关系，我就什么都不是。

网络上常常有这样半开玩笑半心酸的视频：女儿问母亲，谁对你最好？老母亲回答：你。如果再问，那你的钱和房子留给谁，母亲很自然地回答：我儿子。

这种令人心酸的意识之于女性，就像小象脚上的链条。即便多年后，她们成为独树一帜的独立女性，具备良好的经济能力，但只要把她们放回自己的家里，她们就会成为被指摘的那一个、被教育的那一个。连她们自己都意识不到今时已经不同往日。这种意识的捆绑让她们早就放弃了挣扎。心酸两个字长存于传统中国式女儿的心口。

女儿们长大后遇到人生困境时，那些独立自主的思想被强行灌输给她们，就像把苹果系统装进一台诺基亚手机。大部分中国女性的独立是半路独立、是磕磕绊绊的独立、是四不像的独立，即便她们有了钱，那种午夜梦回什么都没有的感觉还是会随时出现，这也是为什么在目前阶段有一批经济独立的女性，好像过得也并不好。底层意识不兼容，那种恐惧永远存在于意识里。

没有被无条件爱过的人生，永远需要修复。

"1.0版本传统中国式女儿"是我这本书里一个很重要的概念，我形容这种女性还没降生就被期盼性别是男，生下来后被嫌弃性别是女；总是很听话、很懂事、很孝顺，觉得自己不如兄弟；缺爱却总是沉默，期盼爱却总在落空，想要伸手要一点儿什么却总是默默收回手。传统中国式女儿对女性能量认定的原始系统被否认和更改了，这让我们一生都在摇摆和不安中度过。

就像"苹果里的钢针"。一位叫刘耀华的艺术家，在北京郊区承包了一座果园，在五月份苹果还没有套袋之前，他给每颗小苹果插入了一根细细的长达三点八厘米的钢针。他本以为钢针会随着苹果的长大被接纳并留在体内，但完全没有想到，钢针在持续伤害着这些苹果。这一百七十五个苹果，有的很早就枯萎掉落，有的从内部开始腐烂，烂在枝头，有的即便磕磕绊绊地长大了，也非常羸弱、畸形。这个作品触动了很多人，大家能够体会到，这些苹果作为生命，如何在一分一秒地与钢针作斗争。

能够想象，传统中国式女儿的集体业力就如同这根钢针。那种不被爱、永远没有弟弟重要、永远比不上男性的感觉，即便在成年后，仍留在了所有女性的心中，影响着她们做妻子和做母亲的感觉。当一个女性的出生以要带走资源为指向，且不被作为丰富美好的个体养育时，她便会无感进入男婚女嫁的婚姻。

很多"1.0版本女性"带着这根痛苦的钢针，诞生了。

扶弟魔：中国家庭内部的资源流动

典型的传统中国式女儿的痛苦，有一种具象化体现：扶弟魔。

这是一种在资源和关系之间的博弈。扶弟魔的典型特点：无论一个家庭的女儿靠自己的双手获取多少资源，她的父母都默认她的资源应当分属于她的兄弟。扶弟魔的危害之大，导致现在很多年轻男性甚至把"女方没有弟弟"作为自己的择偶标准之一。换句话说，传统中国式女儿没有个人财产，所有的财产被默认要进入原生家庭。

在1.0版本里，对女儿很残忍的是，社会意识默认女儿应该是一个"被家庭吸收的部分"。有一位人口学家说得更赤裸，很多女孩不被期待，她们被认为在娘胎里就应该被"吸收掉"，这部分营养应该提供给后来的"男胎"。如果她们被生下来了，那么这个供养问题就会表现在经济上。

有时候这种攫取很显性，比如一个姐姐有了钱，父母会直接要求她给予弟弟或者哥哥一定程度上的经济帮助，以便兄弟能够在婚恋市场里更有资本。而有时候这种攫取很隐蔽，往往是父母过于弱化兄弟本身应当负责的一部分赡养义务，将这种义务转嫁给女儿。

我的一位读者说，她快被父母吸干了。

她弟弟结了两次婚，第二次又离了。每一次结婚都要到她这里"借"一笔。作为姐姐，她实在不忍心看弟弟到最后也没有一个家庭。我说，你不让他承担自己的人生，其实也是对他的一种耗损。

很多独生女无法理解那些非独生女为什么一定要"扶弟"，我以前也会想，为什么很多传统父母能那么理直气壮地索取女儿的钱？后来我找到了原因，如果不付出，女儿们会被迫失去关系，而让女人失去关系，在伦理社会里是一个巨大的精神上的恐吓和心理上的惩罚。对于1.0版本的乡土家庭父母而言，他们是真的认为"一个女人哪里需要那么多钱，不如把钱分给需要钱的儿子"。在这些传统人的眼里，女人最重要的人生任务是维系关系，而不是积累财富。

一个女人，和自己的娘家有良好关系；早点嫁出去，找个好婆家，拥有一个好的关系；不能太自私，要和亲戚们有往来，维持关系；和弟弟有个好的关系。哪个女人能做到让娘家满意，让婆家喜欢，让老公孩子都认可，就可以算作成功了。

而男性不一样，他们要有钱、有资源才可以。不管这个钱是他们自己赚来的，还是从姐妹那里吸血来的，都不重要。他们必须有钱，父母才能放心。所以，这是一种价值观的完全对立，甚至折射出整个传统社会的价值观：女人必须有关系，男人必须有财富。女人要那么多钱没有用，有关系才有一切；男人不需要维护情感关系，有钱就行。

而实际上，在我对八〇后女性这个群体长达十年的观察中，我发现这个价值观既搞坏了男人，也埋没了女人。男人认为自己不需要承担家庭责任，女人失去了自立和创造的动力。现在，为什么很多人觉得女人变了？就是因为她们开始拒绝关系，走向资源路线了。当道德绑架不了女人，用断绝关系也威胁不了女人的时候，她们就变得很无敌了。

很多女人开始明白：我不需要满足你的期待，也不需要那么多关系，只要我能赚到钱，我也可以过得很好。在人生坐标上，女人多了一个选项：成为资源创造者本身，获得满足感和安全感。女人认识到这一点之后，很多人不满意了，包括女性的父母，他们认为女人变得无情了。

然后，很多女儿发现，如果她们不扶持自己的兄弟，父母就会用苦肉计。有个已婚女性说，只要她不给弟弟钱，七十岁且有各种基础疾病的父亲就颤颤巍巍地说要出门去打苦工，还故意说给她听。

可是，她对弟弟的贴补严重影响了她的小家庭。因为她无条件地向娘家倾斜，很多年前，她丈夫就已经不再往家里拿钱了。她被这件事伤害到，和丈夫的隔阂也很大，认为丈夫很抠。但我问她，你丈夫作为一个传统中国男性，他看到你一颗心全然向着娘家，又怎么会开心呢？他捂住自己的钱包，难道不是人之常情吗？他也很害怕你的盲目投入会拖垮小家庭。这是1.0版本的社会在逐渐式微的阶段，每个人不再完全属于大家庭，当下的夫妻们多多少少是有自己的家庭概念的。

她说，那就不管娘家了吗？

我说，大部分传统中国式女儿有点儿分不清什么叫作"管"和"惠及"。

大部分中国家庭存在一种内耗现象。比如，当不太聪明的父母或者长姐默认自己家族所有人的能量加起来只有一百分的时候，就会让一个八十分的女儿把一切都倾倒给弟弟。实际上是得不偿失的。假如她拿着自己的八十分，奋斗成一百分、两百分，甚至千万分，再回来惠及全家人，这是完全不同的两个境界、两种希望。短视和远见的区别造成一代又一代的困境。女儿被压榨，儿子不成长，父母成为帮凶。很多家庭壮大不起来是有原因的，中国家庭在这种互相剥削中，乐此不疲地玩着零和博弈。

女性有时过于心软。我的一位读者发现，她年迈的父母兢兢业业地打工给弟弟和弟媳买第二套房子。她感到十分愤怒，不能理解为何弟弟一家人可以对老父母压榨到如此地步，她心疼父母，只得掏钱。

我说，作为传统中国式女儿，你不应该插手父母对你兄弟的奉献和牺牲，即便父母搬空老本，即便你的兄弟对父母啃骨噬血，你都不该拦住他们。因为，那是他们之间的你情我愿，双向奔赴。你若干涉，便是外人。

身为 1.0 版本女性，你必须遵守游戏规则，中国父母就是无条件地爱儿子，死了都要爱，无法阻拦地爱。儿子一无是处也会爱，事业失败也会爱，婚姻失败也会爱，他什么都不做，他们也会爱。你越早接受这一点，放下向他们乞讨爱的心，就能越早获得释然和自由。

中国父母分为两种：一种更爱儿子，另一种发自内心爱女儿。

如果他们是第一种，你永远不要尝试通过证明自己改变他们，这是改变不了的。不要做无用功，你要更爱自己。

有位读者说得很残忍，她开玩笑说："他们就算死了也会保佑我弟，保佑他们的儿子多一点的。"

还有一位读者说，她从小就默认家里的房子是要留给哥哥的，但在她逐步有了自己的事业，经济条件好起来之后，"房子给哥哥，养老任务也归哥哥"这种潜规则似乎被淡化了。她的母亲向她哭诉哥嫂对她不好，希望女儿来负责她老了以后的医疗和赡养。

很多传统中国式女儿在这种状况下，有一种被"亲情绑架"的感觉。明明在财产分割的时候，父母遵循的是传统，但在需要哥哥或者弟弟出一份力的时候，他们又开始双标，想要子女共担或者女儿全担。

她常常羡慕哥哥，感觉他好像从来不需要奋斗，不需要努力，天生能得到父母无条件的爱。但她感到奇怪的是，身边那些同类女孩，如果经济条件更好的是哥哥，父母并不认为哥哥应当更多地关注妹妹，因为"她是嫁出去的"，父母害怕她影响哥哥的小家庭，认为更多的资源应该留给哥哥的孩子，也就是她们的侄子。她笑道："我们的就是兄弟的，但兄弟的还是兄弟的，就是这么个意思。"

很多时候，女强人往往和扶弟魔相辅相成、成对出现。越是知道资源不属于自己，传统家庭里的女性就越会努力地去经营自己的人生。然而，获取的资源越多，传统父母越是认为这份资源应该惠及她的兄弟。所以，要尽早认清这个真相。所有的传统中国式女儿此生都有一个怎么做都不过分的功课：尽可能把爱给到自己。

很多"老油条"传统中国式女儿在四十岁之后突然明白一个道理：如果我只收到了传统中国式女儿的那一丁点儿资源，那么，我就付出传统中国式女儿的那点资源好了。她就当自己是嫁出去的女儿，小恩小惠，像牛奶、鸡蛋等往家里送，但是大事，永远让哥哥弟弟去出头，比如财务问题、养老问题。

她说自己在四十岁才终于明白且摆正了位置。之前的痛苦源于她太想拯救被弟弟一直压榨的父母了。但实际上就像我说的，中国父母和中国儿子是双向奔赴、彼此盘剥的。

有时候还有一个更隐蔽的事情，传统中国式女儿在替她悲惨的传统中国式母亲（上一代的传统中国式女儿）承担起丈夫的角色。本该是父亲关爱母亲，父亲拯救母亲，但传统中国式女儿扮演了这个拯救者的角色，一代又一代地轮回。

这就是"1.0版本女性"的修行。你越是明白整个系统是怎么运作的，就越不会纠结在某一个关系的小细节里痛苦；你越是能构建自己坚实的精神壁垒，就越懂得怎么全身而退，你就不会一直是一个瑟瑟发抖索爱的小女孩。假如这个小女孩长大后进入婚姻，她内心对爱的渴望理所当然要比男性多好几倍。

"1.0版本女性"在婚姻里有太多想要的东西，原生家庭带来的问题更会产生新问题。原生家庭的缺失，新家庭的压榨，女性即便逐渐完善经济独立，但对于她们"子宫"那一部分的要求也并没有消失。一个白天要上班、养育三个孩子、和公婆同住的女性加班回到家，往往还有这样的声音等着她："一个女人，不顾家也不管孩子……"而背后，她们从来没有被好好爱过。

这几乎是1.0版本传统中国式女儿的痛苦本质：从来没有得到过完整的物质资源、爱的资源，却要被迫付出三倍的关系之爱。入不敷出，内在掏空。

这是中国女性的"元痛苦"，被给予的是零资源，却要绝对输出完整的关系。老一辈女性纯粹靠熬，靠把自己的血泪和时间榨干来奉献家庭，跨过了一生。而新生代女人们开始思考一个巨大的问题：能不能，值不值，要不要继续？

在这里，我逐步形成一种"资源与关系"的朦胧概念。大家默认女性不需要有自己的房产、金钱、资源，于是耗尽女性去实现所有关系的黏合。但当她们转而投向资源，"靠自己挣钱"，有边界感，拒绝过度付出时，我们会发现，如果女性因为某种改变受到指责，大部分都是因为这个改变动摇了某些人原本的利益。

人们指责独立女性，是因为独立女性的无偿家务性消失了；人们指责女孩不孝顺，实际上是她们不想再被压榨了。

千百年来，女性像一个面团一样，被捏成各种形状，以适应家庭、社会、国家的需要。当家庭需要给儿子娶媳妇时，就让女儿先去赚彩礼；当社会需要劳动力时，就会有"男女平等"的口号出现；当生育率下跌时，就会号召女性回归家庭。

而女性想要什么？似乎没有人关心。每个女性想要的东西都不一样，这一点能否得到探讨？能不能赋予女性不一样的人生道路，而不是把所有女人都赶进妻子和母亲的角色里去？即便在社会需要劳动力的时候，有一个女性，她作为个体，就是想相夫教子，可不可以？即便生育率下跌，而女性想要更多地投入事业，可不可以？当女性想离开这个游戏，想为自己而活时，可不可以？

当然是可以的。资源和关系之间有一条明显的边界线，这就是你升级的开始。

女性，不仅仅需要维系关系，也可以直指资源，轻拿轻放关系。

寄希望于婚姻

如果传统中国式女儿的成长空间是这样的，那么很少有人能够得到"现代版本的理想婚姻"，这也解释了为什么在如今的网络世界里，几乎没有已婚女人感到幸福。"迟早要被嫁出去"的感觉，让在普世中国家庭中做女儿的过程太寡淡了。作为"迟早要被嫁出去"的物品而被养育，从一开始婚姻男女的能量层级就已经不匹配了。很多男性心中理所当然的生活，比如父母全部的疼爱，这是很多女人此生的求而不得——弟弟每天吃一顿肉，姐姐一个月吃一顿，还说自己不喜欢吃。

女人们心里有坑，大部分传统女儿都缺爱。很长一段时间，老一辈女性都是懵懵懂懂、哆哆嗦嗦地进入另一个家庭提供的婚姻。大部分女性结婚的理由是，她们想逃离一个家，幻想另一个家会有所不同，希望在自己的新家找到想要的关系和爱。

大部分传统的中国家庭里，假如有儿子，那么女儿获得的爱的分量很精准。我曾经开玩笑，中国传统父母的潜意识非常精准，他们给女儿的爱绝对不会太少，因为太少了，女儿就该绝情断爱不孝顺了；也绝对不会太多，不可能超过儿子。中国传统父母给女儿的爱刚刚够用，刚好够她们不会抛弃父母，但更愿意幻想外面的家庭更好，所以想嫁出去。

已婚男性常常嫌弃女人聒噪、索爱，但实际上她们真的没有得到过大部分男性轻而易举得到的很普通的东西：一种无条件的、完全的家庭倾注。这就注定了进入婚姻以后，男性需要的大部分东西可以被满足——性、家庭温暖，而女性需要的情感很少被满足。男性结婚带着满满的成就感和安全感，内心满满地被爱过，再穷的家庭，男孩也是被父母看重的。而1.0版本女性是带着索求、期待进入婚姻的。她们早年只是招娣、盼娣，后来是张太太、李太太，再后来是大宝的妈妈、小宝的妈妈、谁的婆婆。

一个满得要溢出来的人，无法理解另一个人的空空如也和嗷嗷待哺。

这是悖论。在1.0版本人生里，内心坑洞越大的女人越想结婚。可是，从能量上来说，只有个体完整、内在圆满的人，才容易拥有好的关系。内心越是没有坑洞的女人才越能拥有好的婚姻。钱流向了不缺钱的人，爱亦是，爱只会流向不缺爱的人。男性不是为了填坑，他们只是为了完成任务，他们觉得二十五岁恋爱，三十岁结婚生子，女朋友漂亮就行。这不是无所谓，这是本能。结婚后，谁不找他们闹腾，谁就是最好的妻子。他们仰天大笑出门去，喝酒唱歌；妻子在家操持家务，独守空房。一个觉得自己完成了任务，另一个觉得自己永远疲惫又孤独。

中国女人对"家"有误解，她们以为逃离自己的原生家庭就能得到自己的家庭，但很多时候，结婚只会把她们拖进另一个男性家庭。换句话说，她们以为结婚可以创造一个新家庭，用结婚完成一个置换，从自己的原生家庭跳到对方的原生家庭。但实际上，如果丈夫不够独立，只想让她融入男方家庭，那么，这个新的小家庭是永远也建立不起来的。连新家庭都没有，女性想在新家庭里得到属于夫妻之间的"爱"，就更不可能有了。

有这样一位女性，她希望丈夫给自己足够的陪伴和关怀，而丈夫就像我说的绝大多数1.0版本男性一样，忙着完成他"养家糊口"的责任，加之生而为男的愉快体验，妻子越索求，他就越不能理解为什么一个人需要这么多的"细节、关爱"，说出了中国男性最经典的台词："我工资都给你了，还要怎样？"

妻子憋屈却无力反驳。她的内心空间十分孤苦，她想要的爱，似乎哪里都没有。

后来，我对她说，所有的传统中国式女儿，想在婚后过得好一点的话，你要看三点：第一，你的新家庭能否建立；第二，你和对方能否从彼此的家庭获得精神独立；第三，你能否完成自我抚慰的补课。

中国女人得不到关爱，中国男人做不到共情，这个死结似乎就此而生。在长久的压抑下，女性开始思考：这个婚，非结不可吗？无数普通女性在网络上幻想这样一种人生：如果此生，我没有结婚，没有生孩子，我的人生会不会过得精彩一点？

关于这个答案，我们慢慢有了雏形。

1.0版本的束缚，死也不能离开关系

我老家的一位阿姨，在20世纪80年代生育了一个独生女。丈夫对此非常不满意，认为没有儿子的他断子绝孙了，一腔苦闷发泄在酗酒上，喝醉了就家暴。直到有一次，女儿都大学三年级了，在假期平常的一天，他不知怎么的，突然想起自己没儿子这件事，怒从中来，拽着妻子的头发大打出手。女儿看不下去了，要求母亲离婚。可是这位阿姨为什么不离婚呢？因为她还有一个八十岁的老母亲，老母亲非常传统，把家庭看得很重，早年就对遭受家暴的女儿说过，她如果要离婚，除非从自己的尸体上跨过去。

如今我们听起来非常不可思议，一个女性已经被伤害到这种地步，自己的母亲竟然还拦着自己。婚姻竟然比生命更重要。可这就是1.0版本的特点：婚姻等于甚至高于你的人生。

这位阿姨说得更清醒，她不认为在那个年代离婚可以解脱，以她对自己丈夫的了解，即便离婚了他也会一直骚扰她，而法律可能没办法那么全面地保护她们母女。后来，命运拯救了她，五十岁的时候，作恶多端的丈夫脑中风了，他再也无法殴打妻子，阿姨的母亲也病逝了。她离了婚，虽埋没了这段婚姻，可是太晚了，她也埋没了半生。

当我即将走入四十岁，面对很多女性的婚姻和家庭解体的时候，我更加意识到了很多 1.0 版本女性的痛苦根本不在于离婚或者失恋，而在于她们的背后，是否有一个永远接纳她们的"集体"。很多对于女性特立独行、不按照"子宫活法"路线活着的批判声音，并不仅仅来自男性，也来自女性本身。

我的很多读者都来自底层，她们曾经非常朴实地向我描述小城单身妇女的坎坷。如果你大龄未婚，父母就无法在这个熟人社会抬起头来；假如你敢离异，就更惨了。有一个离婚女性对我说，她从来不敢在工作单位表明自己的离婚身份，因为在这个地方，你一旦成了"单身少妇"，就会立刻成为下班后被喊去陪客户吃饭的人。大家默认你没有老公，你不属于另一个男人，那你就是可以被"使用"的。对于 1.0 版本女性而言，丈夫和婚姻关系几乎是一个保护区。

在这些情况下，很多女性自己都不相信，除开婚姻这条路，还有别的路可以走。

如今，在年轻女性和母亲的催婚大战中，常常会出现一个女儿无法理解的现象：遭受了一辈子大男子主义的压榨，甚至是被家暴的母亲，依然对把女儿推进婚姻这件事十分积极。女儿的愤怒在于，为什么你这辈子过得如此不幸福，竟然还希望我早早地进入这个模板？

有一位阿姨，她早年丧偶，晚年找了一个有严重酗酒倾向的老伴儿，没过几年又离婚了。她三十岁的独生女儿远走高飞，坚持不回家也不结婚。每每爆发母女大战的时候，女儿就会很愤怒地说："你都结两次婚了，你过得很幸福吗？你有什么资格催我结婚！"

阿姨哑然。

我觉得，很多老一辈女性没有办法精准地表达一种感受，她们当然知道婚姻不是绝对幸福的保障，但她们不知道除了婚姻，女儿们的人生还能有什么别的活法。

我的读者中还发生过一个非常奇怪的现象。去年有一位姑娘未婚先孕，但她和男朋友分手了，她打算独自把孩子生下来。她的母亲气坏了，要求要么打掉孩子，要么逼男方结婚生子，之后再离婚也可以，但是不可以未婚生育。姑娘非常诧异，哭笑不得。结果不是一样的吗？她始终不明白，母亲为什么宁愿她顶着一个离婚女性的名头，也不准她单身生孩子。

我用1.0版本的概念给她解释，她立刻就明白了。

在1.0这个大众意识套餐版本里，存在结婚、生子、离婚的选项。哪怕最后的结果是一样的，你也裹了一件"我并没有和大家不一样"的遮羞布。离婚，你的母亲会觉得你"正常"。可单身生育那是什么？太可怕了，不正常。翻了一下原来的社会版本——哪里有这个东西？这个太可怕了。和别人不一样，太可怕了。

很多老一辈的母亲，她们的受教育水平、眼界、心智等，使她们看不到如今的世界已经给了女性一些出口，而不是女性只能被框进婚姻里才能活下去。当年她们除了婚姻，甚至除了走入婚姻再离婚，没有别的活法，究其原因：谁有钱听谁的。

在农耕社会和工业社会里，男性因体力优势而占据上风，大部分资源掌握在男性手中。社会对女性的要求基本上是纳入"男性安排"。这是一个很顺理成章的事：男人有钱，他们需要女性做老婆、做母亲，女性就服从。这是大部分上一辈女性经历的事情。没有男人，她们真的活不下去。不是没能力，而是没土壤。

随着互联网时代，甚至下一个 AI 时代的到来，我们发现很多"轻快、小而美、高新"行业聚集了大量财富，女性因独有的"细腻、共情、成长需求"，在这个时代越来越多地实现了自己的个人价值。女性开始思考，我究竟是需要一个丈夫，还是需要一个更大的职业空间、更好的自我发展？

近年来，我在日常生活中发现了一些非常有意思的事情，比如年轻的男性服务人员变多了。在我二十岁出头的时候，餐厅里都是小姑娘服务员，飞机上都是空姐，更别提 SPA、美容等行业，几乎全是女性。这几年，最开始是发现空少明显变多了。在那个煤老板、矿老板、房地产老板横行的时代，女性似乎更适合被安插在服务群体里。而近年，我坐飞机的时候发现，任何一家航空公司都至少配备一半的男性空乘。在美容、美妆行业，柜哥是很常见的，连美妆主播第一人也是男性。这说明钱回到了女性手中，女性逐渐从乙方变成甲方，成为消费主体。带着零资源从原生家庭里走出来的传统中国式女儿，靠自己的努力拿到了社会资源，与之匹配的消费也就出现了。

有一次，我去参加一个女性朋友的生日聚会，她的先生半开玩笑半认真地说："我待业了两年，现在觉得在家带带孩子、吃吃老婆的软饭还挺香的。"做房地产行业的先生这几年着实有点入不敷出，而做医疗健康的太太正在事业的上升期。

婚姻之外的世界正因经济结构的改变，缓缓发生变化。

1.0版本如此牢固的原因还在于女性本身的固化和维护。有位九〇后读者晓婷和我说，她目前在一个四线城市上班，同办公室有一位同事大姐，把所有女性仅分为两类：婚姻幸福的和婚姻不幸福的。晓婷说："只要我说哪个单位女领导挺有气质的，那位大姐就会说：'还行吧……但她婚姻好像不怎么幸福。'"

她对这种划分感到震惊，女性难道只有这种价值吗？

我听到这句话后有点想笑，她还年轻，其实这种情况非常普遍。在1.0版本里，女性的家庭婚育价值是超越所有价值的。我们常常误以为，把女性逼到只剩下婚育一条路的狭窄生存空间里去的只有男性。比如只盯着女性的肚子，想要她们多生一些"社会劳动力"的忧心人口的男性专家；被传统1.0版本社会养育起来，身边只有会做饭的女性的小镇出身的出人头地的男性；总认为女性赚钱一定是靠不良技能的偏执男……不，还有思想固化的女性。比如那些时刻：当你在杨丽萍的留言板上看到竟然有女性留言，"会跳舞有什么用，一个女人没有家庭，没有孩子，总归是失败的……"；当有人对科学家颜宁女士的"基因论"评价道，"基因那么好，不生几个孩子可惜了……"。

所以，只盯准繁衍和家庭的1.0版本，有时真的让女人感到无趣。

我的读者群里，有一个在县城生活，但家庭比较幸福的九〇后女性。她非常享受家里的沙发上永远坐满了人，大家族天天在一起吃饭。她喜欢这个拉一把，那个借点钱。她认为大家族就是一堆人在一起生活。她在传统中国式的家族关系里如鱼得水。

她非常不能理解另外一个在一线城市里不想结婚的八〇后事业型女性。为什么不想结婚呢？结婚很好啊！不结婚，过年怎么办呢？一个人不会孤单吗？我老公对我很好啊！婆家人也很好啊！你多跟老公撒娇就好了嘛，你就是太不懂怎么做女人了！

我很不客气地对她说："你太狭隘了。"如果我们把没有在婚姻里拿到红利的女性归结为不会撒娇，相当于把问题全部推给个体，而非努力地去看社会结构问题。那些不懂撒娇的女性，她们做的事情比撒娇要深刻高远得多。

有一次，我在一个汽车直播间里听到一位先生说想把自己的车卖掉，主持人问他这么新的车为什么要卖，他说因为老婆嘛，女人什么都不懂，买了个很不好开的车。主持人多嘴问了他一句："太太是家庭主妇吗？"

他说："不是，读博士，在研究院研究污水回收处理。"先生还半自豪半数落地说："除了这点比较聪明，其他地方都很笨，也不会撒娇。"

大家都笑了。一个懂得怎么回收污水的高知女性，不懂车，不会撒娇，算是什么天大的事情吗？假如我们只知道批判女性因为不懂得如何讨好男性，所以无法获取某种普世的幸福生活，那说明我们对女性的理解太狭隘了。

如果只是因为一部分人拿到了1.0版本的结果，社会就希望且鼓励所有女性都活成一个温馨又融洽的贤妻良母版本——听话，为了1.0版本坚守一生，那只能说明，我们被一种强大的舆论控制了。我们的社会至少失去了一半聪明的女性，比如不懂汽车只知道怎么回收污水的科研女性。

1.0版本的人生有善终这件事，但关乎意志和运气。某些女性也许并不想工作，找到了一对不重男轻女的公婆，本身热爱贤妻良母的人生；或者你是投胎小能手，有娘家得以倚重。有些女性天生喜欢做家务，又恰好生了个儿子，不需要再一个个生育下去。甚至她们还无法理解，没生到儿子不是应该一直生下去吗？这是天经地义的事情……

如今，还有很多女性躺在医院的病床上三次剖腹，命悬一线，只为生儿子保住婚姻。这时你才会懂得，有时候我们的幸福实际上是一种幸运，但同时也许是其他女性的不幸，这种不幸，常常是我们所有人的无意识把她推到了死亡线。如果你以为那些过得不好要逃出婚姻的女性是活该、不懂媚术，瞧不上这些女性里的"败犬"，甚至瞧不上胜者；如果你看不到同族的悲惨命运，只为自己的幸运而窃喜，我认为，这个叫女性的苟活。你能在这个系统里好好活着靠的是一种运气，而不是一种稳固的制度保障。

运气迟早会用光，制度才是一切。

有一次，我问女性朋友一个问题：假如我们女性用 A 模式（比如婚姻）获得了幸福快乐，从此鄙视或者打压所有 B 模式（事业型或者独身）的女性，且认为每个女性的人生只能活成 A 模式，就好比我们本来可以结婚也可以不结婚，可以生孩子也可以不生孩子，可以去搞科研、当运动员、做企业家，假如每个女人有 A、B、C、D、E 等无数种活法都是被允许的，这时候，A 女性要求所有人只能按 A 模式活着，你觉得这个观点最终会伤害谁，仅仅是那些B模式女性吗？

答案是所有人，甚至包括男性。当我们设定一个女性只有一个模式可以生活时，就务必要求男性只有一个模式可以活着。我们默认贤妻良母是女性的专属成功，就必然默认男性要功成名就。这也是1.0版本对男性的规训。男性有男性的窄门和不安。写这本书的时候，我常常在想，我只是在写女性吗？未必，我在写人。每个人都应该按照自己的本性，随心所欲地活成自己。但男性实现这件事相比目前的中国女性，显然太容易了。

相比窝里斗的女性，我太羡慕男性之间给予彼此的集体接纳了。

1.0版本的男性，他们大多数时候太快乐了。他们没有自卑，异常自信，心无旁骛地参与社会竞争，最主要的不是有人给他们洗衣做饭，而是他们的精神太自由了。他们单身自由，已婚自由，离异高贵。他们胖也自由，瘦也自由，没有容貌焦虑，穿着稀奇古怪，深夜在街上游荡也不担心有人会强暴他们。你可能会问，谁给他们的勇气？答案就是，被自己的同族、被男性集体接纳。

男性集体在从女性这里获益这件事上，异常地团结和默契，而这个默契就是我们常说的男权主义。如果说，女性需要做很多的努力才能让自己受到关注，那么1.0版本的男性，他们仅凭性别就赢了。

他们不内卷容貌,也不执迷于某一个女性。他们是天生的理性战士,绝对的统一战线。你丈夫深夜未归,打电话给他的朋友,他们绝对是统一战线包庇彼此。男人的集体异常包容且温暖,他们达成一致,让女人,所有女人,为他们服务。

男性非常有意思,一旦某件事情涉及女性参与但对他们有利,他们就高唱男女平等,比如他们讨厌彩礼,希望女性参与工作提高家庭收入;可一旦某件事情让他们觉得女性要拿分红,他们就秉持传统礼节,比如过年回婆家。

很多男性自私到根本不认为这是自私,他们已经根深蒂固地觉得女性是辅助者,是家庭辅助者、事业辅助者。在男性集体里,他们无论做什么,只要"不亏损",便不存在是否"不合群"。在男性集体中,他们只以成败论英雄,从不谈合规或者是否道德。而 1.0 版本女性系统里,最大的评判标准即是否"合群""道德",在这个标准化上,女性分化开始了。

年龄的分化导致年轻女孩骂年长女性"没人要的老女人",族群的分化导致粗犷的女性骂精致的女性"矫情",未婚和已婚的分化导致已婚的骂未婚的"你死在家里都没人知道",处女和非处女的分化导致处女骂未婚先孕的"你不知廉耻"……我们本该是相亲相爱的集体,但还没开始就已经在精神上"自相残杀"了。内斗削弱了我们的力量。

但男性尊重同性之间一切以利益为导向的行为。他们彼此打掩护，只崇尚胜者为王，不做道德评判。

我有一位女性朋友是山东媳妇，她对我说过一件很有意思的事。她第一次回婆家过年，默认自己是上不了桌的，于是默默地去了另外一桌吃饭。结果一位叔爷跑过来对她说："小×，你怎么坐这里！你要上座！你可是领导！"她这才发现，在儒家思想极其重要的山东省，她是公务员这件事，战胜了她是女性这件事。

还有一位做自媒体的草根女友，事业做得很棒。她说有一年去参加一个会议，所有的女性同行都对她提出了很多改进意见，比如觉得她在镜头前显胖，衣服穿得不是很优雅。但到了下午场，谈的是电商部分，参会者大部分变成了男性，她本来有点忐忑，因为电视剧看多了，觉得很可能会受到一堆傲慢男性的挑剔，结果会议刚开始，他们就冲上来握着她的手说："×总，你做得太好了，我们都是你的粉丝！"那一刻，她觉得男性真是简单粗暴得有点可爱。在男性的世界里，搞到钱就是一切，管他男的女的呢。我们以为他们看的是男女，实际上，他们最终在看资源在谁手里。他们认可的不是男女，而是权力。这就是雄性世界的真相。

可是，我们女性依然很散乱。我们对女性的评价太苛刻、太浅薄了。

张爱玲说，一个女性只要得不到异性的爱，就得不到同性的尊重。在这个集体意识下，我们失去男性的同时，也失去了我们的姐妹，失去了我们的自尊。这是非常遗憾的事。很多女性只要事业做得很好，就会立刻被打上刻板的标签。电视剧里的大女主永远短发、刻薄、冷血，外加婚姻不幸福。这种在生活里都不怎么下楼的编剧写的剧情，把很多年轻小女生吓得瑟瑟发抖，生怕自己一不留神就过上了年入三千万的孤独生活呢！真是想多了。第一，三千万没那么容易挣；第二，有年薪三千万的女性，谁还孤独啊？！

女强人一定不幸福，没男人的女性一定不幸福——这个集体意识非常庞大，而且固化。这就是为什么，女性似乎永远孤立无援。

我在网络上常常看到这种情节：远嫁的女性和丈夫发生口角，深夜离家出走，却发现自己无处可去。她身边的朋友也有家庭，诸多不便，未婚好友远在天边，娘家认为你是别人的人。还有的女性不过是结束了一段婚姻，却仿佛被全世界抛弃了。这个时候，人们把错误归结为她遇人不淑，怪到男人头上，但这不是家务事，这是权力和集体意识的问题。女性若因家庭状态改变就无处可去，这就是社会问题。

令人非常欣慰的是，这个社会出现了一种新现象。两个离婚的女性决定同居，共同抚养孩子，渡过难关。这是一种互相扶持的力量，谁也不能保证任何一个模式能够贯穿一生，保证幸福。

人生之吊诡正在于此，你不知道什么时候就主动或者被动活成另一种人。

我们要支持所有女性有资格、有能力、有朋友、有助力，活成我们想成为的样子。让我们拭目以待。

妥协阶段的婚姻选择

当我提出 1.0 版本女性生存环境里的各种现象和问题之后，很多女性忧心忡忡地问我，既然当下中国的婚育版本如此压抑，我们还要不要结这个婚呢？

她们看到了上一辈女性受到的不公和痛楚，无论那是个体的还是集体的，传达给新一代女性的结果就是，在犹豫中不断晚婚，一步步走向不婚。婚育率随着女性受教育水平的提升呈直线下降趋势。不结婚的坏处显而易见：我们的精神压力并没有因此减少，我们会感到孤苦。

这是非常真实的感受。我不想用一种完美的表象覆盖中国女性最真实的感受。首先必须承认，在我们的国度，不婚就是有压力，网络上不婚不育，现实中相亲无比积极。

我们如果要结婚，就不得不尊崇一些乡土性。这是目前我们的一个独特现象。无论个体的女性有多么优秀，背后关于女性价值判定的环境依然老旧到不堪入目。不结婚带来的压力和结婚是同等强烈的。这一切都让我想到西尔维娅·费代里奇的那句话："不管我们出于生计从事何种其他类型的劳动，社会总是期望我们给男人生孩子，向他们提供性服务，而这种期望常常是强加给我们的。"

我还要加一句，这种期望甚至来自我们的父母。如果我们不按照这个系统行事，他们就会感到有压力，然后把这个压力转嫁给我们。女性受教育的程度越高，就越想把自己作为"身体机器"的那部分束缚摆脱掉，把"女儿"的那部分服从和柔弱摆脱掉，真正实现子宫之外的个人价值。比如，我在写了第六本书之后，我的父母出席同学聚会，所有人更关注的事情依然是我什么时候生二胎。

我这对开明的父母对此非常厌恶，他们认为这是我的个人权利和选择，不需要向谁解释。比起做一个妈妈，我父亲坚持认为我作为一个作家的人生更优秀、更精彩，更符合我的灵魂本性。

我对他们说，我们这个社会还没有开化，女性不太被允许如此快乐地活着，更别提做一个子宫之外的自由选择了。我们如果不给男性打辅助，我们的工作成就如果超越男性，很多成功人士的游戏就玩不下去了。缺少一个"贤内助老婆"，很多男性的人生其实很难成功。

在价值之外，即便在不公平的男女世界里，我们生而为人，想要关系是一种本能。女性不是不想要爱，只是不想要那种以爱之名，把我们整个人生和自我吞没的"家庭身份"。对于年轻女性而言，如果被吞没，宁愿拒绝。我的答案从来很固定：我不认为有必须结的婚，但我认为有值得让你共度一生的人，恰好以婚育形式实现也不错。

李银河老师认为用不了一百年，婚姻制度就会消亡。我倒没有那么悲观，但我认为婚姻制度一定会从一个必选项变成一个选项。婚育形式从一个女性几乎是"卖给另一个家庭"，转变成谁家给的婚姻空间更独立，女性就更倾向于选择哪一家人。婚姻从"锅碗瓢盆、鸡毛蒜皮、生三胎"，转变为夫妻关系更具备独立性，这种婚姻诞生的可能性很大。谁更尊重自己的妻子，支持她去成为她自己，谁就会从未来的择偶标准里脱颖而出——但这种男性在乡土中国社会里凤毛麟角。

换句话说，大家族的婚姻会消失，边界线会更明显，夫妻二人会更紧密。如果不是这样，婚姻就很难走下去。谁也不想每天上了一天班还要回家给婆家一家人洗衣做饭，谁都会问一句凭什么。

在那之前，我们需要度过长期的发展和融合阶段，在理论之外，我们必须看到中国女性的现实情况：即便单一的、以婚恋价值为导向的社会生存模式对女性不公平，但这依然是承载着大部分女性人生的一种模式。价值观的百花齐放在未来，但现在，我们只给了已婚玫瑰生存的土壤，那么有时候，妥协就成了一个必经阶段。

如何顺利度过这个缓慢的妥协阶段？我觉得你要认清楚，现阶段的普世婚姻对你而言究竟意味着什么。

看清婚姻和母职的本质，再考虑婚姻

现阶段的女性想结婚可以结，但你一定要知道，当下的婚姻模式未必如你所想，未必能如愿以偿。现代婚姻更多的是一个合作能力的比拼，而非爱情的融合。绝对不要单纯地认为通过爱情走入婚姻可以解决人生带来的问题，婚姻本身是一个很能制造问题的模式，它需要双方都有成熟的心态。当下的婚姻，一定不会满足你所有的期待。

对于低位的，求安稳、养育价值、陪伴，还求爱的女性，你一定要知道，现代婚姻最多能满足你一点。繁重的生活压力让男性们绝对没有时间把精力全部放在哄老婆上。

中国男性对婚姻的投入是有局限性的。君君、臣臣、父父、子子的传统使得在过往，大部分男性会遵循家族安排娶一个传统女性，但他们的内心非常向往比翼双飞的爱情。在过去，大部分男性完成传宗接代的任务后，就不再和自己的妻子同床了，因为强大的母性气息使他们把性欲和妻子完全分开了，他们在外寻找妓或者妾来承载他们的情爱部分。在现代社会里，男性把这部分投身于外部世界、游戏、工作、兄弟社交，他们把妻子放在家里，维系孩子和父母的家庭框架，他们不想铁骨铮铮地去维系自己的小家庭边界。

这在现代婚姻里依然隐秘地发生着。你如果是守着家庭的女性，就要面对痛苦这件事。没有被维护过，没有被大家族"择"出来，柔弱的传统妻子无法站在丈夫身边，而是成为一个新轮回的母亲，后来她便一直站在儿子身边，和儿子的命运捆绑，延续家族的模式——没有人得到婚姻的真正亲密，丈夫和妻子一对一的亲密，这也是大部分中国家庭的宿命。儿子和母亲长期生活在一起，儿媳和孙子捆绑在一起。人人都在追寻亲密，但人人落空。

很多处在高位的女性，能挣钱、学历高、自我意识强大，甚至需要放低一些期待才能适应婚姻制度。你一定要很清醒地明白，以婚姻之名到底能不能得到你想要的那种安全感和爱，或者说，你的需求其实是找一个"老婆"，来辅助你自己的人生事业路线，而不是一定要在慕强这条赛道上。你得接纳男性在某些方面不如你，但是，他必须可以辅助你。

这里有一个误区，很多女性以为男性事业能力不强，就意味着家庭辅助能力强，大错特错。这不是必然关系，很多男性是什么都不强。所以一定要分清楚。

很多人说，女强人的婚姻不好。我觉得未来不会这样。目前，大部分女强人婚姻不好的原因在于，丈夫既无能力承担领导者的责任，也不愿当好辅助者，这才给大女主们带来很大的麻烦。人们却把这个麻烦归咎到女性身上，认为是女性太强。

我对否定婚姻没有太激进。在心理上受到重男轻女集体意识的影响，我明白大部分中国女性缺爱、有集体创伤，是一代又一代的创伤。独立女性也有。我非常理解大多数中国女性最早对婚育的体验，即便知道那个制度苛刻冰冷，对女性有很多不公平的地方，大部分女性依然带着被爱的意愿进入。中国女性把婚姻当作一床破破烂烂的毛毯披在身上，在此之前，她们在情感上已经瑟瑟发抖很多年了。

婚姻以其庞大的社会覆盖性给予女性一定程度的安全感，即使后来这个安全感被很多女性发现是错觉。但无论如何，去约会、去相亲、去认识男性、去享受爱意，我对所有女性都是这样说的。那不仅是约会，也是你的青春课程。人生的课程早上晚上，早晚都要上。多谈几次恋爱，不要听忠贞不渝那一套。

单纯地去体会爱，这对中国女性来说并不容易。单纯地去爱，意味着女性要不断地和不同男人约会，这在 1.0 版本社会里势必会遭到道德和忠贞的审判。不以结婚为目的的恋爱是女性的必修功课，但在中国的土地上，一旦涉及忠贞和道德问题，便会受到男性和保守女性的集体围剿。

可是，假如想要快速学会一个技能，一个人最需要做的就是不断练习，对吗？在婚恋这件事上，中国女孩受到道德压制，存在非常大的赌性。被要求乖巧、听话、贞洁，不允许恋爱，却期待女性婚后立刻进入完美妻子和母亲的模式。

多谈几个男朋友是不是错？不以结婚为目的的恋爱到底是不是要耍流氓？

这个问题很难界定，它必须捆绑在一种社会文化环境中。在西方国家，男女愉快地度过一夜是比较正常的，因为女性的自我主体感更强一些：这是我的生活，我的身体，我的选择。而在中国，女性的客体意识更强：我是你的，我跟你有一夜之欢，所以你要为我负责。甚至要接受审判：是否荡妇，是否过于随意。

中国人往往调侃西方人：上床那么随便，不结婚就上床。而西方人往往震惊于中国人的模式：结婚竟然那么大胆，不上床就敢结婚。这个笑话非常精准地描述了东西方的忠贞差异。

对于中国女性而言，目前大多数的现实情况是，只有以婚姻为目的才能让人体验到专一的爱情。像《欲望都市》里，每晚约会四个男性却依然感到人生快乐且安全的女主角类型，在中国社会是水土不服的。集体缺爱导致中国女性的安全感和价值感比较差，她们无法实现"我本位"的独立恋爱关系，简单来说，太多女性做不到只恋爱不结婚。

前段时间，江浙沪地区重新把婚检列为领取结婚证的流程之一，在我看来，这大概率出于对越来越多的性疾病的考量，但坊间有一种很尖酸的声音认为，这就是在检查女性的贞洁。"这是对彩礼的补偿。"坊间说得更赤裸，很多偏激的男性认为，如果要他们出很多彩礼钱，那么要求"验货"是正当的。但如果这样，忠贞就会有价格和市场，高价处女的背后是被物化的女性，男性的娶妻成本就更高了，不是吗？

在目前的社会舆论中，有婚前性行为的女性往往还受道德和人格的评判，活得比较憋屈。再过十年，我把希望寄托在下一代女性身上，看看道德成分在这一点上是否可以消退一些。无论如何，我都鼓励女性去恋爱，这涉及我第二章说的问题。我们不能仅仅待在资源维度，还要学会享受关系，这关乎我们的幸福空间。有女孩问我，她实在无法去酒吧认识男人，她的异性圈子基本来自相亲，那我们的问题来了：相亲一定不好吗？在婚姻不公平的理论和浪漫爱情的现实之间，常常有一条模糊的分界线，相亲一定体会不到爱吗？

我想起一个读者，她如今婚姻幸福，养育两个孩子，丈夫也算得上是个好男人。说起她当年的结婚历程，我们问过一个非常有意义的问题："你先生是你爱上的，还是你选的？"

她想了想说："是选的。"没有特别多的爱情，当时快三十岁了，有集体意识上的年龄焦虑。选了个看起来挺善良、挺可靠、家庭也比较简单的人结婚了。如今过着过着，竟然还体验到一点关爱和深情了。她如果不去尝试，那么真的有可能体会不到亲密关系，一直单着。

这就是为什么，我在这个婚恋制度并不完善的社会，依然祝福、鼓励那些选择 1.0 版本婚育的女性。因为我知道，爱情是现代婚姻的最后意义。如果用婚姻的本质去宣传，那么这个社会上真的不会有人想结婚了。但当婚姻有了爱、包容和温暖，婚姻的毛坯房以爱情作为硬装修和软装饰的时候，婚姻的本质看起来就没有那么冰冷且难以接受了。

爱情让女人不再作为一个生育机器被看待，而是让女人看到了自我。你，独一无二的你。爱情是一个人最大的"被确认感"，在心理学上，有一个人在那个瞬间承认了你全部的存在。有一个人到来了，温暖而有爱的房子开始有了灯光，一个冰冷的骨架有了血肉，削减掉了它的残酷性，开始有遮风避雨的功能。它有很多问题，但有时候还是可以尝试一下，体验世俗的快乐。

有人问，如果它是痛苦的，还要体验吗？

有时是个体痛苦，有时是集体痛苦、制度痛苦，有时可能更具备哲学性思考：那也许是人生的痛苦。我长期地思考过这个问题：人生如此痛苦，是否值得来一趟人间？但我觉得中国式的表达就很好：来都来了。既然生而为人，有时需要一点勇气，在玻璃碴儿里找点糖吃。

我早年的文字被很多女性称为"犀利派"。但生活里的我一直是一个柔软的浪漫主义者——爱花、爱茶、爱生活，还是个恋爱爱好者。我觉得恋爱是生命力的一部分，是认识自我、认识人生、认识世界的最好途径，不能因为婚姻制度不完美就不去恋爱，即便人到四十，即便再次单身，我也不会像很多激进的年轻女性一样水泥封心。即便爱情和婚姻有时会给我们带来伤害，但我认为，受伤也是人生的一部分。我可以用我的资源掌控力去控制这个风险有多大。因为我也会想，1.0版本男性会受伤吗？有痛苦吗？

我觉得当然有。1.0版本女性被赋予了非常多的婚姻义务，那么1.0版本男性也承载着很多对他们的期待。比如，男性应该赚钱养家，应该理解和陪伴妻子，不可以太敏感和懦弱。比起妻子，男性更不可以背叛的关系是父子、是忠孝、是天下。他们有他们无法突破的痛苦。君君、臣臣、父父、子子，中国男性有他们说不出口的那一份压抑。对他们的评价体系也非常单一：要么功成名就，要么百无一用。

如果女性被要求有固化的女性气质，那么男性就被要求有固定的男性气质。对于大部分中国男性而言，庞大的生活压力使他们付出了所有的时间和精力去实现"赚钱养家"，他们也因此试图削减情感的那部分，因为不会有人对他们这一部分进行考核。他们没必要花心思于家庭，他们有被妻子勒索情感的痛苦。很多男性在婚后稍微冷漠一点，女性就会觉得很痛苦，然后她也开始让男性痛苦。

如何处理这种痛苦，有时不是婚姻的问题，而是两个个体认知与价值观的比拼。

有这么一句话:"假如你需要一段好的婚姻,做个好人,找个好人,理解彼此的痛苦。"我深以为然。总有那么一段关系令你我怡然,男女彼此放过,彼此疗愈而不痛苦。

母职吞没

做好心理准备,如果你要走入婚姻,绝对不要低估了母职对个体意志的吞没。

一个女性在婚姻中体验到的最大压抑,基本上都发生在做了妈妈以后。听到一个有才华的女性结婚了,大家很丧气,但实际上毁掉她的可能不是男人,而是家务和母职。

母亲的身份有时像人生里的一个"墨点"——客观一些,姑且不把它称为污点。成为母亲,这个墨点就会在自己的人生海洋里无限扩散,网住女性。每天,他人的生活扑面而来,需要她负责。比如,女儿明早去学校要带的东西,假期一家人要去哪里的安排,女儿明天早上一定要穿的那件校服还没有烘干,老师突然打电话要她周末参加一个手工活动……这些事情把女人原本想为自己做的那个人生计划排挤得干干净净,她无法一个人睡到自然醒,然后去湖边闲逛一天。

她自己的世界被消弭了,她的时间被分割了。但时间是一个人能拥有的关于生命的全部。一个女性静静地、不知不觉地,以母亲之名被其他人的人生吞没了,这些其他人就叫作"她的家人"。但所有人都认为这是正常的。因为太平静了,以至于没人意识到她们在受苦。正如海明威所写："You are so brave and quiet, I forget you are suffering.（你太过勇敢安静，我都忘了你正承受苦痛。）"

但这怎么可能正常？一个女人，她的一生都在按别人的路径而活，而且不是固定的某个人，有时是丈夫，有时是儿女，有时是公婆，她成了他人主线任务里的替补。

母职的本质：消弭自己的时间，成就他人。只是因为这个他人是自己的孩子，所以母职才显得自然而然。但即便那个人是自己的孩子，女性也会感到被压榨。

比如我假期在家里做饭的时候，会规定早餐时间供应到九点，九点后我拒绝进厨房。大部分女性的早上会因各种各样的早餐要求而被分割，比如有的家庭，七点父母要吃软烂面条，八点起床的大儿子要吃比萨，九点半才起床的丈夫需要一杯咖啡，十点钟小女儿吵着要一个煎鸡蛋。有的女性会一上午无条件地满足这些需求。

这就是女性的人生。你不知道自己要做什么的时候，会成为一个随时待命的人。在家庭里打一辈子零工，每个人都有需要你服务的地方。对于某些把妻子和母亲的身份当作自己人生全部的女性而言，这可能是快乐的，但对于像我这种人生的很多乐趣要建立在自我这个身份上才能完成的女性来说，妻职和母职有时是一种莫大的打扰。上午，我需要一个到两个小时的阅读和写作时间。我规定所有人九点钟以后不许叫我。毕竟,到了十一点,我还要站起来做午餐。

进入家庭之后,在母职的空隙里,一个现代女性几乎要用尽全力去突围孩子的随时要求对自己的围剿和吞噬。孩子永远在喊妈妈,每时每刻都在喊。有个读者说,有段时间,她只要听到女儿问她妈妈今天吃什么就会暴怒,全家人都觉得莫名其妙,觉得这有什么好生气的。

我非常理解那种感觉,就像有一次看一个纪录片,一个海龟家族在海里遨游,其中一只海龟被海洋垃圾网住了。虽然大家同在海里欣赏五光十色的鱼、红色的珊瑚,但我知道,只有母亲的精神被网住了。我们就是那只被网住的海龟。其他人还无法理解:我们难道不一样吗?大家都在一个海里啊,有什么区别?

只有母亲才知道,当所有人沉浸在晚上要吃什么的兴奋里时,她要操心前面采购的那部分和后面清理的那部分。在中国现代家庭中,只要超过三个人,就会有做不完的饭、洗不完的碗和晾不完的衣服。它对"家务管理责任人"的精神压榨,在过去的几十年里,所有人都"瞎"了,装作看不懂。

在年轻人的平台"小红书"上,我曾经看到一个高赞回答。"为什么会有产后抑郁?"一个高知男性做了一段深刻的长篇回答。那段时间恰逢他妻子的上升期,而他的工作可以在家完成,所以他做了一段时间的全职爸爸。他说产后抑郁的本质在于"不可预计地被需要"。

在职场上,所有事情都是可以做计划由团队完成的,但一个婴儿的哭闹、大便小便、想要食物,这些都是随机发生的,他每时每刻都要处在一种——他用了"应激"这个词来形容这个待命状态。然后他说以前很奇怪为什么妻子带完孩子后会呈现出一种"摆烂"的状态,刷无聊的视频、喝奶茶、看没营养的偶像电视剧,他还一度觉得妻子应该在为数不多的休息时间里去做一些运动、进修、与朋友聊天之类的。但他做了半年的全职爸爸后彻底理解了,那是一种补偿机制,几乎是不受控制地发生的。一个人全天处在待命状态,放松下来以后,没有办法做任何需要自律和思考的事情。

这位男性好歹看懂了、表达了,但大部分时候,母亲身份的巨大付出是被视而不见的。一旦一个婚内男性看懂了,他就开始装不懂。他用歌颂母亲伟大的方式来逃避理解。

有些年轻女性会问:"那男性究竟在做什么?"

这是一个为了生计"失血过度"的时代。每个男性都需要全力以赴地获得工作机会,所以他们会在家庭生活里偷懒——这看起来很讨厌,但也可以理解。而女性是无法逃离的,她的孩子需要她。

一个男性可以在有情绪的时候摔门而去,但我们很少见到女性这样做。很多抑郁状态表现得非常安静，几乎没有人能看出来，这个女性还如往常一样洗衣服、做饭、工作、回家带孩子，但她内心有一种溺水的感觉，觉得自己快要被吞没了。有时候一旦碰到这种"溺水感"，我就知道自己至少需要三天假期。

有位女友告诉我，她一旦遭遇这种溺水感，就跑到酒店住两天，睡到昏天暗地。她形容这种感觉是"把母亲这个系统角色彻底关闭两天"。

鲁迅在《伤逝》里写到一对青年男女，他们热恋了、同居了，但很快男主人公意识到日常生活令人厌倦，贫穷对爱情充满伤害，于是他说出了一句"我厌倦了川流不息的吃饭"，引发很多男性的共鸣。后来，在一次北大文学作品讨论会上，一位女同学以前所未有的悲悯女性视角，看到了这场"川流不息的吃饭"背后，还有一个女性的"川流不息的做饭"。

这就是女性的妻职和母职视角。

每一个在婚姻里做了妈妈以后还能保留自我的女性，都用尽了全力。她们在稍微安静的空间里磕磕绊绊地写作（比如我），她们在孩子睡着后回复工作信息。如果你看到一位年轻的母亲可以轻拿轻放母职和工作，那意味着一定有一个上一代的母亲在奉献，不是外婆就是奶奶。

不要寄希望于保姆，即便女性有了保姆，她依然摆脱不了"家庭管理指挥者"这个角色，这是一种情绪劳动。一个家庭就像一个系统，母亲的脑子里需要随时运行这个系统。其他人只是一个临时的程序。

有一段时间，我写过一句话，"我们无法得到一切"。我们的辛苦在于，我们想要得到一切。工作、自我、孩子、家庭、关系，我们都想要。我们需要深刻理解自己将面临什么、遭遇什么，要穿越哪些时间和精力方面的压榨，我们要做超人才可能在成为母亲和自己之间达到一个共赢。

想要在1.0版本里聪明地活着，还需要更新对老版本婚姻的幻想，用新态度、新认知去进行婚育行为。很多女人无法顺利运行1.0版本，有个很重要的原因是，大部分普通女人对1.0版本的人生有误解，认为它是最容易、最能达到的一种人生。嫁给一个男人，生儿育女，不问世事，融入集体，获取家庭支持，所以忽略自我发展。

如果这个家庭的男性经济实力足够雄厚，或者女性的忍耐意识足够强烈，那么这个版本可以磕磕绊绊地运行几十年。但问题是时代改变了，女性要出门工作了，那么男性承担家务也必须成为婚育人选的考核标准。我们看到的那种幸福家庭、幸福婚姻，常常有一个巨大的前提：双方及其家庭在对婚姻的认知上都是合格的。

这个合格意味着所有人都严格遵守习俗，承担责任，各司其职。传统家庭有着非常高的道德标准，要求每个人都遵守游戏规则。夫唱则妇随，母慈则子孝，兄友则弟恭，婆和则媳睦。所有人团结合作，构建一个稳定而知足的小团体——家庭。这家人不可以太迂腐，要能看懂现代女性的艰难，不用老一套的媳妇标准去要求女性，并且尊重女性。别让女性出门工作了一天，还要应对埋怨她不像个女人的老公和婆婆，这种婚姻若不能迂回处理，着实也没有必要给自己添堵，硬要结这个婚。

有个故事，某台湾地区高龄女明星嫁给了一个大陆当红小生，费尽力气生了一个女儿。她担心婆家会嫌恶这个女儿，但她的先生斩钉截铁地告诉她，不会，因为公公婆婆是党员，他们接受的教育是男女平等。

男女平等的婚姻对家庭教育要求很高。比起有钱的家庭，现在的女孩更难找的是通情达理的家庭。网络上很多精明的博主教女性怎么嫁得好，用一种物化方式打分。给自己打分，给男人打分，用伎俩诱惑男性，让女性如何性价比最高地进入婚姻系统……

1.0版本本身没有大问题，大部分人只能想象这样的人生。1.0版本以最主流、最方便、最易被大众接受的方式，让我们推进人生、结婚生子、成家立业。但在选择上，大部分女性不太会选人，而且网络给了不良引导，让她们过于看重条件或者又过于不看重条件，其中很大原因是，很多女性不了解自己。

一位读者说,她和未婚夫按传统商量好了三金、彩礼、酒店,但在婚前的一个星期,男方变卦了。他单方面决定减少彩礼,简单举办,女孩子期待的浪漫婚礼没有了。我开她玩笑说:"对方想以最少的生产成本,实现再生产利润的最大化。"女人想要婚姻的血肉,即温暖的那部分;而男性结婚或者说男性家庭纳入女性,大多是为了那个基础套餐服务。

此时该如何?其实要分人看。

如果你是一个出生在"基础套餐内的女性",也就是人们口中的底层女性(特点是在重男轻女的家庭长大,受教育程度较低,自身能力一般,家庭条件一般但捆绑比较紧密,有兄弟需要娶妻,秉承传统嫁娶观念,没有或有很少的继承权,婚后财力不强),我建议这样的女性结婚要看房、看车、看钱财、看数字,走现实路线,严格尊重男聘女嫁的观念,把金钱作为自己的后盾,坚决执行彩礼和嫁妆规则,以防婚后面对变故时失去主动权。在前面我说过,这样的女性是以资源形式出嫁的,今后你获取原生家庭支持的可能性较低。但你依然需要爱,更需要。所以走恋爱到婚姻但坚持实际路线,是你的不二选择。

对于精神要求高,自身能力强,婚后无论发生什么都不容易失去自立和生存能力的女性,我建议弱化数据,看重感觉和关系。

在这个数据化时代,我们容易把男性和他的家人数据化:身高、体重、存款……这些固然重要,但我又常常在很多婚恋故事中看到女性追求很多细节的关爱，比如男友能否半夜三更跑几条街给自己买烧烤……在这个版本系统里的女性，你选择进入一段生儿育女的婚姻，那么房子婚礼之外，最重要的是一种直觉、一种感觉，对方及婆家有没有把你这个女人当作一个独立的人来尊重。有的女性从彩礼、房、车来评判，这当然很重要，但对方是否尊重你为个体而不仅仅是他们家的媳妇，也非常重要，这样就不会出现什么婚礼谈价、生孩子要保小的事情，不会出现婚后全家人吃饭你喝粥、桌子也上不了的省钱局面，不会让你去面对1.0版本里很不堪的那部分。不然，你的精神洁癖和独立会令你无法忍受这些。

这样的女性需要意识到，"子宫论媳妇"的大集体意识里，如果一个女人的本体被看见、被尊重，在穿越妻子和母亲的身份的那一刻，"你"被看见了，那么这段婚姻就非常难得。

在现代婚姻里，男方越在乎你的情绪、感受，越尊重你的个人意志，那么这段婚姻的可靠度就越高，在1.0版本的婚姻基础套餐服务之外，它的附赠值越多，它就越能留住一个女人。精神层面的关怀、爱、理解越多，就越能令女人忘记婚姻本身的付出和苦痛。

所以，一个女性，她的原生家庭关于"女儿迟早是别人家的"这个观念越淡薄，这个女性内心的坑洞才会越少；一个女性，她的原生家庭关于她的未来"是为婚姻准备的"这个意识越弱，家庭以及随之而来的女性的精神境界就会越高，她才会形成男性思维——婚姻只是我的一部分。

在这个"不婚不育保平安"的时代,选择 1.0 版本的年轻女性,需要把离婚纳入自己的人生选项,并且不认为这是失败者的标志。

据说,人类的平均寿命即将突破七十三岁。如果大部分人在三十岁结婚,意味着要和一个人共度四十三年,这是一个非常大的考验,要突破生育、成长、家庭,甚至经济周期等各方面的问题。

白头偕老是一个非常理想的人生状态,但在离婚率居高不下的今天,我认为不妨把十年当作一生一世。如果你和一个人过了三十年,非常好,你们度过了三生三世。如若你们分开了,无妨,一别两宽,各自欢喜。一段婚姻,我们怀揣美好的祝福,养育子女,但若到了相看生厌、实在无法共度余生的时候,坚守痛苦的传统也许是一种消耗。

曾有无数四十岁以上的单身女性对我说,她们不后悔离婚,只后悔离得太晚了。青春过去,人生蹉跎,有些事情不能重新体会一次。还有人说,她们后悔的是太早失去了对情感——不,失去了对自己的信心。她们犹豫和纠结了很多年后发现,人生最怕的不是失败,而是虚度,留下很多空白。

有的女性在情感失败后,放弃了自己的美丽,不再打扮、不再学习新事物、不再约会,内心充满怨恨,用一句话说,她的心气倒了，光芒灭了。

很多时候，作为大女主的我们活的就是那一口气，争的也就是那一口气。任何时候，心灯不灭，心气不倒，自爱自强，生生不息，这是一个女性此生最大的仰仗，而这种仰仗从不是系在某一个男人身上。

离开令人痛苦的 1.0 版本婚姻

我的读者里有一个硬核女性。她和丈夫一起去上海打拼，生活根基尚稳、女儿七岁的时候，丈夫和其家人提出要生育二胎。她心里非常明白，这个二胎是有限制的，如果是个女孩，她还得继续生。她仔细思考，这是她想要的人生吗？经济窘迫，含辛茹苦地追逐一个儿子？后半辈子一直在生生生？

假如多子多福是她的人生信念，那自然可以；可假如这不是她想要的呢？她能不能没那么喜欢生孩子？假如这一刻，她的生育价值覆盖了人的价值，这段婚姻还需要如此努力经营吗？这时会产生一个巨大的冲突，对一个女性而言，是维持 1.0 版本的婚姻更重要，还是个人尊严、健康和意志更重要呢？

我一个人无法写出这个答案，这个答案将由千千万万的女性来书写。不是慷慨就可以经营好婚姻，不是撒娇就能解决婚姻问题。这是来自整个体系和架构的冲击。

假如我觉得这个版本的婚姻太苦了，甚至侵蚀我的人生，我可不可以选择离开这个系统？一生一世一双人，究竟是一种坚守，还是一种执念？假如婚姻并不使我的人生幸福，我有没有权利、有没有能力、有没有条件离开？一旦涉及思考，我们就将诞生2.0版本女性。毕竟在1.0版本婚姻里不存在女性质疑，只存在女性服从这一选项。

这位女性是一个少见的勇敢角色。在无数次抗争无果后，她作出了一个在普通人看来骇人的决定：把丈夫的期待还给他，她提出了离婚。她发现不生儿子就失去了丈夫的爱。婚姻这幢房子里所有的软装修烟消云散，只剩下冰冷的功能骨架。这不是她想要的东西。在这一刻，她放弃了1.0版本的婚姻，成为孤勇的2.0版本女性。

这个选择是突破传统的，是违背1.0版本婚姻的，是超越集体意识的。她不想无休无止地生孩子，浪费理想和生命，后来的故事很长，但这一刻对她的人生而言，另外一扇大门正准备打开，吱吱作响。那片海无人去过，甚至没有人告诉她地图。

这是非常多现代女性面临的现状。也许不是因为要生男丁，其他许许多多的原因让这段婚姻容不下她的尊严和未来，但在婚姻之外，选择离开的话，她不知道如何去活。在这本书里，我可能在探索、观察走到或者想要走到这扇门的很大一部分女性该怎么办，她们孤立无援，脆弱无助。关于女性人生模板，几乎只在传统1.0版本里才有指导。没人鼓励女人活出其他模样，社会憎恶活出其他模样的女人。

在本章最后，我祝福所有在1.0版本里的女性求仁得仁。我从来没有彻底赞同女性抛弃婚姻，对抗男性，抛弃生育。我要探讨的只是，你需要思考，而不仅仅是作为一个"社会的女儿"来服从。

假如这个版本的你没有得到自己所期盼的，你当如何？你用尽所有办法也无法在一个漆黑的房子里点燃湿掉的木头温暖自己，你是选择在黑暗与孤独里度过一生，还是推门去寻找新的阳光？即便你思考后决定留下，也比从来没有思考过、一味忍受要有意义。

还有那些完全不想结婚也可以做到不结婚的女性（3.0 版本）。一位大龄单身干事业的女性朋友，她父亲对她极其不满，常讽刺她："做成功的人之前，好歹先做个正常点的人。" 1.0 版本的父亲憎恶不婚的女儿，不执行这个程序的女儿在父亲看来，再成功也不是正常人。但女儿惧怕冰冷的婚姻机器，她能看到再好的婚姻系统也是要受操劳之苦的。她看到了母亲压抑又操劳的一生，背负着无偿而艰辛的家务劳作，她实在想不通父亲为什么非要把自己送到别人家去做免费保姆。而 1.0 版本的父亲看到了那个婚姻机器的"血肉"，有家有室，有儿有女，有什么不好？

谁是得益者，谁就支持 1.0 版本婚姻。一般来说，男性得益，他们从收益角度支持这个社会模式；而女性被"集体意识"捆绑，不得不服从这个模式。因为这个模式之外，没有空间给女性生存。

可我发自内心地认为，并不是所有女性都适合婚姻和家庭。

很多女性是天生要去看"露珠怎么凝结，河流如何流淌"的。这批女性是天生的女性主义者，她们永远反对将"服务他人，乐于牺牲"想象成女性的唯一价值。我从不反婚反育，但我不赞成女性只有死守婚育才能获得幸福的意识。

把梦想还给女性，把人生交给女性选择和主宰。我真心希望每一个看到这本书的人，从今天起关心粮食和蔬菜，关心你的姐妹们。不是评判，不是八卦，而是发自内心地尊重那些为了家庭放弃事业的女性，为了事业不结婚的女性，勇敢逃离不幸婚姻的女性，为了科研不结婚的女性，生育的女性以及不生育的女性……尊重每一个按照内心所愿活着的女性。

这样，我们会有一个更加令人惊喜的世界。

我们幻想这样一个世界，女婴不会在还没出生的时候就被期待是男婴，女性生下来就能得到所有不区别男女的爱，上学的时候不被教导女孩子应该怎样，谈恋爱的时候可以随心所欲、不被指责为荡妇，遇到性骚扰可以大声说不，自由选择结婚不结婚、生子不生子……

那么我们的世界，该有多么自由。

但是，生活很快把我们拉回到现实世界。1963年，贝蒂·弗里丹写了一本书，叙述有大学学历的女性因不得不成为家庭主妇而深感沮丧。几十年过去以后，我们看似有了选择权，但妻职和母职并没有完全消失。很多女性选择回归家庭,更像是一种无奈之举——不愿意的话,那照顾孩子、做午饭、下午四点半接孩子做晚饭,究竟谁来做?

太多女性在挣扎之中成为2.0版本女性,她们做不到像上一代女性那样,完全服从父权,仅仅承担生育和照顾家庭的责任,可也不得不带着这份责任,艰难地寻求自我的发展之路。

第二章

2.0版本 纠结的圣母

她折磨着自己，内心撕裂：应该按照母亲的叮嘱，听话、变愚钝、服从、忘却自我，还是应该像朋友鼓励的那样，不服从、反抗，充分发挥上天赐予自己的天赋与才能？上帝的意志是怎样的？上帝对她的期许是什么？

——《形影不离》

2.0版本女性：资源与关系的博弈

2.0版本女性这一章，是我整个写作过程中最痛苦、最艰难的一章，很多时候我几乎要把自己写崩溃了。因为我要写一个事实：近三十年来，女性看似赢得了男女平等，获得了教育和工作的权利，可为什么普通职业女性反而更痛苦了？我们看起来有那么多选择，但真的选择起来，为什么如此困难重重？网络上的女性精彩纷呈，现实里的女性疲惫不堪。

最开始，女性认为自己没有经济地位，所以受到男性的压制。如今，女性有了自己的经济收入，但为什么很多痛苦还是没有消解？我收集了无数案例，社会上的、网络上的、身边的，各类女性都在细细密密地向我描述她们的痛苦，在这种负能量中，我一直在问："选择家庭还是事业？我们究竟是个人能力不足，还是社会结构不公？答案是什么？"

我似乎要触碰到那个答案了，但一直缺少一步。

在这期间，普通女性给了我非常多充满细节的故事、狗血的剧情、零散的情绪，比如婆媳矛盾、丈夫婚外恋、亲子教育、事业瓶颈……很长时间，我泡在这些散乱却真实的案例里无从下手。我是一个作家，但我不需要做一个故事会作家，更不想做一个只知道骂男人的作家。

我一直有一个很认真的意图：我不想仅仅谈论情绪，宣泄痛苦，我想在这些零散的故事里，找出女性痛苦的根源。我怀着一个小小的希望，也许看见，就能疗愈。

无数个痛苦的写作之夜过去后，我突然发现，我似乎即将触达那个从1.0版本走到2.0版本的女性的痛苦核心，因为在1.0版本的书写中，它已经崭露头角：这一生，女性都在平衡两个元素：资源还是关系。如果能看见这两点，并为之调整我们的人生位置，我们就能感到幸福；反之，我们就痛苦。

试想女性的人生是这样一个坐标体系：纵轴向上——资源，代表我们的财富、职业能力，我们这一生能给到自己的有形或无形的资产和安全感；横轴向右——关系，指向的概念很宽泛，原生家庭、朋友、婚姻、亲子，代表我们和人与世界的亲密度。所以，一、资源在谁手里，谁就决定了话语权；二、谁负责关系，谁就决定了合作成败。这两点构成了女性幸福空间的重要组成部分。

这个核心像一个篓子，兜住了女性所有类型的痛苦。比如，我们立刻可以理解为什么1.0版本的原生家庭父母会那么想快点把女儿嫁出去，在他们看来，获得关系就等于收获资源。而江浙沪独生女则不同，她们被默认继承资源，在某种意义上，江浙沪独生女就是儿子本身。很多单身女性也能靠自身努力，成为后来的资源拥有者——有了资源以后，她们对传统的通过婚嫁来获取经济资源的意愿理所当然就变弱了。

为什么有的女性摆脱不了做"扶弟魔"的命运？因为你如果不付出资源，父母就会隐约威胁你"要失去和我们的关系"，尤其是当女性被灌输一种"关系＝成功"的旧价值观念时。我们从1.0版本女儿的身份走来，当年必须结婚是因为我们"零资源"，不得不走向"绝对关系"，这样才能收获自己的人生空间和资源。

在过去的社会形态里，这个等式是成立的。一个女孩只要能嫁出去，她就获得了"穿衣、吃饭"的权利，通过关系获得资源，天经地义。在那个社会环境里，男人对资源绝对负责，女性对关系绝对负责；或者说，社会的约定俗成把男性单一地安排在资源维度，而无论这个女性的能力如何，都强制性地把她安插在关系维度。这在男性的资源能对家庭负责、女性任劳任怨的时代当然是成立的。

例如，在我外公年富力壮的那个年代，他独自在外当教书先生，每月微薄的工资如数交给留守在农村独自养育四个子女的外婆。外婆没有读过什么书，但勤劳贤惠，既要下田干活儿，又要操持家庭。他们磕磕绊绊，但大致上完成了这一生的合作。

可是，时代改变了。男性不再绝对负责资源，或者说无力绝对负责充足的资源；而女性无论是否有资源能力，都似乎一直被要求为关系负责。也就是说，女性的任务反而更重了。

有限的资源 vs 被过高期待的关系

在我外公的那个年代，每个人生活的总资源需求比较均等。比如我外公每月十三元工资，几乎没有任何悬念，但也没有任何增长空间。他停留在十三元工资的资源维度上安稳度日，外婆待在关系维度上勤勤恳恳，背后是她既没有机会，也没有能力，更没有意识，还没有必要，去资源维度争夺那十三元工资——反正每到特定的日子，这十三元工资也会由外公交到她的手里用来养育家庭。即便清苦，家里的每一个人，甚至社会对于这十三元工资勉勉强强养活这个家庭是没有异议的。四个孩子可能衣衫破旧，粗茶淡饭，但放眼望去，谁家又不是呢？

资源和关系之间，夫妻无缝对接，社会关系合作愉快。可是，一代人又一代人面对的世界和经济周期开始发生变化，资源和关系的主要负责人之间也发生了微妙的转移。

试想在我外公外婆的身上，有一天发生了这样一件事：十三元工资出于某种原因没有了。我的外婆该当如何？第一，出于本能的爱和公序良俗，必然与另一半风雨同舟，咬牙生活；第二，由外婆来获取资源。可是在那个年代，她即便有心，也无力出去谋取别的资源，四个孩子的拖累加上社会并没有工作岗位提供给农村妇女。

这是祖辈。如果谈论我的父辈,我的父亲是一个乡镇公务员,母亲是一个人民教师。他俩的结合算得上是中国社会的安稳典范,但绝对不是什么大富大贵的家庭。比起我的祖辈,我的母亲面对的是一个"妇女能顶半边天"的时代,社会开始有工作岗位提供给女性,所以母亲的资源获取能力提升了。他们共同创造资源,又共同维护关系。我的母亲既是资源创造者又是关系维护者,和如今的职业女性很像,但是为什么他们这代人的资源和关系维护,看起来简单很多?

一是资源环境的稳固。父亲的背后依然是一个非常稳固的工资体系,只要勤勤恳恳地工作,所得是看得见的。比如,工作三年,多分一间房,再过三年,买一辆自行车。在孩子的养育上,母亲认为他们这代人拿到了最好的资源——单位托育所、义务教育、独生子女政策以及学校教育占大头,并不要求父母对孩子有多大的倾注。但是她承认,如果换成现在养育我的女儿,她不一定应付得来,接送时间就成大问题了,她哪来的时间四点就去接?还有一点,我女儿家长群里那些打卡的繁杂小程序,也够这个戴老花镜的老太太受的了。

我母亲也认为我们这一代养育孩子的成本变高了,需要一个团队。说得更残忍一些,她认为现在的女性常常以一己之力,干当年需要一个团队做的事情。机会已经被她们这代人用尽了。这就是为什么以前一个人上班,养五个孩子,现在五个人上班,好像还养不了一个孩子。

如今，资源风险变大，像外公、父辈那种稳固的工资正在消失，这在上一辈的社会一定是一个突发事件，但对于我们现代婚姻来说，这是首先要面临的问题，很少有人敢说自己的资源是绝对稳固的。无数家里的资源提供者，每日都在面临这种资源的不确定感。那些被社会冠以"铁饭碗"之名的职位，比如公职人员，又要面临另外一个问题：这些稳固但有限的资源，能否满足现代女性所要操持的全部关系的需求？

一位儿时好友向我倾诉她婚姻里的剧烈冲突：公公婆婆希望他们再要一个孩子，而她的丈夫只是一个普通的公职人员，这也就意味着，无论一胎二胎，这个家庭的资源——丈夫的工资是不变的。如果再来一个孩子，她明确看到这个孩子带来的压力几乎全部放在了自己的身上（压力全部给到关系轴），因为男性在资源轴上有一种摆烂式的坦然：我一个月就那么多工资（资源），我全都给你了。不仅养育成本变高，我们对年轻母亲处理家庭关系的品质要求也大幅提高了。

比如，我外婆的四个孩子是放在挑菜的箩筐里长大的。妈妈常说小时候因为她和舅舅差不多大，体重也差不多，外婆经常用扁担和箩筐挑着他们姐弟出行。放眼望去，大家的孩子都是被挑大的，没有人认为这有什么问题。可是现在，社会已经全然改变。

一次，网友拍摄了一张某个外卖小哥把孩子放在外卖箱里睡觉的照片，无数的指责扑面而来，其中有一个很重要的观点：没钱就不要生，不要让孩子跟着可怜。

价值观也在发生冲突，睡在外卖箱里的孩子是否可怜？这不仅是贫富问题。在过去，我的母亲和舅舅在外婆挑菜的箩筐里安然入睡；可如今，人们不允许孩子睡在外卖箱里。

社会的价值观变得多样化和严苛化，身为主要养育人的母亲们开始焦虑：我能否给孩子提供更好的资源和关系？而身为父亲的男性，很大程度上依然对自己的资源提供有一种心安理得的态度：无论资源多少，我只要提供就可以了，你可以把孩子养活，我就是一个好男人。大家对资源的要求不高，但对关系的要求越来越高；而被默认为关系主要负责人的女性，感觉更痛苦了。

前段时间，我看到一个男性博主说，现代中年夫妻的生活是一个"失血"的过程。

第一次看到"失血"这个形容的时候，其精准性令我瞬间动容。买房、生子、父母生病、要二胎、公司降薪、辞职，都是一次次现代婚姻双方心力失血的过程。于是，在现代家庭里没有人敢开心。如果一人岁月静好，则意味着另一个人在双倍"失血"。在这个社会，把失血的压力加给任何一方都是很残忍的。如果按照1.0版本的模式，男性的失血相对明显，但也很容易被体谅，他们要面对的是经济压力、社会价值压力，但如果他的资源很固定，他就会有一种心安理得感：我就这么多，我全给你了，你如果不满足，那就是你的问题。所以，女性的失血显得很憋屈、很隐蔽。她们拿着资源（但常常入不敷出），精打细算，这是操劳的失血、健康的失血、精力的失血、情绪的失血，以及人生价值感的失血。

那么，男性在外工作拿回来的钱，究竟够不够家里的女性用来维持日常生活和人际关系？这是个体问题。如果够，那么这个家庭就勉强维持，这就是我在后面要说的普世婚姻，劳动妇女面对的是精打细算的痛苦。

如果资源大大超出，那么关系负责者就可以毫无压力地维系家庭空间。比如，现在出现一种"女利主义现象"——年轻的受过高等教育的女孩，她们一毕业就放弃找工作，全身心投入择婿。她们认为既然迟早要被丢到婚恋市场，不如早点利用年轻美貌走传统婚育路线，在三十岁前生三个孩子可能是她们最好的人生路线。有钱的全职太太可以请两个保姆作为帮手，她在婚姻里就很自在，只需要处理关系，而非操心资源。她们一开始就把自己的全部战场转移到婚姻，婚姻成为她们资源和关系的全部主场。

与之相对的是社会愈演愈烈的大女主模式。在这个"人有多大胆，地有多大产"的创富时代，互联网放大了个体的营运能力，一边是月入五千的上班族，一边是月入五十万的网红。假如在传统里被要求负责关系的女性月入五万，收入大幅超过男性，而默认只需要维系资源的男性月入五千，他是否愿意回到关系维度进行经营？他是否愿意转换身份，成为关系的主要负责者？所以，婚姻模式依然是1.0版本，但男女双方在资源和关系上的争斗已经开始了。（田园女权主义到这里就结束了，而真正的女权主义会探讨为什么男人也那么苦。万恶的资本主义改变了一切，把人用到极致。）

社会默认男性获取资源，女性维系关系，可是女性明显意识到，身边的男人给予的资源有限，不能满足社会越来越高的婚姻家庭关系标准。这个时候，女性只能直接提高对男性的资源要求，所以男性认为女性的胃口变大了。我们确实来到了网络上男女矛盾非常激烈的一个时期。男性认为女性过于贪婪。尤其在婚恋问题上，男性认为女性要房、要车、要彩礼，还要金镯子；而女性则认为男性的打猎能力太差。在现代社会，稳固的住房和车辆几乎是一个家庭的生存标配。更别提，如果一家人住在一起，那么对面积就有要求；如果要对孩子负责，那么对学区就有要求。谁来接送孩子？摩托车还是汽车？女性还很委屈地说，这一切还要算在我不吃不喝不买衣服的基础上。这时男性开始狡辩，他们打关系牌，偷换概念，认为女性谈资源就是在否认关系——在你心里，我们的爱情就不那么重要了吗？

看到这个问题后，有的女性开始研究一种巧妙的"嫁学"。社会上出了很多教程，教女性如何通过搞定关系来得到资源。很多女性嫁给一个有钱人后，几乎是感到庆幸，因为她们可以大幅度减少关系维度的冲突，于是，这批女性开始炫耀她们的得利。而互联网又将这种炫耀放大，令很多普世女性发现，原来百分之九十的关系矛盾可以用资源来解决，我给这批女性取名为"总裁太太"。总裁太太的功课是全力以赴，聪明地维系关系（以保证资源）。

但是，哪里有那么多的总裁太太？以我对中国女性的了解，大多数人大大咧咧，直来直去，受着"有情饮水饱"的教育长大，吃苦耐劳的劳动妇女绝对占大多数。

劳动妇女，尤其是进入婚姻关系的女性，抓住一切机会多打一份工，从单一的关系维度走向资源维度，以应对越来越高的婚姻家庭成本，比如高昂的房价、教育和医疗费用。劳动妇女们刚刚靠自己拿到"一点点资源"，却又发现需要维系"庞大的关系"。

去年春节，我看到一个点赞量非常高的视频，一位男性追问自己的妻子，明明过年我给了你三千，你钱花哪里去了，是不是补贴娘家了？妻子们开始拍摄另外一个反击视频：镜头内的女性甩给丈夫三千块钱说，我给你三千块钱，这个月的伙食你来负责吧，每天买点牛肉，买点虾，再给孩子买点牛奶和水果。周末你同事结婚，记得还礼六百。公公下周生日，你记得给一千块的红包。顺便再给车加四百块钱油，还有物业费也交一下。

男性就会说，你这是三千又不是三万，肯定不够啊。

妻子会讥笑道，原来你也知道不够啊，那你昨天问我每个月给我三千生活费还剩多少，我真是太愧疚了。你能力比我强，以后家庭支出你来做吧。

这一刻，我看到了一种典型的现代妻子"用有限的资源去维系无限的关系"的模式。当这个空间无法平衡的时候，妻子们就罢工，把这个关系经营的工作丢给男性。很多女性撂挑子把关系维度推给男性："你觉得够，那你来管这一家子的吃喝拉撒好了。"

那我们客观来看，究竟是男性给的资源太少，还是女性持家的能力太差？

前段时间，一条热帖在网络上刷屏：中国男人已经养不起家了。它深刻阐述了这些年，中国男人仅凭一己之力承担不了家庭负担的现象已经很普遍。一个家庭养育一个孩子，不仅需要经济投入，还需要任意一方父母的鼎力支持。过去，一个大人足以养一堆孩子；现在，一堆大人养一个孩子，似乎还很吃力。是养家者太懒惰吗？显然不是，每个人都很努力，这时我们就要提到一个供养比的概念。

数据统计，美国一个产业工人的劳动收入可以供养4.8个人，德英法三国更夸张，一个人可以养6.8个人。即便老龄化比中国还严重的日本和韩国，它们的供养比也在1∶3.8，而我们从

2021年起，供养比就已经滑落到了1∶1.1，也就是说，中国产业工人的收入真的只养得起他自己了。负重前行承担一个家，如果女性不在养育孩子之外承担经济支持，几乎是不可能维系一个家庭的。中国劳动者的工作时长无论男女都遥遥领先于世界，是第二名美国的6.43倍，说中国人民是世界上最勤奋的民族一点都不为过。

人之常情，每个人负担自己都很困难，怎么还可能有意愿结婚呢？

尚未进入关系的年轻女性开始大胆思考，既然我又要搞资源，又要搞关系，那我是不是不搞关系也可以。只要我没有下一代，我就不需要有房贷、车贷。或者说，我只为自己拿资源，只要我超越公序良俗的约束，我就可以战胜婚姻对我的围捕。

对，我称之为"围捕"，因为我看到大部分年轻女性对于家中催婚的态度几乎是一种"逃离"。现代女性默默地从单一的关系维度开始逃离，向资源维度进发，直到逐渐有人彻底抛弃了关系维度。这就是2.0版本女性的诞生：如果我感到被剥削，我便开始逃离关系。她们开始想象，不婚不育能否保我的平安？

2.0版本底层女性的觉醒

我看到一个非常有意思的新闻纪录片。在北方某村镇集体中，有这样一批农村母亲，她们大多在孩子十二岁要上高中的时候，去往县城或者地级市进行陪读。一般来说，她们不具备出远门的机会，但这次不一样，这是基于家庭教育而获得的一种理直气壮的"迁徙"。

在离开村镇去往更大的县城或者城市的三年陪读生活中，这群从来没有离开过村镇的年轻女性"幸运地"摆脱了"单调、麻木"的在家劳作、伺候公婆、忍受丈夫出外打工的孤单生活，第一次在县城拥有了大量属于自己的时间。她们大多的作用在于为在县城读初高中的孩子做早午饭，所以便有了大把的自由时光。而因这段自由时光，很多女性命运的齿轮开始转动了。

如今的县城早已不是当年的县城。在中国城镇化的巨大推动下，每个县城都在复制一种互联网上展现的城市姿态，把城市生活依葫芦画瓢地复制给了小村镇女性，从此，自由时光开始分化她们：有的沉迷于茶馆麻将桌，和认识的已婚男性有了不伦之恋；有的在县城的小服装店打零工，顺便学会了网络直播和化妆；有的在这个城市里 city walk（散步），第一次喝到了咖啡，第一次和城里女性一样喝上了下午茶；有的报班参加了一个技能培训，做上了家政服务……短短三五年过后，这批陪读母亲的人生理想被彻底改变了。

她们也许很难形容到底是什么改变了她们，但至少知道，人生不是只有守着房子、丈夫和孩子。她们开始发现，女人可以不只有关系维度。

如今的村镇家庭有一个集体默认的规则，即便让儿子出门打工，也不可以让媳妇出门打工。太多夫家隐隐约约地感到，一旦把儿媳放出家门，有可能就收不回来了。所以，一个冠冕堂皇的出门理由——陪读，开始对最基础的中国下层城镇的 1.0 版本家庭组织产生一个巨大的冲击浪潮。

这批女性早有苗头，并且有一个非常典型的代表。2001 年，《半边天》主持人张越采访了一个很不一样的农村妇女——刘小样。她写信给电视台，发出了灵魂拷问："为什么在农村，有钱可以盖房，但不可以买书；可以打牌闲聊，但不可以去西安；不可以交际，不可以太个性，不可以太好，也不可以太坏？"她似乎天生能读懂身边祖祖辈辈的女性在过的一种生活，隐隐约约觉得不太对且压抑；她也喜欢城里人的生活，喜欢女人们穿得漂漂亮亮的，不知道为什么农村人一直在灶头烧火，隔壁的女人这样过一生，我也要这样过一生……就是这样浅浅的几句话，一直延续到她后面的那句"我宁愿痛苦，也不要麻木"。

工作人员被这样的农村妇女打动了，邀请她去电视台参加节目。这一次出走，她见到了北京，见到了城里人，见到了晚会结束拆掉的布景。漂亮衣服买了，可她更失落了。随后，刘小样第二次、第三次出走，她去县城打工，去贵州当老师，去图书馆看书。可是，她被一双绝对的手拽回农村的丈夫和孩子身边。她说："我害怕失去那些激情和感动，我想要更多的知识，想知道更多的事情，可我却要一直一直在这里，做妈妈，做农活儿……"

她的经历概括了所有2.0版本女性的纠结——我不想仅仅被当作一个身体、一个子宫、一个传宗接代的工具、一个家务的总管，而是由灵魂发出了质疑——我不仅想要维系一种家庭关系，还想要去看世界，去拿资源，因为我看到了一种可能性，我有可能比男性拿得更好、更多。

其实，城市女性也没有好到哪里去。你我身边一定有这样一个出生在20世纪80年代的现代城市女性，她老老实实地大学毕业，获得了体面的工作，千辛万苦地生下孩子，但人生的崩溃发生在有一天晚上，她筋疲力尽地回到家，发现全家人都在等着她做晚饭。她开始思考并不甘：为什么我明明可以在社会上获取更高的报酬，回家后还要从事无偿的家务劳动？我和男性一样在资源维度奋力拼搏，为何处理关系的仍只有我一人？他为何不进入关系维度，还要在一丁点资源上当大老爷？

当有了第一次这样的思考之后，社会上关于资源分配、社会分工、女性不公等思想理论，几乎是不自主地被她关注到。她开始发现，这个社会上并不是只有她一个人感到不公平，庞大的经济独立、已婚已育女性群体都在面对这种分配不公。

数量庞大的痛苦已婚女性都诞生于这个阶段，网上控诉婚姻的女性也出现于这个阶段。关系的冲突和资源的匮乏让我们走出关系维度，可让我们完全抛弃家庭，又似乎不值得、没必要，还不足够。这意味着我们拿到了资源，依然无法放弃关系，但我们又不想花那么多精力去维系关系。而女性又需要关系——源于第一章里描述的"来自传统中国式女儿的天然缺失感"。太多的悖论和矛盾开始出现了。

到了这一步之后，一场在2.0版本女性之间的内部战争开始了。

比如天经地义论，这是1.0版本主要束缚的源头。你是女人，你就算能挣钱，但家庭更重要，不可以离婚，不可以让孩子成长在单亲家庭……这些来自社会集体意识的声音压制着她们真实的感受，不断警示、告诫甚至恐吓她们：关系维度依然由女性负责，你即便有了资源，依然要待在关系维度，不然有可能失去关系。

"失去关系"是我在这本书里反复写到的，关于女性自身很重要的一个感觉，它可以覆盖的面非常广泛。它不仅指我们失去婚姻关系，还指我们失去作为个体的"被接纳"的感觉。比如，人们常常恐吓单亲妈妈，说你的孩子将来会被人看不起，连孩子找对象也会有问题，这种对女性的恐吓几乎延伸到了下一代。还比如，社会恐吓优秀的大龄剩女，也是在说一种只有资源没有关系的女性，人们对她们的恐吓常常是老了怎么办之类，这些负面感受都被我纳入"失去关系"的体验感中。

我有一位女性朋友，她在体制内是一个位高权重的领导，但直到她要退休，她的母亲依然认为她这一生最大的失败就是离了婚。如果不离婚，她的人生就很完美。一个哪怕要退休的女性，此生成绩斐然，也要遭到自己八十岁母亲的嫌弃，认为她作为女性是失败的。这就是非常典型的1.0版本人生——只要你失去了关系，你就失去了人生。在传统社会，关系变得左右为难，抛弃关系之后，有的女性反而更累。

第一，因为孩子的存在，她们无法完全抛弃之前的关系。据说在普世已婚妇女里，长期流传一句话："有爹总比没爹强，亲爹总比后爹强。"

第二，有资源这件事没有让她们获得更好的新关系。传统社会的刻板印象，常常把工作能力强大的女性归于女强人，不可爱，会吓退很多精神羸弱的男人。离开一段关系就很难再进入一段关系，这是大部分单身女性的困扰。

第三，女性中开始产生强者对弱者的蔑视，这明显是一种资源维度对关系维度的鄙视。很多职业女性认为，家庭主妇的困境来自她们的懒惰，她们早该出门，从就业中获得满足感，而不仅仅是在网上抱怨老公。这意味着很多女性认为，关系的困境应该从走向资源里得到拯救。这种现象在网络上逐渐年轻化，年轻女孩非常讨厌这些"既哀怨又不离婚的中年女性"，这何尝不是一种"绝对资源"向"绝对关系"的攻击。

女性为何离开婚姻

当一个女性感觉到失去关系要面对非常多的困境却依然想要改变,愿意面对其他痛苦时,说明2.0版本时代真的要到来了。

目前,在婚姻里挣扎的女性大多分为两个方向:再痛苦,我也不离开;无论多么痛苦,我都要离开。当道德束缚、经济捆绑、亲子羁绊都不再是一个女性留在婚姻里的理由时,这个女性的力量是很可怕的。毕竟,经济独立很抽象,而女性的感受很具体。

今年,我在余华老师的《我们生活在巨大的差距里》一书中,读到这样一段话:

> 当每个人都拥有一个舞台,可以充分地秀自己之时,过去意义的家庭在今天完全改变了,或者说现在的家庭不再像过去那样承载很多属于社会的功能。很多人不再像他们的父辈那样珍惜家庭,因为他们的价值更多地体现在了社会生活里,很少体现在家庭生活中。

我觉得这段话可以充分解释如今女性的崛起。我之所以从关系中出走，是因为性价比不高。在家庭关系里的价值已经很少受到尊崇，我选择去资源维度体现我的价值，展现我的力量。

对于如今的年轻女性而言，她们看到了婚姻模式的无奈：一个普通的职场妈妈，早上八点，匆匆忙忙地送孩子上幼儿园，然后赶到公司进行一天的工作，还要接受客户的高要求、老板的指正。晚上八点，再匆匆忙忙地赶到家，接过婆婆迫不及待递到手里的孩子，看着家里乱成一锅粥，老公还在陪客户应酬，没有回家，而老公觉得，你是家庭关系的主要负责人。在这样的状态下，首先是疲惫，接着是孤独，再然后变成愤怒。时间久了，变为压抑。

如果说1.0版本的女儿身份带给我们的是零资源，不对资源负责，走入"绝对关系"的过往命运，那么现代职场妈妈，几乎每天都要面对争夺资源和维系关系的矛盾。她们精力上不足，家庭事业的时间不平衡，个人价值感得不到发挥，感到焦虑、疲惫、孤独……

未婚女性开始推迟结婚，甚至不选择婚姻，原因有：第一，即便不结婚，自己也有财产继承权，尤其对很多独生女而言；第二，为了生育自由权；第三，不愿意进入内耗家庭关系，选择更自由的生活；第四，想要独立触摸世界。

总结起来，普通已婚女性对婚姻最不满的几个地方，就是这些原因的反面：

第一，丈夫不分青红皂白，认为要由女人顾家且无视同等的工作压力，婆家毫无作为。受传统思想的影响，大多数男性认为女性和自己结婚就是加入自己的家族，应该为这个家族的日常运转、子女繁衍付出百分之百的力量，而自己对这一切有着绝对的话语权，并不考虑女性在经济上已经做出了比过去高出几倍的共同承担，还负责男性整个家族的交际、养老。用一个女性的话说，我在外面可以管三个部门，但我的丈夫依然认为不该他来倒垃圾。

第二，丈夫不上进，不学习，不与妻子进行精神交流。在这个时代，比起女性，很多男性认为"结婚是一个人的完成"。尤其很多男性的生活处于前半生由母亲照顾，后半生无缝转移到妻子手上的状态。很多男性完全没有意识到自己需要去学习和追求一些生活的进步，减轻妻子的压力——或者说，他们并不认为妻子有什么压力。

所以，我在这个章节里完成了两个方向的记录。一种是有资源能力的女性，她们即便感到孤独、疲惫，但仍然希望保留关系，留在主流婚育的人生里。她们希望在婚内解决问题，而不是大刀阔斧地离开家庭。但这一点饱受年轻女性的诟病：婚姻都那样了，为什么还不离婚？

我认为这个问题不需要回答。一个女性是否选择在一段不完美的婚姻中继续前行，这是个人选择，不需要给社会一个交代。只是说眼下的女性需要更多的"止痛片"和人际关怀。对婚姻中有痛苦却选择留在婚姻里的女性，即便不祝福，但保持基本尊重，我认为这是同样作为女性的一种素养。

还有一种女性，她们的资源足够，不再期待用婚姻制度满足自己的期待。她们不想解决婚姻问题，决定直接解决掉婚姻，毫无负担地奔向资源世界，展开宏大空旷的自我和人生，用新的方式解决关系维度问题。但是，她们希望社会不再用道德绑架来指责。

这两种都是女性的自我升级。但这两条路不是必然成功的，有女人走通，也有女人走不通。坏的情况是，有人把第一条路走得失去灵性，怨恨、压抑、指责，俗称过又过不好，离又离不了；也有人把第二条路走成了贫困、偏执、冷漠、孤苦。她们并不寻求另外的关系，甚至憎恶关系，把愤恨仅仅指向男性束缚，怀着这种意识，哪怕离了婚，也会成为另外一个群体，我称之为"厉鬼"，万劫不复。还有一种是在这两个维度里疲于奔命：干事业的时候，惧怕没有关系；在关系里的时候，无法全然享受资源。所以，能够突破资源与关系纠结的2.0版本女性，一定经历过非常大的自我转变。

最开始，我一直没办法厘清中国的1.0版本女性：她们按照陈旧的社会标准系统去活，去结婚，去过自己的人生，在人到中年面对婚姻、家庭、事业、自我而感到痛苦的时候，这些痛苦到底是单纯地由于个体女性的自我能力不足，导致她们没有办法经营好婚姻家庭，还是男权社会的压榨、这个社会的不公平造成的。

来说这样一个故事。我认识的一个女作家说,她写了一辈子关于女性遭受不公平的文章,却在某一天发现,她的侄女属于"干啥啥不行"的类型。这个年轻女孩从小没有吃过任何苦,做任何一件工作都没有超过三个月,她的父母觉得她只有一条路,就是去嫁人,但侄女觉得在网络上看到的婚姻都要受委屈,她不想受委屈。后来,她去一家公司上班,因为不想穿高跟鞋,很快被辞退了。

这位女作家朋友甚至对自己一生的学术研究都产生了怀疑,这么多年来她一直为女性遭遇的不公呐喊,但这样的年轻女性让她突然意识到,集体不公里真的存在个体能力太差的问题。"像她这样的,就是给她豪门机会也不行,要是陪老公去参加个宴会,她连穿个高跟鞋也嫌累啊。"这样的女性哪里轮得到男性蔑视,我们女性群体也觉得她不太行。

可是,如果只顾着评判个体女性的能力不足,又会忽视整体男女意识不平等的地方。比如在公司里辛苦一天的高管女性,回到家依然要面对繁重的家务。《82年生的金智英》这部电影里,令人最难过的不是丈夫恶劣、婆婆凶狠,而是丈夫明明还不错,妻子能力也不错,为什么妻子的痛苦依然存在?

后来我发现,只能先假设所有女性的个体能力是没问题的,再总结社会系统问题。在书写的过程中由女性自己反思,是否在集体社会的不公平里，存在自己个人能力不足的问题；或者说，努力分析自己遭遇的困境究竟到了哪个地步。我们得坚强地从不完美的系统里开出自我的花来。说一句很中庸的话，2024年现代女性的痛苦，可能真的是由两个部分组成的：第一，我们个体的能力或精力不足；第二，社会结构依然不公。

我们要承认，我们既面对着一个对女性不是很公平的社会，同时又要想尽办法在这个不太公平的社会里实现一种孤独的自我成长。我们的担子更重了。如同很多女性和我说的，我明明看到老公在婚姻里对我的帮助不大，我还要去学习如何让自己更好，工作更好，怎么去经营婚姻，这件事情让我感到更愤怒了。

其实，我也有过这样的阶段：凭什么要进修、要进步、要改变的一直是我？凭什么不是男人？

但如今，我能够回答了。当我能够回答这个问题的时候，我也能看到自己变得更强大了。我开始完全为自己负责：谁期待，谁改变，默默改变。就像戴锦华教授说的一句话："我们先努力追求个体进步，再去改变社会不公。"

生而为女性，无论周边环境多么恶劣，先把目光收回到自己身上，向阳而生。这是一种选择。我选择既看到系统问题、全社会问题，也修正我自己。

和我有同样感觉的还有一位律师，她对未来很有信心，她认为女性的世界不是瞬间得到改善的，但说不定不需要男性参与也能改善。因为她依稀看到，一个个女法官、女律师、女高管的崛起，正慢慢地把这个世界朝我们想要的方向实现。这个过程非常"润物细无声"，一夜之间可星火燎原，即便男性不参与，也没什么问题。

我们每个女性，先要承认自己生活在一个不完美的世界，生活让我们很疲惫。但我们要选择在这个世界里，不去每日抱怨成为受害者，而是尽可能地改变自己，哪怕只有一丁点力量，去改变这个世界。在这个绝对真实和复杂的世界里，努力实现自己的成长。这与我单身还是结婚无关，与我先生是否有能力帮助我无关，与我遭遇什么无关，与我的婚姻是否绝对公平无关，我就是选择在这个阶段去做一个更圆满的自我。

以上是个人选择的力量。这个选择代表一种强者意识，主动活成一个解决问题的女性，而不是等待解救或者终日抱怨。想到这一点后，这一章关于"女性痛苦"的脉络就变得很清晰了。

所有的姐妹们，当我们作为1.0版本的传统中国式女儿，穿越"扶弟魔"等传统压力，年轻懵懂时选择主流婚育，在人到中年时感到痛苦迷惘，觉得家庭压榨了自我，事业价值不够……我们终究只需要做出一道题：我们决定为自己负责。我是要在保留婚姻的基础上完成自我升级，在这个新旧交替的时代维持一个旧时代的生活模式，还是勇敢离开，做一个出走的女性，都由我们自己选择，自己承担，自己疗愈。

我们向走过那些痛苦阶段的成功女性学习，学习心态，学习技巧，也升级自己。我们开始懂得真正的大女主意识：分析，觉察，改进，知行合一。毕竟，1.0版本是一个强大的历史结构，足以让女性放弃资源回归关系社会。

我们先看保守原则：维持关系——守婚派。

成为一个守婚派很简单也很重要。如果一个疲惫的现代女性不想离婚，还想留着老公过年，那她就只能改变自己在关系里的行事方式。留在婚姻里的女性都清楚，女人的婚姻痛苦大多逃不开一些很基本的元素，无非老公不解风情、不尊重自己、生活习惯太差，还有婆媳关系紧张……说来说去就是这些了。

看似不堪且不太体面，但它就是关系的真谛。你的资源无论有多大，只要想拥有好的关系，你就得适当忘记你的资源，必须回到关系维度去处理关系。无论你是女总裁还是全职太太，你都必须回到你的生命而不是你的身份去拥有关系。你得学会把这些总结到位，我需要的东西究竟是什么？

每一个处在资源和关系冲突，或者简单来说，事业和家庭冲突里的女性，首先要有一个非常明确的概念：我的痛苦到底是什么？我的资源能力到底有多大？有没有大到我可以在伴侣面前作威作福、高呼待遇不公，或者直接离开这段关系？

在过去的一些基础调查里，我发现很多女性对这个概念模糊不清，很多女性挣了一点钱之后，略略高估了自己，有点狂妄。

拿着资源摆谱儿，不接受男女有别的思维，这决定了她们在关系里一定会碰壁。这句话非常不好听，我大概是全网第一个敢这么写挣钱的女人还不怕被骂的，但事实就是如此。

有这么一句话：如果你在纠结，那就说明你离开的资本不够。我希望大家先深刻理解一个概念，什么叫作"女性净利润"。你一个人吃饭全家不饿，挣了钱自己一个人花，一个人旅游，这叫"女性净利润"。

但假如你是一个家庭妇女，你老公不要你的钱，也不花你的钱，他负责全部的房贷、家庭开支、人际交往费用，你的钱全部是零花钱，你可以叫独立女性，但你并不足以独活。这个不能叫"女性净利润"，因为十万元的零花钱和十万元的生活费完全不是一回事。可现实情况是，很多女性在有了十万净利润之后，开始瞧不上赚十万年薪的先生，动心思挖婚姻的根基，我觉得这和男性有钱后就想换老婆的心态是一样的。

中国婚姻有一个很有意思的地方，它在的时候像四面墙，毫无用处，也像晴天的雨伞，多此一举；但你把它拆掉就会四面漏风，女性往往风雨飘摇。如果你的婚姻不是那种绝对零关系，我建议暂时保留，识时务者为俊杰。

什么叫绝对零关系？黄赌毒但凡有其一，以及男性长期出轨且不提供家庭照看，我就称之为零关系。那些丈夫不懂风情，骑着电动车去接孩子，回来也不知道给孩子加个衣服等抱怨，不叫零关系。如果他还要和你共同承担资源，对于抛弃关系，你需要更加谨慎。

但我们还是很累，感到憋屈，原因何在？

中国大部分女性都有一点点资源、一点点关系，俗称平衡，但我们必须承认，它就是我们平庸的人生，大部分时候，不甘平庸是人类的苦痛之一。有时我们会在网络上看到那些拥有绝对财富和权力的女性，她们似乎对男性不屑一顾，玩弄于股掌——这不适合我们，很多女性没有那么多绝对资源。

有时我们也看到很多女性高嫁，她们似乎没有什么本事，仅仅凭借漂亮或者身段柔软，就成了一个好命的太太。实际上这种女性是关系里的清醒者，她们很早就开始布局这个路线。但我认为大部分中国独立女性不具备这个身段，你内在的缺失不足以去处理这种绝对的服从关系。你的自尊都没有得到圆满，还要去提供情绪价值，这是很压榨人的。

所以，大部分女性就是一点点独立，但也要搞关系。

而我在书写一种普通且平庸的人生，不体面但真实。在过去几年里，我收集了很多普世女性痛苦的案例，随后会和大家进行一些探讨。

学会打直球，拒绝猜猜游戏

我对所有筋疲力尽的守婚者说过，你必须学会放弃你想要在婚姻里掌控一切的想法。

这听起来很烦、很痛苦，像驭夫术。就好像一个女人说，我就是因为关系太烦了才去挣钱的，我觉得有钱就能搞定，但是你又告诉我，如果不想离婚，就得回到关系里去处理关系。

有一次，我介绍一个筋疲力尽的中年女性闺密去看中医，那个医生非常幽默地说了她一句，没什么大毛病，就是神思过度，地球球长。

我问什么意思，医生说，就是地球上的事，她都要操心。

我哈哈大笑，有人说中医如算命，原来是真的。这位朋友就是一个非常典型的"操心命"。现代婚姻非常有意思，有一个多勤奋的妻子，往往就匹配一个多慢悠悠地如同考拉一般的丈夫。而这种关系到了人生后半段，女性越努力，男性就越懒散；男性越懒散，女性就越操劳。女性觉得她为这个家倾尽一生；丈夫也很委屈，他默认自己从来没有得到一个尊重、一个仰视、一丁点温柔。你可以指责他，但你无法抹去他的真实感受。

一个从关系维度攀爬到资源维度的女性，却还站在资源维度对着关系维度的负责人指指点点，这导致很多女性把本来可以顺利进入关系维度的伴侣直接打趴下了。

举个例子，我的一位读者在公司是高管，但是回了家，她要立刻接手两个孩子，她觉得自己亏欠他们。一直以来，她的梦想就是一家人能够好好地吃一顿晚饭，所以每天开会无论多晚，她都会赶回家吃晚饭。但因为她回家接班，婆婆常常匆匆忙忙地吃完晚饭就出去跳广场舞了；丈夫也是速速离席，赶紧打几次斗地主，剩下她疲惫地给孩子喂几口饭，吃大家的剩菜。时间长了，她悲从中来：我这么辛苦却只有残羹冷炙。她期待中其乐融融的晚饭，一直没有实现。

我们当然可以抱怨，抱怨婆婆太不体贴，老公太不识趣。但这本书里，我无数次强调一个观点：抱怨永远解决不了问题。

她有时候会问我："艾老师，你不要给我讲道理，你就直接告诉我，假如你是我，你要怎么办？"

我答："按我的脾气，直接告诉全家人，我今晚要喝鸡汤，还要吃红烧牛肉，然后吃完抹嘴走人。如果吃不到，我就自己去外面吃。"

她愣了："就这么简单？"

我答："就这么简单。"

核心问题是什么？核心问题是，走到资源阶段的中国女性，往往会很长时间停留在一个"伪女主"阶段。"伪女主"最大的特点是，在赚钱这件事上已经成为一个"大哥"，而内心还关注着、操心着、期待着一堆"嫂子"的事，最关键的是还有一堆小嫂子索爱求关注的情绪。所谓嫂子的情绪，实际上是一种对"性别红利"的不肯放弃。

我们必须承认，女性有女性的痛苦，但是很多时候，女性也有女性的红利。比如"等靠要"，天然期待被他人关心。很多资源型女性没有意识到，她们已经不需要他人主动关心自己了——因为她们足够强大，到了能主动给出或者收回情感价值的时候。

假如我是这位女性，一位在工作上得到了全然满足感的女性，我就会减少在关系上的期待，对身后的琐事、后院的亲密抱持一种有就有、没有就没有的态度。我想抱我的孩子就抱，不想抱也没有愧疚，等我状态好了接着抱。这是我在《金刚经》里悟到的：任何时候，我们都可以抛弃杂念，直达终点。

试想这样一位男性，他养着一家人，每天下班后回到饭桌，他会第一时间伸出手去抱孩子吗？非常少见。他一定会理直气壮地拿起筷子，把自己最喜欢吃的菜吃饱后，逗乐一下身边的孩子，顺便慰问一下今天帮他带孩子的家人们，这已经是他最大的温柔。家人还觉得他敞亮大气。他如果嫌菜不好吃，会直接走人且指责。

比如某位 N 姓男演员，他每月给妻子三百万充当家用，待在家里像个皇帝一般，全网对他只有赞叹之声。他的霸道行事会逐渐把整个家族的关系模式定格在这里，他不会默默吃剩饭、默默委屈。关系一定是互相喂养的。我常说，但凡拿到资源的中国女性，她们只学会了"资源拥有者"的皮囊，并未触及核心。

无独有偶，我再说一个例子。

有一位读者，她生完两个孩子后，丈夫事业发展不如她，小有收入，时间基本花在带孩子上，她的事业倒是蒸蒸日上，如此状态已经持续了好几年。有一次，她想买第二台车，想要丈夫出点钱，但是丈夫打着哈欠就拒绝了：没什么钱，给不出来。她气了好几天，辗转反侧，一回到那个问题就非常悲伤：婚姻有什么意思？我要这个男人有什么用？我又挣钱，又生孩子，又管家，他到底在做什么啊！

她告诉我之后，我很疑惑：为什么家里的经济状况发生如此大的转变后，你依然认为丈夫应该给你私房钱？再说了，如果你的丈夫是家里的养育者，他要买个摩托车，还要你拿出私房钱，你愿意给吗？

她哑然，愣了一下又笑着说："一分也是爱嘛。"

我顿时意识到，她脑子里那个 1.0 版本小女人还在底层运行。虽身为家庭资源的提供者，但她依然不肯放弃性别红利，男耕女织的那一套还在运行。

在我们这个国度，从小到大，女性被灌输"被疼爱"的概念，我们索取七夕礼物、520 红包，索求男性照顾我们，很多是出于 1.0 版本女性带来的集体意识，还没能在 2.0 版本里得以顺利迭代。这套逻辑和集体意识的灌输,应该在女性的收入远远超过丈夫的时候就要消失了。如果因为礼物少点就狼狈不堪,那是女性在矮化自己。换句话说,婚姻已经进入了2.0版本,可女性还当自己是被照顾的对象,失落由此而来。她不甘心,又说了一句话:"我老公其实也有钱,他就是知道我有钱买,所以不愿意给……"

我就更疑惑了:"他为什么这么清楚你的收入呢?"(关系维度负责人为何能够如此清晰地控制资源提供者?)

这次,她彻底愣住了:"因为是我告诉他的啊……"

我继续逼问:"为什么你一定要把自己的收入如此清清楚楚地告诉丈夫呢?我这么说吧,假如你们男女对调,你丈夫经营一家非常大的公司,你能确保知道他所有的经济状况吗?"

她苦笑着摇头:"他肯定不会让我知道那么多,但也不是故意的,毕竟业务和财务那么复杂啊……还有,夫妻俩不是应该没有秘密吗?"

我觉得事情开始变得有趣了,继续往下挖:"谁告诉你的,夫妻俩就应该没有秘密空间?"

她愣了,我意识到她要触碰答案了。我用眼神鼓励,盯着她,让她自己去悟这个问题背后更深的东西——过了一会儿,她突然跳了起来:"我觉得我是被一种无形的力量教化了,这也是集体意识对不对?'夫妻之间不该有秘密',这也是谁灌输给我的,对吗?"

我说对，依然是集体意识，强大的集体意识耳濡目染地影响着我们。

她说，那我明白了，"我"已经成了家里那个赚钱的"男人"，但我的集体意识没有改变。我一副受害者小女人的样子，每一分钱都要忐忑不安、"坦白从宽"地告诉他，是要证明和弥补"因为我在挣钱，所以没那么多时间陪伴孩子"的愧疚——而这个愧疚也是从小别人灌输给我的。我为什么要感到愧疚呢？人因为精力有限，本来就不可能做到那么全面。

这就是我在本书最开始时说的，大部分中国女人只是看起来有点赚钱的能力，但内心还是个小可怜。

资源提供者面对关系维护者要不要有愧疚心？比起愧疚，我更愿意把这个情绪转化成感激。感激意味着双方都没有内在指责。一个人感激另一个人，正向能量在双方间流动；而一个人对另一个人愧疚，意味着一个人在内在攻击，而另一个人站在道德高点。这似乎也是从旧版本沿袭过来的模式：我们总试图要求男性亲口承认，他们对不起我们，他们亏欠我们，他们这样说了，我们就感到满足。

这有点道德病态，但这个感觉是不是很熟悉？大部分1.0版本的母亲，我们的上一代母亲，面对孩子的时候，习惯给孩子暗示这样一种能量：你爸这辈子欠我，你说对不对？对不对！

很多读者听到这个概念时很震惊，即刻就代入了，她们说母亲一辈子似乎都在让我做见证，就是我爸对不起她。可那是我爸啊，就算他有很多毛病，我也不想憎恨他，但我也不想违背我妈，于是我内敛、内耗，觉得自己不好——直至代际传承。就是这样精准，女儿结了婚，无意识地继承了母亲用愧疚感来绑架的模式。

目前，中国女性有一个很大的冲突：我们在资源里实现了对男性的超越，然而在关系上，我们依然等待被怜爱。很多女性问我，那我们就完全不需要对男性有任何期待了吗？

可以有，但随时保持精准评估——有多少期待是我的合理期待，还要能够把合理期待用合理的方式表达。除此之外，有多少期待是我的内在坑洞。这个过程就叫觉察。我试图在平日里让身边的女性养成这种觉察意识，也曾把很多女性从"怨恨受害"的体验里拯救出来。我不是弱者，我不需要对方给我全盘照看的关系，无论对方是我的父亲还是我的丈夫，或是他人。这与婚姻无关，而是我需要成为一个真正的成年人。

从今天起，各位大女主们可以想想看，你身边那些一个人挣钱养全家的男人是怎么思考的，你就怎么思考。他们怎么活着，你就怎么活着。他们为什么挣了钱以后，那么开心、快乐、独立、自由，还傲慢？

想起有一次在海边聚会，一位男性朋友从深圳开了两个小时车过来吃饭，喜滋滋地告诉我们这些朋友："我跟老婆说出来开会！烦死了！每天啰啰唆唆的……"

我告诉那位读者："你看，男人赚钱以后，只要养了家，他们就心安理得地说谎逃避老婆，开两个小时车来打麻将哦。他们吃着火锅唱着歌，活得那么洒脱啊！而且，他们一定认为自己对家庭已经很好了。他们没有愧疚感。"

几个月后我再见到这位读者，发现她给自己"斥巨资"买了个滑板。她说："我以前舍不得买，挣的每一分钱都花在家里，不得不说，我就是一个边挣钱还边做小伏低的小媳妇……"

我笑了，说："你现在就是一个彻底挣钱的、女人们的大哥了。"

她很不好意思："以前一直不敢给自己买开心。可是有一次，我发现我的合伙人，男的，二话不说给自己买了一辆二十几万的摩托车！他怎么就那么心安理得呢？"

我说："人家为什么不心安理得？人家挣钱了呀，人家买摩托车，但没有饿死老婆，也没有让孩子辍学呀！这不就是大哥们的日常吗？"

看着她玩滑板的样子，那么快乐，那么洒脱，那么自由——其背后的意识是照顾家人但放弃了对几块钱红包的执念，不再迷恋男性给的鲜花和小惊喜，不再认为自己需要保护。

前半生社会上的电视剧教我们男性做什么才是爱你。买点护肤品、弄点花，我们在梦幻泡泡里过完一生，哪怕自己开始挣钱，依然脆弱不堪。但挣钱的真正意义，真正的 2.0 版本女性是，我爱家人，但我绝不辜负自己。我没有付出感，没有受害者思维，不再披着一张独立女性的皮，在夜里独自哭泣。

有一次，一位男性问我："这世界上的女性天天吵着要独立、要上班，艾老师，你认为她们独立之后就能得到绝对的幸福吗？"

我想了想，残忍地回答："大多数不能。"

对大部分 2.0 版本女性而言，她们的意识空间没有转变。她们成为家里的顶梁柱后，依然是一种小女人姿态，"被疼爱""被宠爱"，这是传染病，得治。拿到资源以后，她们依然在关系维度呈病娇的姿态。

一个传统中国男性，当他实现经济独立、家庭完整，愿意把工资上交之后，最大的需求无非躺在沙发上打游戏。而当女性成为经济承担者，很多人依然不肯放弃"索爱"，还哼哼唧唧地求抱抱。爱的空洞，有时并不是这个男性造成的，而是这个女性曾经的成长过程造成的。我在第一章写得很详细了，那是传统中国式女儿缺爱的坑洞。那个坑洞不由自己填满的话，谁也填不满。如果"我"在资源维度上非常自如，那么大部分时候，我在关系维度上也可以满足自己，举重若轻。

这就是我说的，在关系维度上，我们也选择为自己负责。这是真正的大女主姿态。

我为什么可以做到这样？我们要真正知道，首先，如何让关系维度为资源维度服务——当然，前提是你依然想保留关系，而不是抛弃关系。

突破刻板性别需求

有一次,一位已婚朋友很担心地问我,假如自己的伴侣要升职,但需要去外地工作,怎么看这件事。

我知道他们夫妻为了这件事,已经争吵很久了。

我仔细询问才发现,她内心充满了巨大的恐惧。她认为分居一定是夫妻感情的杀手,包括她身边老一辈的女性也在不断地告诉她,男人不在身边就会变坏,必须把他们牢牢管住。

我问她,你自己觉得呢?她说她有一点恐惧,但似乎对他是否出轨这件事,觉得没那么恐惧。她认为,如果他因此出轨,那说明本身感情也不怎么样。男性出轨,她一定会选择离婚,她接受这件事。

我说,那就没问题了,谁规定夫妻一定要住在一起呢?

她似乎松了一口气,因为在这段时间,她每天都要回家做晚饭,但如果一个人带孩子,她就可以带孩子去食堂吃饭,甚至内心还有一点小期待。我笑了,我说假如你的老公是首富某某,早上要去北京,晚上要在上海,你会同意吗?这个社会,大家都要为事业奔波的。

她想了一下,突然明白了我的意思。

在过去的婚姻关系中，因为生活上的不便利，女性对男性的倚重是非常大的。我们需要家里的男性换灯泡，需要他搬煤气罐。无形中，婚姻成了一种"同进同出"的必选项，大家默认婚姻必须有强大的现实捆绑性，并且让女性来承担这种恐惧：他不在我身边，我就会失去他。也就是说，男性如果不在我身边维系资源，我就会失去这个关系。关于"失去关系"给女性带来的恐惧，我在前面已经描述过了。

有一次，我看到一个很可笑的鸡汤文，说一对夫妻关系好不好要看厨房，如果厨房没有烟火气，说明这家人不怎么样。这是一个典型的1.0版本人生的固化思维。在现代社会，双方都不会做饭的夫妻比比皆是，年轻伴侣们追求的是能不能就某件事情达成一致观念，至于你要吃什么，这件事简直不要太随意，根本不值得拿来评估婚姻。

这种恐惧是一种驯化。在长期的传统婚姻里，被规训的是女性而不是男性。女性被要求执行传统婚姻的潜规则，比如生儿育女、承担家务、忠贞不贰、依恋和陪伴，这些规则大部分用来规训女性，以便实现婚姻的稳固。而男性不被要求，因为他们想给自己更大的成长空间，他们不给自己设限。女性被训练成"我很需要男性的"。实际上，我们并没有那么需要他们，或者说，没那么需要与他们保持一致。

这种恐惧究竟是哪儿来的？源于上一辈女性的集体业力。在那个年代，没有男人傍身的女性是非常凄苦的，这种潜意识的苦痛被女性一代代地传承下来。母亲一看到女婿要离开女儿去别的城市工作，那种凄苦和焦虑就立刻出现了，她想起了自己当年的痛苦。

连我妈都有这种恐惧，她总是在晚间无意识地打听我先生回家了没有。如果我说还没有，她就会刨根问底，问他为什么还没回来。而我觉得他加班或者交际不是很正常吗，他不回家意味着我的写作时光开始了，他自在，我开心。如果一对中年人还要靠电话轰炸去维系关系，说明我们的结合是一个巨大的错误。

作为婚姻主力军的七〇后、八〇后应该逐步意识到一种社会变迁：我们对伴侣的成长和彼此之间的精神同步，看得比做饭洗碗或者日夜捆绑在身边更重要。不想吃饭可以叫外卖，水电费手机上就可以交，所以，在已婚五年之后，这个人是否实现了自身版本的更新迭代，就显得非常重要了。

换句话说，我们对男性资源的需求，更多时候从物质转向一种精神陪伴，但 1.0 版本的集体意识还没有适应这件事。双城婚姻就是一种对 1.0 版本非常强大的冲击。这就是为什么，丈夫去隔壁城市工作，孩子觉得可以，丈夫自己觉得可以，妻子觉得可以，只有丈母娘觉得不可以。

我还戏谑这位女性："你老公调去别的城市，你也自由了，不是吗？"

她突然意识到，自由是双向的。这么久以来，她一直沉浸在

"老公不在家，全靠自己一个人"的孤苦剧本中。这种孤苦意识也是 1.0 版本的集体意识传给她的，让她因为失去男性资源，而且是近距离资源而感到难过。

心灵不需要难过，这只是一种头脑的驯化。在女性的头脑里，离不开男性这一点是被驯化的。类似的集体意识还有很多，读者们可以自己思考一下，生活里的哪些观念其实是集体驯化。还比如，我们对于彼此资源维度的提升，是否一定需要同步？

有一位女性，她一年参加了好几场学习和培训，逐步产生对老公的愤愤不满，她觉得自己这么上进自律，老公却只知道躺在沙发上打游戏。出于对"夫妻同心，共同进步"的坚持，她拉着老公跑步、上课，但老公总是意兴阑珊。改造失败过后，她对这段 1.0 版本婚姻充满了失望。

直到有一天，她突然意识到，为什么夫妻一定要共同进步？这只是一个听来的夫妻之道，就好像从她结婚那天起，大家都这么说，她就默默地执行了。她开始思考，为什么一些比较优秀的男性似乎对妻子是不是共同进步，并没有女性那么强大的执念。

她跑来问我，我说了一个让她十分震惊的答案。我说，因为对于男性而言，他们默认老婆如果实在太差，是可以换的。他们只在乎拿到资源，他们在内心最深处的角落希望老婆成长，但最后有没有成长，他们无所谓。实在看不上老婆了就换。这是男性世界里一种强大的关于资源的集体默契。

她被我赤裸裸说出来的换老婆理论震惊到噤声。

我说，女性世界里的默契是什么？是一个冥冥之中的声音：我们变得优秀，就必须带着老公一起成长哦。社会也害怕女性进步带来的家族不稳定，害怕女性拿到资源之后，会被男性嫌弃不够女人。

当妻子逐步发展为 2.0 版本女性之后，丈夫若既没有办法得到崇拜价值，也无法在社会上的雄性竞争里抬头，他们便希望妻子在拿到资源的时候，被道德约束。

我曾经鼓励很多新婚女性，一定要在家务上争取权利。如果男性在关系维度上对我们有道德要求，那么我们就要在关系维度上对他有平等互惠的要求。男人不会用洗衣机，你就要求他用；他不会做饭，你就鼓励他做。一个普通人进入公司，也被允许有三个月的学习和实习期，我们也允许他有实习期。但你必须意识到，他能成长就成长，不能成长，你也不要盲目地陷在"共同进步"这个坑里。

两种截然不同的集体意识的背后，依然是对女性个体忠贞的规训。男性不要求女性进步，是因为他们默认可以更换伴侣；女性进步的时候要拉上老公一起，意味着她害怕失去关系。这就是 1.0 版本强大的力量，它常常用一种女性自己都意识不到的方式病毒式蔓延。

从今天起，如果你真的要突破 2.0 版本的苦痛，就必须意识到,女性也可以用男性思维来考量婚姻。如果丈夫只想在家待着,你就让他待着好了,费事改造他的那些劲头,还不如拿来提升自己。身为现代女性,你要默认在现代婚姻里,丈夫也是可以换的。你可以选择不换,但在内心,你必须认为他是可以被换掉的。认真去体会一下这句话,他只是你人生的配角之一。

毕竟大女主,只激励自己,不束缚别人。

善用关系的大女主

有一次，我在杭州和几个能量很高的女友游玩，她们戏称有个"神婆"特别会看星座、看感情，我们就抱着娱乐心态去喝茶。有个已婚高管女友问"神婆"："你赶紧看看，我婚姻咋样？"

"神婆"淡淡地说："你婚姻很好的。"

我们都问："何以见得？"

"神婆"说了一句很可爱却非常有智慧的话："因为她不怎么把老公当回事，不在他身上耗时间。"

我们都笑了，她的确是我们见过的在职场上最雷厉风行的女性，而面对她先生，只要出现在三米内，她就瞬间"柔弱不能自理"，不会做饭也做不好家务，连孩子的作业也不懂，人情世故一窍不通。旁人都觉得她很爱老公，只有我很小声地说了一句："其实你就是不在乎他，婚姻是你的人生小事。"

她也乐了。这种通过训练得到的模式切换，一定是自己养成的。

她笑道："我已经拿到了所有的里子，就不能给人家留点面子吗？钱已经赚到了，太太的位置也坐上了，何苦一定要把先生架在火上烤呢？哪怕一句话都不骂他，我的事业比他强的事实已经存在了，为什么一定要时刻提醒他比我收入少呢？我很早就知道，婚姻嘛，我一定要让它稳固，不能影响我自己。我对老公的服软也只是为了让婚姻不影响我的事业。"

第一次听到这个理论的时候，用通俗一点的话说，我觉得这个女人是个狠人。

美女都是狠角色。她的狠在于非常聪明地把自己的主心骨放在了资源维度上，即便在关系维度上做小伏低，但她依然是为了精准地为自己的资源服务。普世女人只觉得她"茶艺出众"，演技高超，女人嘴好命就好。于是，非常多的女性只在关系维度上学点皮毛。但我觉得真正的大女主最大的核心是"多变""灵活"，且"完全以我为核心，我选择，我负责"。

她们的头脑是非常清醒的，她们无论是在资源维度上杀伐决断，还是在关系维度上浅笑嫣然，都源于一种绝对的清醒。她们对自己的人生空间做了非常完美的区分，婚姻是婚姻，我是我，工作是工作，我愿意"做小伏低"，不是讨好，只是为了不给自己找麻烦。

只有超越 2.0 版本的女性，才会知道婚姻不是自己的全部，婚姻是为自己服务的，而不用把整个人生投入婚姻。这样，婚姻和人生之间的剥离才会发生，也才会发现婚姻只不过是我生命的一部分。而且此刻，她的爱会变得很有弹性，不再只充满小儿女的脆弱和自怜。

她有一句名言，婚姻有时候是需要"演一演"的，演一种深情，演一种离不开他，演一种和睦。实际上，大女主心态就是演着演着，成真了。她的双系统运行让我深刻意识到，幸福可以通过训练得来。我几乎用了整整十年时间，才理解且相信大女主和小女人的双系统是可以同时运行的。这并不意味着讨好男人，而是整合自我。

一个女性，这一生有事业和权利的维度，也有关系的维度。真正的灵活，是我既可以在权利维度里说一不二，充满阳性能量；也可以在回到关系的时候，看见对方，理解伴侣——哪怕假装理解，也要好好说话。如此，我们就能在这个不太完美的亲密关系版本和社会自我价值里，实现一定程度的平衡——我称之为双系统运行。

当大女主和小女人系统可以并行的时候，我们内在的权利和爱的能量，也能变成相辅相成而不是互相冲突的能量，我们会发现，即便社会没有那么公平，男权社会依然强势，社会还没有开放到可以让女性自由生长，但我们可以灵活地在这个比较压抑、夹缝、新旧交替的世界里，活得稍微好一点。

很多激进派把这个叫作"钻营的女利主义"，可我不这么认为。人总要对生活妥协，或者我更愿意称之为臣服，只是程度大小不同。不论男女，每个人都要实现一种更大的包容，既包容男人也包容女人。单独的愤怒和单独的懦弱灵魂，都没有办法让生命之花全然绽放。资源和关系，既然我全都要，我势必付出。不是付出金钱，就是付出柔软。我不可能什么都得到。

我非常欣赏抖音上一对男主内女主外的"赵总夫妻"，女性是男性的领导，男性在家里做全职爸爸，每周固定从妻子手里拿零花钱。这位"赵总"的妻子非常享受自己的工作，对丈夫提出的各种奇奇怪怪的花钱要求也一笑了之，说他经常花两千五去买一双丑得要命的跑鞋。

她决定付出金钱，放下小女人的那些账目。这是真正地从神经系统上改变了对女人的束缚感。我的工作，我的生活，我的帮手，人生把这一切理顺即可，我不需要谁来从那种 1.0 版本的角度对我进行无意义的关爱，我也不会每天一本小账，盘算自己在老公身上亏了多少钱。

她非常聪明，有时候老公问她，你到底赚多少钱。她都会很温柔地回他一句："滚。"

不要被婚姻的权力斗争，误导了自己的人生方向

我有一位多年的读者，她在婚前是一个小团队的领导。与先生结婚后，他们经历风风雨雨，把公司做得更大了。这时，先生希望她退回家庭、参与孩子的教育，她虽然不情不愿，但也扭扭捏捏地退了。先生为了让她放心，把所有的财务密码都放在她手里，但很久之后，他们依然有很多矛盾，原因是先生认为她没有彻底离开公司，会在私底下干涉运营，于是爆发了很多矛盾和冲突。

我问她："那你觉得自己到底退下来没有呢？"

她说："我退了啊！我怎么没退！但架不住公司有些元老还是很喜欢找我聊业务啊！他就不高兴了！"

我说："那这个聊业务，其实算不算你的人际关系呢？这么多年，这些人不仅代表你的工作，也代表你最亲密的那一批朋友和人际关系？根本没有办法断绝？"

她叫起来："我觉得你理解了！你说得对！那么多年的老员工、老朋友找我聊天，我总不能说，闭嘴，不说了吧？多多少少也要扯到点公司的事吧？"

我思考了一会儿，对她说："亲爱的，你有没有意识到，你

被亲密关系里的权力斗争迷住了。这件事本身不是问题，它可能是个礼物——它在提示你，你生命的版图需要扩张了。"

在我看来，当年的她在结婚前意气风发，事业蒸蒸日上，是个非常有能力的女性。结婚后，可能因为安全感或者家庭的问题，她逐步把斗争转向了夫妻内部。

我对她说："我觉得这时候是在提醒你，你可以有另外的疆土。那一片未开发的、你会经营出的新版图：业务、员工、社会关系。表面看起来，你被你先生打败了，但并没有，你只是更宏大了。"

表面看起来要离开这个业务，但实际上夫妻经营就是这么回事，到了一定时候，如果两个人都待在公司，要么做不大，要么离婚，这几乎是宿命。谁能更聪明地假装离开，单独经营自己的人生，谁才是真正的赢家。

她突然就掉眼泪了。她说自己之所以和他斗，没有完全放下这个公司，确实是因为她觉得这几年自己的价值变低了。如果再失去对公司的管理权，她没法接受这种"无能的自己"。

我说："亲爱的，你可一点儿都不无能。在我看来，你比你先生要能干得多，想想你当年做业务的精气神！去把它找回来，这才是你下半生的真正任务呢！你的任务和你先生毫无关系，而是——你又要闯荡江湖了！"

一路走来，我真心觉得很多女性的潜力超乎自己想象。但是她们很容易被亲密关系斗争耽误。和先生去争一块小蛋糕,却忘了自己是个超级大厨。女性的豁达有时从这里区别开来,女性的眼界也从这里区别开来。

我对她说:"你想过没有,哪天即便没有了你的先生,你也是响当当的一条好汉,这才是你接下来要努力的方向呢。到了那一天,你的孩子长大了,你的业务回来了,你的先生可能才是那个瑟瑟发抖、害怕失去你的人呢。"

她叹口气说:"我现在可比不上从前,我还有两个拖油瓶呢。"

我说:"这不正是你可以活得更开心的地方吗?你能量好的时候就奋斗,累了就回来抱抱孩子。你不必像当年的闯荡女王那样咬牙切齿地去做事业。日拱一卒,假以时日,你便可以脱颖而出。我们只是换了个姿态,换了个心态。"

内功深厚的成熟女性,说的就是这样的我们啊。

如果这辈子选错了伴侣该如何

有一次，我约了一位中年姐妹去市中心吃火锅。吃完之后，她久久不愿意回家。她说孩子已经大了，一想到这么早就要回去和三观不合的老公面对面，实在是兴致索然。

这是大多数普世女性的中年危机：真的不爱了，该如何？或者说，从来就没爱起来过，该如何？人生后半程，伴侣已经无法给自己赋能，该如何？

很早以前，她就意识到丈夫并不适合自己。

中国女性结婚太早，人到中年已经承认，大多数矛盾是因为当时太年轻，选了一个并不合适的伴侣，耽误半生，无论怎么经营都已病入膏肓。当成熟和觉醒的你发觉伴侣真的不适合自己，他说的每一句话似乎都在挑战你的三观，踩在你的雷点上，你该如何？

她说，曾经一度觉得男人必须比女人强，可是经人介绍后，三个月就结婚的她发现，这个男人真的"不怎么强"。性格比她软弱，上进心也很弱，他非常安于老婆孩子热炕头这件事，但她觉得自己累到半死，在这段始终"意难平"的婚姻里内耗着。

这几年，我在看网络短视频的过程中发现，有一类视频内容的点赞率极高，就是抒发自己在婚姻中的失落、孤独和委屈的。这个概率让我觉得遗憾且痛心，假如我们的社会有如此多的女性都处于一种"怨念"状态，那意味着很多人的生命就这么被浪费了。

世间只有两种女人，过了情关的和情关未过的，这是截然不同的人生江河。

这位高管女性对待婚姻的态度令我钦佩。她说，她在三十五岁左右时做了两个决定：一、不离婚；二、自救内在。无论你是什么学历，挣多少钱，只要你认为幸福模式只等于家庭幸福，期待一个男人来完整你的人生，那么你就是1.0版本女性。这意味着很长一段时间，你都会花费很宝贵的时间寻求情爱满足，一定有一道关你没有过。

那段日子，她完完全全和自己对话，每天有一些情绪起伏的时候，她就在日记本上写下所有。这个动作让她发现了新大陆。有一天，她在咖啡馆完成一项工作后望着窗外，突然发觉自己内心有一座山被翻越了，那种感觉让她清清楚楚地听到三个字：过情关。

她总结出的方向就是扩大自己的人生观，把内心戏的消耗减少到最低。她听完我关于传统中国式女儿的概念后，发现自己很多年都想在丈夫身上寻求一种关爱，知道他做不到之后，开始走向一种极端冷漠的态度，内心充满怨气，觉得整个世界都被冰封了。

我们从小到大都被1.0版本社会的剧本糊弄着，它们始终告诉女性，你需要爱，然后编织梦幻泡泡来网住你，让你觉得一个男人的爱如此稀有。我们被电视剧里的情爱耽误了，从小到大接受的教育就是男人是我们的领导，家庭是我们的全部。整个社会洋溢着这种教化氛围，一切观点都是为了上面这个标准服务的，我们怎么可能有其他眼界？得不到梦幻泡泡般的关爱就变成怨恨。她发现自己有个很不好的模式会自动运行，比如她回到家，发现丈夫没有拖地，她就捡起拖把，一边拖地一边恨他。

第一次听到她这么说的时候，我又心酸又好笑。这么多年，这该是一种多么辛苦的心路历程啊！一个在外工作的女性，回到家累得要死，第一时间想的不是休息，而是憎恨老公。

我说，从今天起，你先停止憎恨老公，这样你的婚姻修复就完成一半了。如果你回家很累，看到地板没有拖干净，你的选择是拖和不拖，而不是恨老公。如果只想把婚姻当作一个普通的社会功能来维系，那么对女性的情绪考验是非常大的，你要冷静下来，成为一个不动声色的成熟女性，这是一种修行。不要求自己很爱丈夫，但面对他时，至少要保持平静。

慢慢地不再憎恶老公之后，她内心的战争停止了。她逐步理解婚姻这件事，认为差不多就可以了。从此不在丈夫那里索取过多的情爱，自己已然看懂这件事：婚姻只是人生的一部分，它无法百分百满足你的需求。爱是可以完全自己给自己的。当我们的婚姻不覆盖全部人生，只成为其中一部分的时候，另一部分的时间和精力，我们可以用在宽广的世界里大干一场。

她笑了："我把丈夫当成家里的沙发，有，放在那里就可以了。"这种非常男性的思维，很像1.0版本里男性对自我的要求——我要有一个伴侣，为我服务，我更大的任务是去追寻天地。当懂了这一点，你将获得婚姻里很难找到的一件事——心灵自由。拨开情爱的迷雾，你会发现很多东西都比男人和婚姻有意思。很多四十岁以上的女性对婚姻有着游刃有余的把控，因为在岁月的打磨中，她们渐渐知道了如何通过改变自己而影响他人。当然也经历过夜不能寐的纠结，但也许在AB两个选项中，她依然选择了留守。她想保留一个家庭的感觉。

从此，她调整了对婚姻的期待：

一、真正把它当作社会功能之一。她笑道："说起来，有个丈夫也未必不是在这个封闭社会里一个省事的答案。倘若没有，要面对那么多琐事和言语，未必比留在婚姻里更清爽呢。"

二、所有关于索爱的情绪，自己消化。她说幸好遇见我当时在社群里教读者们写人生三件事：世俗事、喜悦事、苦痛事。这三件事她写了一个多月，大哭了一场，为自己的婚姻，也为那个迷途的自己。她发现这段婚姻虽然算她的苦痛事，可是儿子不差啊。自己的喜悦事有跳舞唱歌，儿子很贴心、很听话，工作时间比较自由。平时的世俗事包括很多次同事叫她一起吃饭，她都懒得去；群里的姐妹分享好看的韩剧，她也不看。她发现自己错过了很多"热闹事"，这辈子被一件苦痛事迷了眼。

大部分被集体意识送进婚姻的女人都有这个困扰，但区别只是，倘若你在守婚和离婚两个选项上，放下了让对方改变的执念，不改变他，不期待他，一腔热情全放在自己的工作和成长上，那就比很多找男人缠斗的女性要来得痛快，你就能早早进入"独美"的状态。

大女主，把男性当帮手而非救赎

在现代社会，一旦号召减少对男性的期待，很多女性就会很愤怒地对我说："那我要他们究竟有什么用？"每当女性这样问我时，我就能判断她是属于情关还没过的女性。越是认为"要男人有用"的女性，越得不到这个"用处"；而"无所谓他们具体有什么用"的女性，才能够得到关系的红利。

说句实话，我也是到了快四十岁，才知道男性在情绪维度上到底有什么用。这个关口的打通很奇妙，反而是我开始轻放关系，可以和自己相处得很好，和男性在关系维度上变得更松弛了之后，一种新的关系产生了。

二十岁时，我把关系紧密寄托在"数量"上，能带我吃多少次火锅，一天打多少个电话，这种浅层的情感诉求终有一天让男性感到腻烦，这与对方是不是渣男没关系，而是因为大多数男性无法在无关大雅的问题上长期展现出一种"追求姿态"。长期维系关系令他们恐慌，在心理上似乎会干扰他们追求资源，于是他们开始远离关系。

到了快四十岁，我和男性的关系维度建立在"深度"上，而不是"一天打多少个电话"。我和伴侣在彼此出差期间，可能好几天才有一个长时间的通话，平日里也不聊天，一旦开始联系，我们就会谈得很深，事件很重要，兹事体大。我有了一种"革命战友"的体验。

前几天，一位读者说，她只要看到老公回家躺在沙发上打游戏，就很生气，觉得自己不受关注，不被爱。

我大吃一惊："啊？这不是婚姻一年级的问题吗？"

她也愣了："婚姻问题还分年级吗？"

我说："当然了。初入婚姻的三年，因为老公不交流、袜子丢在门口，尚可心乱如麻；但是年近四十，你要么接受了，要么换人了——为何还要做着一年级的苦题呢？"

她陷入沉思。

是的，老公乱丢袜子与否都不重要，而是这一路自己的生命根系是否变得更粗壮了。还有交流这件事，我跟朋友开玩笑说，在亲密关系里，我现在就是那个不说话的男人，我越来越希望和自己对话。在还是少女的时候，今天受了委屈，我务必对男友倾诉，如果他无法理解，我就生气，然后失望。

如今的我遇到问题，愿意和自己对话。实在需要帮忙，我向整个人际关系发出不带任何勒索的邀请，其中也包含伴侣，但我并不默认有一个人需要全然满足我。如果有这种期待，说明我要么过于萎缩自己的力量，要么过于神化对方。

不太说话的时候，情绪是内收的，能量是在酝酿的。如果你看到一对夫妻，太太不太说话，但他们的关系非常好，恭喜你，你又遇到了一个值得学习的狠角色姐姐。这意味着她大部分时候在自洽，而且一诺千金。

这就是为什么，很多女性换了很多段关系，但她想要的那个完美关系却从来没有实现。不是因为对方不够完美，而是她自身的一部分关系没有发展起来。我一直很赞同一句话：一段关系，它只要能给你兜底一部分，它就是一个好的关系，哪怕它偶尔掉线。大体看来它是健康的、正向的，它就是好的关系。

我们每个人和"关系"的关系，就像我们和一个长期持有的股票的关系。它有跌有涨，但大部分时候，它如果能够完成人生空间的升值，我们就可以长线持有它。除此之外，我足以处理自己的问题，偶尔我愿意和对方分享我遇到问题、解决问题、完成问题的整个过程，与他交流是如何处理这件事的。我们还可能遇到对方情绪低落的时候，对方不足以回应我们的情绪。

大部分女性对关系的需求比较狭隘，就是聊天。如果某一天不把话说完，很多女性就认为自己没有得到理解。一个男人不爱说话，我们就认为他在关系维度上没用。在我和你们同样被工作、孩子双重压力重压着的时候，我也提出过这种问题。可如今我可以回答了："都行，看我们自己，每个丈夫都可以各有各的用。"

如今，女性的工作能力突飞猛进，经济独立，没有人用枪指着我们必须和谁在一起。留他们在我们的生命里，是我们对于人生空间的一种选择。在2024年，我们如果要选择做一个保有家庭的大女主，就不能只会挣钱，必须真正从精神上把丈夫当作一个"纯帮手"来看待。

我是核心，他能帮什么就帮什么。能挣点小钱就挣点小钱，能带娃就带娃，能开车就开车，如果大部分时候我们的关系是平静的，他只要不拖后腿就可以。核心是我们自己。他们是来帮我们的，我们不太需要从他那里获取什么。

不要指望他们能理解我们的那些小情绪——这些小情绪我在前面也写过了，有些是我们自己的人生问题。

当我第一次提出这个观点的时候，一个年入千万的女性朋友气坏了，她说我这个理论是行不通的。她的收入是她先生的十几倍，她每天都在和他争斗，觉得他这里不好，那里也不好。但是在我看来，她是个连饭也不会做的人，每次先生出门前都要给她把汤和饭菜做好，但凡有一点做得不好，她就会很失落，觉得婚姻很没意思。实际上，她对先生有着非常高的期待，期待他按照自己的经营模式去做生意，获得成功。她还在自己的公众号上每天数落先生，给自己带来了不少流量。有一次，我戏谑她，叫她对老公好一点，人家连名声都用来给你凑更新了，你还觉得他帮不到你。

她没有完全理解帮手的概念。我们如果要做一个大女主，就必须忍受另一个人只能把事情干到70%。这个道理是我家阿姨教会我的。有一次，一个新阿姨不太熟悉我家收拾厨房的流程，我给她讲了一下统筹方法。阿姨很委屈，说"艾老师，我要有你这个脑子，我也当作家了"。

我突然意识到，她说的是对的。她有我这个方法，她就不做阿姨了。后来，我对她只有 70% 的期待，她能把活儿干到我期待中的 70%，我就认可她。后面那 30%，我能自己做就自己做，做不到的有空我教她做，至于能做到多少，随缘。

70% 理论简直太好用了，指导了我非常多的人生态度。比如之前，每次请客人没来齐，我就很着急。现在不一样了，来了 70% 我就开餐，剩下那 30% 随缘，谁迟到谁吃少点。而且，70% 理论让我顺利看懂了为什么婚姻最激烈的时期是育儿。这里面可能不是你和丈夫的冲突，而是你和 1.0 版本的完美自己正在进行一种脱离前的黑暗挣扎——你不允许自己的人生有 30% 的意外空间。

70% 理论成为我在关系维度中一个很好用的工具。

不要陷入性别证明的完美主义

有一次，我试图去细化一个在家庭和职场中感到崩溃的女性的日常生活，发现了一个共同的问题。在现代婚姻里感到疲惫的女性，大多有完美主义的问题。很多人意识不到，这个完美主义的底层是一种"性别证明"的逻辑在运行。她们的疲惫来自一个潜意识：我一定是那个能把所有事情都干好的人。

有时女性过度走向资源维度，可能不是源自家庭资源的匮乏，而仅仅是因为在关系维度上有一种恐慌。这种恐慌来自：我们作为传统中国式女儿被抚养、被推进婚姻，大多数女性还停留在一种"自我证明的潜意识"里，似乎永远要在每个阶段向内在的父母证明自己可以做得很好，可以超过家里的儿子，这涉及证明我们是否有被爱的价值。我们是唯一的女儿，我们要肩负起比隔壁家儿子更厉害的责任，这本身就是一种诅咒。

这种性别证明的完美主义攫住了我们，女性不仅在工作里要求自己事事不出错，还得让自己八个月大的孩子的辅食要营养俱全、面面俱到。我见过一个年轻的职场母亲对着自己的母亲大发雷霆，只因为母亲忘带孩子的口水巾了，很随意地用一个塑料袋给孩子垫了一下。这位女性觉得自己的母亲带孩子实在是太敷衍了。这顿饭也让母亲吃得很委屈。

我想对所有留在婚姻里实现自愈的职场育儿妈妈，包括我自己说一句："一定要放弃完美主义。"这个社会网络发达，光鲜亮丽的女强人被认为是人生赢家，甚至很多网络形象的制造给了普通女性错觉，她们似乎以为只要掌握了某种技巧，就可以二十四小时、每分钟都实现家庭和工作的平衡。

很多职场女性在经济上已经与男性媲美，但还是忍不住在鸡毛蒜皮上做个小女人，抓细节、管小事。很多独立养家的男性之所以过得很开心，是因为他们默认除了赚钱，对一切饭粒子、蚊子血的问题都可以忽略不见。孩子嘴角的奶泡、地上掉落的玩具，他们默认看不见。

所以，能否放弃完美主义是考验我们能否在育儿阶段顺利回归到一种简单的能量：女性能量。不要证明，不要自证，不要隐隐约约地证明自己比男人强。我们是女性，为什么一定要证明我比他强？我们如何好好说话，如何对待自己、对待身边每一个不完美的家人，这才是职场女性最能完善自己个性的时候。

我的一位女性读者觉得此生很后悔。她说她有两段婚姻，都以失败告终，每一段婚姻里，她都生了一个孩子，却没有在任何一段婚姻里"为自己的孩子找到一个合格的父亲"，她认为婚姻很无意义，男人们都很差。

我见过她说的这两位不合格的父亲，他们沉默地在她的号令下完成每一个步骤，然后得到她的指责，她认为他们做得不够好，拖着疲惫的身体亲力亲为，一边做一边抱怨。实际上，我看到的问题根本和婚姻没有关系——没有任何人想要生活在一个无时无刻不被指责的生活环境里，所以这两位丈夫很快就跑掉了。

我对所有生过孩子的女性说，孩子就是来教育你怎样能够容忍另一个人把事情只做到70%。你如果懂了70%理论，你的人生就会变得松弛一些。一位熟龄女性说，如果你生了孩子，你最需要学习的不是如何带好孩子，而是如何放过自己，要有一种爱谁谁的态度。

她的完美主义，实际上也是权力斗争。她很容易让自己陷入和亲密伴侣的争斗当中，一旦伴侣优秀，她就忍不住要证明自己比他更好。她把关系变成了一场竞赛。有时候，这场竞赛的对手可能是我们假想中那个更好的自己。

当年，三十岁的我剖宫产生完孩子，三个月恢复锻炼以后，只用了二十天就回到了孕前的体重。这当然给我带来了很多身体和工作上的好处，但如果让快要四十岁的我对当年的自己说一句话，我会说"亲爱的，你太辛苦了，真的没有必要的"；如果再让我回到当年，我至少会给自己一年的时间，好好照顾身体，不要太在乎那些名利上的、外在的名头。别人怎么看我，一点也不重要；我是否能做那个励志的女王，也不重要；我究竟对自己有多少爱，这才是最重要的。

我不需要赢过谁，不需要用绝世美貌证明我很好，也不需要用二十天恢复身材证明我很励志。我应该多多爱护自己，拥抱孩子。那个阶段，丈夫如何看待身材发福的你，社会如何看待你，都不重要，只要你自己知道，内在有一个女人迟早会回到她理想的状态就可以了。无论我变成什么样子，我都爱我自己，这才是最重要的事。

而且，这个理想还要打折。我常常对闺密们说，你们发现没有，到了这个阶段，我们更关注的不是完美，而是能不能开开心心地把一件事完成得差不多，并且认为这样就已经很棒了。一如我们拖着一群孩子去露营，帐篷搭得七歪八扭，孩子们有的一脸蚊子包，有的丢了背包，有的湿了裤子，有的饭吃得稀里糊涂，回去的时候，大家一身狼藉地唱着歌，先生还把车剐花了一块。但每个人都开心。

一如我们四十岁的人生。我们发自内心地抛弃曾经"被当作儿子要求"的那个高标准的自我，真正开始舒展，享受婚内作为一个女性的自然体验。

我们常常想，如果早年能够这样对自己、对生活，大多数时候，我们这些现代完美主义女性可能会活得开心一些。我们可能不会计较丈夫手忙脚乱打翻的奶瓶，家人给孩子穿得乱七八糟的衣服。

我们可能不会在那个阶段咒骂男人没什么用。那一刻我们懂得，男性也只是个普通人，第一次做父亲，像个傻男孩一样，甚至有些男性在他母亲的宠溺下显得很无能。如果我们愿意用一年等待一个孩子的降生，我们必须知道，男性可能比我们想象中对于孩子的概念要慢一年。对于一个女性而言，孩子在肚子里的那一刻，她就已经是一个母亲了；可是对于男性而言，在孩子出生的那一天，他才懵懵懂懂地感觉到他好像是一个父亲了。

我经常会问年轻的母亲，你究竟是对自己选的这个人完全不满意，还是对这个阶段他的表现不满意。女性年轻时择偶会有一个误区，我们喜欢通过身高、学历、收入去判定一个男性，直到真正走入生活的深处才发现人不是这样分的。人分为乐观和悲观，热爱进步和不思进取，温暖和冷漠，善解人意和不近人情……这些才是决定你生活质量的根本。你现在思考一下，对于这个在钱上面帮不上你，或者在带孩子上帮不上你的丈夫，你是如何从个性、功用、精神上去看待他的呢？

他没有帮上你的忙，是不是因为大部分男性天生在育儿上缓一步，而这一步，你并没有直接教会他呢？我们也要给年轻的男人一点时间。或者说，你的指令究竟是什么？他只是慢还是坏？在这些点上有评判吗？

有时我觉得，有些女性从婚姻这个阶段出逃，虽然是一种权利，但为时尚早。大部分从这个阶段脱逃的女性，并不是处于一个离婚的好时机，如果不是处在一种身心受到绝对损害的状况，比如遭受家暴、恶性对待，而只是遭遇了精神观念的冲突、育儿方式的不愉快，我认为大部分女性应该沉住气，在这个阶段完成一种真正的思考。

这个时候的女性，更多的是需要聪明地休息。如果你能在这个痛苦的过程中，体会到自己的坚持和努力，这也是一个穿越黑暗隧道的过程。我们必须承认，人生有些阶段，除了熬，我们并没有更好的办法。区别只是如何熬得更舒服一点。然后静待时机，即便要离婚，也不需要在眼下这个阶段。

对于年轻的母亲而言，中国丈夫这个存在很奇怪，有时他们看起来一无是处，像一堵墙，但你把这堵墙拆掉后会发现，风雨也不容小觑。我们并不处于一个对妇女儿童的保障非常成熟的社会阶段。一个单亲妈妈在当下中国的困境，也许并不比在婚姻里容易。我们没有成熟的社区育儿、没有完全免费的幼儿托育和医疗，还有精神上的孤独……这也许会让你在人生最脆弱的阶段雪上加霜。

收起小女人的那些脆弱和幻想，即便痛苦，也要等到孩子稍微能够让你解放，等到你可以自力更生的时候，再考虑离开或者重组婚姻。

平视男性

无论我们选择留在婚姻还是离开,现代女性一定要对男性有正确认知。首先,他们不是神,在内心潜意识里,不要期待他们能拯救我们。

我在前面写过,我们必须接受接下来中国男性可能养不起一大家人的社会现实,女性将承担更多的社会任务,这是一个时代不可逆的潮流。女性比男性强势的社会必然到来,正如黑格尔所说:"一切存在的,都有其合理性。"

曾经,我和所有女性一样,年轻的我认为男性应该有钱、有养育能力、懂得浪漫、提供情绪价值、能够沟通对话、能够照看孩子、做好一个父亲……后来我终于明白,我在渴望一个完美的人,一个能够为我兜底的人,实际上是在为我自己找一种安全感。这个人最好能够嵌入我所有的不足之处,搞定我搞不定的所有事情。简单来说,我也在找一种崇拜感。

这与亲密关系无关,在生命维度,这终究是要落空的。再美丽的树也有枯萎的叶子,再美丽的宝石也有杂质。可是中国传统女性,从 1.0 版本的女儿成长起来的我们,曾经真的很缺爱,我们把那份完美的爱寄托给了别人。在传统社会里,作为女性,我们从来没有被真正欣赏过，这件事给我们造成一个错觉，我们总认为"男人就是很了不起的"，起点太高了。但事实只是我们被打压得太久了，社会把男性神化了。这造成很多女性有幻想，觉得男性一定可以"免我们无枝可依，免我们颠沛流离"。直到成熟后我们才终于发现，男性也只是个普通人。

我们走向另一个极端：物化男性。

男性不是奴隶。当一个男性回归到普通人，而女性的力量发展起来，女性又会低看他们。很多女性说赚了钱就去酒吧找小鲜肉，我对这种亲密关系的定义表示怀疑——这么肤浅的关系真的能解决女性内心的伤痛吗？棉花糖可以治好心病吗？

很多女性已经很有钱，工作能力非常棒，孩子也教育得很好，可一旦到了伴侣和老公这里，就会有一种说不清的指责感，总觉得他们这里不行，那里不够，这做得不好，那没啥主见，但这些情绪最后又会回到一种更大的失落。把愤怒指向男性，反而加重了一种负担，即对于婚姻的质疑。

实际上，我们依然没有平等地看待男性的眼光，要么仰视，要么俯视，我们怎么可能得到一种平等的家庭关系呢？

以 1.0 版本的女儿身份被养育起来的中国女性，常常阳性力量爆棚，在关系里不够迂回，而内心又非常脆弱。就像我经常戏谑身边很多独自开公司的闺密，说她们是纸老虎，只是脾气硬，男朋友一旦不回信息就立刻进入忧郁模式。纵观我身边那些过得很好的大女主，那些真正在家庭和事业间穿梭的女性，她们都有一种"淡淡地看婚姻"的态度。她们尊重丈夫，从不神化他们，但也不打压他们，不期待他们。

能长期维系下去的关系都有很统一的共同目标，以及很少的期待和内耗。我管这个关系叫零糖关系。于是，我得到一个真正稳固的结论：把自己的情绪起伏捆绑在"丈夫有没有为我做好什么"上，在我看来也叫"恋爱脑"。这不是真正的大女主，而且，女性不承认伴侣能做的事情，只盯着他没法做好的事情，这也是一种情感的暴政。有人说，情人节她让丈夫给她买条项链，他没买，于是她气坏了，又吵了一架。

我说，如果我是你，我作为家里挣钱更多、养家的那一个，很早就把这种小情小调从我的人生里剔除了。我会充分享受作为供养者的自由和快乐，而不是处于低位，等着男人给我买什么。尤其在育儿阶段，这个阶段需要一种单纯的能量。我就是上班和育儿，我先不管这个男人到底有用没用，过段时间我可以找他算账，但不是在我最疲惫的时候。

项链这种事？我还缺条项链吗？

具象化母职惩罚，然后跨越它

一位职场女性对我说，她每天下班已经很累了，但只要走进家门，婆婆就立刻把孩子塞给她。这种感觉就像"我下班了，该你上岗了"。从婆婆的角度来看，她也没有错，但是从自己的角度来说，为什么我"又上班了呢"？

我问这个职场女性，究竟是下班带娃这件事让你感到疲惫，还是精神上"为什么还是我"让你感到更疲惫？她说，也许是后者。

后来，我对很多职场女性说，所谓的精神压抑其实分为三个方面：没有独立的空间，没有独立的时间，没有独立于家庭的小圈子。

从1.0版本直接传送到婚姻里的中国女性很难在婚姻里实现自我的原因是，这三点她们一个都没有。很多女性是由父亲直接送到丈夫手上的，要遵循1.0版本的婚姻规则，必须和公婆住在一起，又很快生了孩子。从时间到空间，再到价值，没有一个独立于婚姻而存在。我对很多普通中国女性说，一旦感到压抑，你就去看这三个要素，只要能实现一个，你的压抑感就会少很多。

后来，这个"下班又马上上班的女性"决定每天进家门前，找一个咖啡馆坐半个小时。我要求她不能把这半个小时当作一种哀怨时刻，更不能还在想"为什么下班还是我"，不然这半个小时就失去了意义。这半个小时必须快乐，强迫快乐，吃自己喜欢的零食，甚至去猫咖撸猫，得忘记自己的母亲身份。她做了一段时间后发现好多了。

还有我的表妹，她说每天下班回去她都要陪刚上小学的孩子，而丈夫还没有下班回家，她常常觉得很愤怒，很压抑。所以她不由自主地翻看网络上很多控诉男人的视频，但看完除了爽了一点，并没有什么改变。她觉得自己"价值感很低"。

我思考了一下她的现状，得出一个结论：中国目前阶段的2.0版本女性要学会把女性的"结构性困境"拆分为"个人困境"，拥有解决具体问题的能力。"价值感很低"是一个很宽泛的感受表达，你觉得你很压抑，你和网络上的女性一起控诉男性不行，婚姻不行，但你又不想离婚，我们只能从自己的细节去攻破。

表妹的困境在于，她感受上是笼统的、模糊的，只是觉得"价值感被压缩了"，但我通过具体的聊天后发现，她最大的问题在于生活太单一了。她上班的同事就是那几个人，聊的也都是老公孩子，甚至越聊越焦虑，晚上回到家，连吃的饭都是一样的。她的圈子被浓缩、被单一化了。

我问她，你有没有几个比较不一样的朋友。她的"价值感被压缩"很抽象，可以归纳为"社交活动的时间和深度不够，社交对象太狭隘，自我愉悦空间不够"。

我常对女性朋友说，交友不可以固化。如果你长期只和孩子同学的妈妈一起玩，你可能会完全被那种焦虑的体验裹挟，你必须打开你的心，寻找不一样的女性族群。比如，可以多向乐观、年长的，经历过这个阶段的女性去求取一些经验，而非仅仅和同龄女性吐槽婚姻。

我要求她制定"自我打开计划"，去结交不一样的朋友，接受不一样的观念，寻找不一样的零食口味，尝试自己从来没有尝试过的事情。

奥南朵老师有一句话，叫"打开你的心"。

打开一颗哀伤疲惫的心是非常重要的，我希望所有处于这个阶段的女性，首先在精神上对自己有一种关爱的态度，而不是让自己在这个阶段有一种愧疚感。很多女性说她们觉得委屈的是她们没有办法反抗，因为这是自己的孩子。我说你错了，这不只是你的孩子，也是全家族的孩子。这个家庭里的每个人都需要对这个孩子负责，不能只在含饴弄孙的时候觉得孩子是大家的，而在照看的时候就认为这是妈妈一个人的孩子。如果这样，你就需要反抗。但过去几十年，我们只被要求承受。

她的愧疚感立刻消减了一大半。

对于养育孩子这件事，需要有一种"长时间轴的观念"：在精神上一边松绑，一边给自己希望，孩子的养育需要很长的时间，慢慢地，孩子会从你的臂弯下来，再到你的腿边，最后离开你。拉长时间轴看问题，精神上你会开始非常珍惜，孩子的每一个阶段都不会再来，你对生命的珍重心态会变得更宽广。

一旦理解这个过程，我们就会把养育孩子分为几个阶段，像打游戏一样，有的阶段，我们要做好准备，是"非常困难"；有的阶段是"一般困难"，我们有一个基本的心理准备之后，就会比完全沉溺在痛苦里要更容易解决问题。这样才能够真正地把情绪上的苦痛变成事件上的具体困难。

给家务设定时间

要谈及具体困难,那么不得不说到家务。

西尔维娅·费代里奇在《超越身体边界》里有一段关于家务的表述:"百分之四十的妇女是她们家庭的唯一供养者,但与此同时,家务活不会因为我们外出工作而消失。"

家务究竟谁来做?不要小看家务问题,家务几乎成为〇〇后女性不结婚的很大一部分因素,没有人想在繁重的社会工作外,还要多打一份义务工。很多年轻女性表示,她们连自己的袜子都不想洗,更别提因为"天经地义"这四个字洗男性的袜子了。年轻女性对于公平的要求,只会比上一代更高。

如果是五〇后、六〇后女性,即便看到家务不公,不愿意进入婚姻,她们依然会被社会舆论推进婚姻,但很明显,社会舆论对新生代女孩不起作用。我们这些处于新旧交替时期,已经进入2.0版本婚姻的女性当如何?我们有没有不那么保守,也不那么激进的解决办法?

最近,我在网上看到一个很有趣的三十多岁女性,她分享了对家务的态度:给自己设定家务时间。不要小看这件事,这个小理念足以改变所有婚内女性的人生。

她在结婚的第二年彻底意识到一个问题：家务，既无偿也永远做不完，而且家务永远属于看不下去的人。她是个素质很高、很懂分析的女性，在随后的一年里，她发现每周工作之余，花在家务上的时间长达十六个小时。很明显，她对家里这个"既不是什么坏蛋也做不好什么家务"的丈夫已经不抱希望了，但也不希望因为这件事而放弃婚姻，觉得这样未免有点小题大做。

于是，她提出家务限时论，给自己设定闹钟，每天最多做半个小时家务。她对这件事的理解是，我必须主动把这件隐形的、无偿的、耽误我成长的事情控制好。每每在闹钟响起之后，她就放下家务，并且告诉自己，我永远也做不完，我得去看书了。

我很欣赏这位女性，她直接理解了核心：这一生，女性的时间花在哪里，我们的成就就在哪里。

反之，我在长久的家庭生活和周边发现有一批女性，甚至网络舆论也在替这批女性诉苦，她们像侦探一样发现老公又在哪里丢了袜子，牙膏牙刷不归位。她们在细枝末节和鸡毛蒜皮的抱怨里耗费能量，每天从工作岗位下来还要做自己家的小女人，关注细节、抓细节、抱怨细节，一点也不像在外面挣了钱的女性。她们不是现在社会少数的女性，她们一边用男性的姿态挣钱，一边却没有抛弃小女人状态里的细腻、敏感、抓细节，变得那么累却还在不停地追求完美，直到自己筋疲力尽。

有一次，我对一个喋喋不休的女性说，如果一个新婚女性向我抱怨她丈夫的生活习惯，我尚能理解，可是十年后，她依然在抱怨这些东西，我不会觉得这个男人罪大恶极，因为这个女性本身一定也毫无建树，不是吗？洗衣机里的衣服忘记晾了就再洗一次，就算重洗十次，也不过是件鸡毛蒜皮的小事。

这就是我说的，在婚姻制度和系统不公之外，我们必须找到自己可以成长和改进的点。如果我们不肯放过自己，锅子一定要擦到锃亮，不让家里杂乱一丁点儿，要求别人按照自己的模式而活，做不到就抱怨，一怨十年，变成"厉鬼"，那么我们就真的会被家务吞没。

在这件事上，女儿给了我一个强大的提醒。有一次回到家，我很累，还有一堆家务没有做，于是我自言自语："衣服没洗地没拖，可是我只想躺着。"

十岁的女儿很淡定地说："那你就休息不做，反正 everyone is happy（每个人都开心）。"

她的这句话给了我很大的触动。我们牺牲那么多时间，本可以拿去做更多有回报、有积累的事情，却只顾着做家务，究竟在期待什么？

我身边有些女性，口头禅就是"不干净"。嫌弃婆婆洗的碗不干净，洗碗机洗得不干净，丈夫拖地不干净——在我的读者群里，我甚至已经嫌弃到严禁提"不干净"这三个字。我常常提醒她们：是要多干净？锅子擦得再亮，也不过是个优质的保洁阿姨。你的人生呢？你的梦想呢？从此，当有人向我吐槽婆婆洗碗不干净，自己要再洗一遍的时候，我就会默默地想：那祝你一辈子洗碗愉快。既然你觉得这件事只有你能干好，上天就会安排这件事永远给你做。你就会永远疲惫。

在身边的婚姻里，我也总能发现一些过得好的女性。她们人到中年，最大的特质就是从来不抱怨细节。孩子总归是要哭一哭的，阿姨也有点懒，老公时不时地把衣服乱丢在沙发上。可是，只要没有人生病，一家人齐齐整整地吃饭，碗丢到晚上洗也可以，只要大方向依然在前行，就没有什么好值得抱怨的。家务做不完，只分想做和不想做罢了。

世俗事裹挟女性太久。我们被家务驯化了，甚至是被我们的母亲驯化了。在上一辈女性的眼里，我们用家务给女性打分，试图分出一二三等来。哪怕在外面管着几十号人，回家后我们依然要为锅子上的污渍烦恼。这种思想束缚害人害己，捆绑所有人。这就是为什么女性常常觉得疲惫。在一个日新月异的社会里，还要用过去的那一套行为准则来指导自己的人生，必然是痛苦的。

一位大学生读者对我说，每次她忘记叠被子，妈妈就会忧心忡忡地说："你这样去到婆家可怎么好？"她觉得很可笑，她可以接受说她懒的批评，但叠被子是为了让婆家高看一眼，是什么意思？

家务，有时候不是家务，是枷锁，是一种做与不做的权利。

一些读者从去年年底开始，和我一起学习关于世俗事的安静修心法则。不算什么课程，我把自己的所思所得拿出来供大家交流。有天讲到人这一生，以一股天地清气投身到肉身世界，却常常忘了我们还有"天地"的那一部分，我们与世俗紧紧捆绑着，在一些迟早要失去的人生戏份里纠缠。后来，我突然有了一点灵感，让她们写下自己要应对的"世俗事"、要专注的"喜悦事"、要放过的"苦痛事"，所有人都写得极好。

很多人说很感激遇到了我，要不是我，她们不会走上二楼远观自己的生活，也许还在和世俗事一争高下。有读者说，年轻时总和家务过不去，自己做不动了，就想挥鞭子让老公去做，也吵过架。后来就慢慢释然了。有一天先生回家说："家里好乱。"她很平静地回答："我最近很累，做不动了。"说这句话的她全然没情绪、没期待，这一刻她觉得自己成熟了。

我一直坚信大部分女性都很有才华，远超自己的想象，只是我们被赋予太多要维持世俗事的任务，要听话，要八面玲珑，要乖巧孝顺会做人，要维系表面和平。直到有一天我们终于想通了，爱谁谁吧，那点时间不如去跳舞。生命从这一刻，层层绽放开来。

不做家务的女性，随着年龄的增长，会想花时间去学点什么。弹琴唱歌，常感愉悦，就进入了喜悦事的心流。身在1.0版本里，我们用宽容和大度过滤了那些中年扑面而来的虱子，剩下的时间和自己待在一起，安稳静坐，无事听雨。据说杨绛先生在年轻时提醒过钱锺书三次，把毛巾晾起来，但他都不记得。于是，她永远不再提，放下了这件事。

从这样的纠葛中突围出来的女性，一定是自洽的、智性的，不认为"婚姻必须是怎样的"，好女人一定是怎样的。换句话说，我们必须在婚姻里有着强大的灵活性，才能运行好这个社会版本的婚姻。

在普世婚姻里，淡然处之

2.0 版本的痛苦，源于很多女性并不承认自己只有一个普世资源，却对丈夫有浪漫关系的期待。

如今的互联网有时会给普通女性造成错觉，让她们非常羡慕网络上那些三十岁不到生了两个孩子，每天只负责买包的全职太太。太太一定是有的，但太太的快乐来自在当下的婚姻制度下，她们对家庭的付出，完全由那个有着非常强大的养育能力的男性给买单了。

太太的好命是个例，但闪瞎了很多普通女性的眼睛，她们从此觉得，自己的付出都需要丈夫买单——但有时候不是应该与不应该的问题，而是家庭能力的问题。

我们不得不承认，大部分普世中国女人的人生，比简单版本的生活豪华一点，比豪华版本的婚姻简单一点。这种杀杀价、吵吵架，又接着过下去的婚姻，就叫普世婚姻。谁能在普世婚姻里有一种超然的态度，谁就能运作好这个普世婚姻；谁能像主人翁一样为自己负责，谁就能指挥好 1.0 版本的人生。我们必须面对接下来一定会进入的一个时代：女性的经济能力大幅度提升，收入远远高于伴侣。

我在前面写过，很多普世女性挣到钱后，会有一段时期的"小狂"。这种小狂和男性挣了大钱之后的兴奋是一样的。我是个很实诚的作者。这个概念来源于有一次，一位女性非常烦恼地向我说，这几年经济形势不好，她丈夫已经很久没上班了，她看着就气不打一处来，朝夕相对，渐生嫌隙，矛盾不断，觉得婚姻不好，要离。我评估了一下，觉得她没什么离婚的必要。那段时间经济不好，丈夫降薪也是正常的，但她看了几个霸道总裁的电视剧，疯狂浮夸的婚姻剧情把她以及大部分中国女性对普世婚姻的概念搞坏了。就像有一次，一位年轻女性很开心地晒出同为工薪族的未婚夫送的结婚三金：一条项链、一个手镯、一个戒指，结果被网友的评论说到怀疑人生：这算什么结婚三金？这不就是平日里买的礼物吗？

我有点不理解：什么时候一个大金镯子都不能算个像样的结婚礼物了？是我真的老了吗？

我后来才发现，现在的婚姻或者说婚礼成本高得令人望而却步：备婚要去马尔代夫，婚宴至少有一百桌——我当然认为每个女孩都值得被好好对待，可是真心相爱的两个人，普世的礼物真的算不上好好对待吗？大部分女性基本上最后都拥有一个普世婚姻。这个婚姻里需要女性挣点钱，男性也挣点钱，谁有空谁带娃，父母老去，双方共担。这期间会有鸡毛蒜皮，常常心有不甘。这是大部分婚姻具有的功能。我对那个因丈夫暂时失业就在家里闹腾的女性说："普世婚姻里的大多数夫妻，人到中年，是需要风雨同舟的。"

那种有年薪百万的丈夫，家里请两个保姆，每天在平台上跳舞的太太并不常见。普世婚姻里大多是一对普通男女，相貌平平，家境平平，互相缝缝补补地把日子过下去。但有一天，女性看到了万千世界，觉得都怪这个男人拖累了自己。于是她不甘不平，连口安稳饭也吃不下了。这何尝不是另外一种得不偿失呢？

很多高不成低不就的单身大龄女性都跟我说，她们后悔一件事，就是年轻时鄙视普世婚姻，后来理解了普世婚姻，发现自己连普世婚姻也高攀不上了。在长期的单身时光里，时间过去了，她们除了变得更固执，性情并没有变得更可爱，更无法面对单身到晚年后出现的冰冷感、虚无感。看起来这是单身的原因，其实和已婚单身无关，不修身养性的人到老年都会吃苦。那些你没去婚姻里上的课，哪怕单身时也应该上。

有个年轻女性跑来跟我说，她觉得丈夫过于大男子主义，她想离婚。但丈夫嗤之以鼻，很笃定地告诉她："也就是我收留你，你离婚了会过得更差。"

我跟她深入聊天后，很诚实地告诉她："我觉得你丈夫说的是对的。"

她是一个非常没有主见的人。她害怕父母的指责，同事多说一句话她都战战兢兢。这么多年，如果不是她那个"大男子主义"的丈夫帮她挡了几箭，在工作上，她早就被人推入深渊。所以，她的功课是离婚吗？显然不是。在婚内面对一个善良、脾气差了点的丈夫都无法自立，更不用说面对魑魅魍魉的现实世界了。1.0版本女性应该明白一件事，不要在中年糟践恩情。

和其他叫嚣着要掀翻婚姻的女博主不同，我非常讨厌对所有已婚女性不幸的生活"一刀切"，把一切都赖在婚姻上。婚姻这个模式，在很长时间的确压榨了女性劳动力，但它从某种程度上也承担了女性的人生。不是所有男性都是恶魔，我的父亲、外公那一辈的很多男性有固执的性格问题，但他们的责任感几乎全部留在了家里。外公当年只有十三元工资，要养活在家务农的妻子和三个儿女，他不辛苦吗？一定是辛苦的。

传统男性有他们的问题，固执、刚愎自用、自卑又自负、脾气还很坏，但一味指责男性是无法获得幸福的，不去看自身的问题，女性也得不到成长。我所接触的没能坏到根上的婚姻里，大部分男性依然承担养家的责任。但这个模式下的女性又有很大的情感缺失——这就是我在前面讲的，你以为是丈夫给的不够，实际上他们能给的只有那么多。

我们对女性成长最大的错觉，就是认为女性是完美的，一切都是男性不够好的错，一切都是男性不够完美的错。可有时候我们需要意识到一个残酷的现实，你在1.0版本内选择的丈夫，是那个阶段的你能够找到的最好的人了。如果你想选更好的，你的资本是什么？你连这个普通的男人都驾驭不了，如何驾驭霸道总裁？他们更复杂、更精密、更强悍。

有一次，我很调皮地跟读者们说，"如果你认为身边睡的这个男人配不上你，你就去爬龙床。爬得上，是你的本事"。

她们哈哈大笑，却又沉思。把一切错误归咎于男性不够好，更多时候是一种错觉：因为是女性，所以我们觉得自己可以得到一切。因为我们也不是完美的，我们也会犯错，尽管实际上，万物也有配得上和配不上这一说。

有一次，我对朋友说："我是真的秉持好女不愁嫁这个观念的。"男性不傻，优秀的男性更不傻。就像女性有共识什么男人是适合共度一生的人，男性内心也非常清楚什么样的女性是可以共度一生的优秀女性：善良、友爱、包容，对家人温柔，在人生艰难时期互相扶持。这件事不分男女，很多时候，你的痛苦可能并不源于你是女性，而是源于你缺乏了完美人性里面的某一点。

过于强调性别论，掩盖掉生而为人要做的功课，也是遗憾。

要么守婚,要么离婚,拒绝成为怨妇

如果留在婚姻里,对于新生代女性来说,这怎么都谈不上大女主。那么,我们来谈一谈离开这件事。

很多女性有种赌气的心态:如果我有了钱,我就和身边这个男人离婚,奔向自己的新生活。我很残忍地告诉你,有这种心态的女人,大多既挣不到钱(拿不到资源)又离不了婚。这个世界上决定能否将一件事情做成功的,大多不是技巧,而是一个人具备的能量。挣钱和维系婚姻所需的内在能量是一样的,它需要你强大、坚韧,具有爱和欢喜。这种内在能量,你在自己的婚姻里都没有锻炼出来,别指望还能有多余的能量去挣钱了。如果一个女性不想离开婚姻,那么她一定要锻炼出"活出自己"的能力。

几年前,我陪一个家境非常富裕的姐姐在路边停车,夜半谈心。她说这辈子做得最正确的一件事,就是早早地把期待从那个一直出轨的丈夫身上撤下来了。在此之前,她彻夜难眠,暴瘦二十斤,终日以泪洗面。她看着膝下年幼的三个孩子,既做不到潇洒离去,又无法一直等到丈夫回头。她花了非常多的钱去上情感课、婚姻课、专家课,但都没能解决她的痛苦。直到有一天,在某一瞬间,她终于意识到,如果她依然在这个领域里打转,最后的结果无非是和这个平凡普通、会老会病的男性过完普通的一生。

一念之间，她通达了。选择权在我手里啊，我可以选择不拆散婚姻，我也可以选择不再折磨自己。否则，她就要为了一个如此普通的男性，付出怨念一生的巨大沉没成本。这些哭泣的时光原本可以拿来看看花，甚至拿去学学英语出个国。这些都比系在这个男性身上哭一辈子强。时间被用于痛苦和悲伤，这是人生最大的耗损。

她终于明白那些保证书、跟踪、离不离婚，都不重要，重要的在于她选择以怎样的姿态度过这一生。这一转念就是天宽地阔，婚姻和人生开始剥离，她发现离不离婚已经不那么重要了。有了这个念头之后，她反而觉得可以离婚了。

她停止跟踪，抚平伤痛，回归工作，把一切交给善念、锋芒和时间。选择权回归了，这一刻，她升级了。

我曾经评价 1.0 版本里活得风生水起的女性：她们大多不畏惧，保持欢喜。在日常生活里，她们乐观而少抱怨，基本不会制造焦虑；在大事来临的时候，她们果断、坚强、不畏不惧。有的女性太害怕离婚、太害怕失去了，反而失了自己的格调。一个不敢离婚的女性，是得不到好婚姻的。跪着说话的女人，是得不到幸福的。

在婚姻里，天那么蓝，草那么绿，而你只关心丈夫有没有多看你几眼，那你如何有好的情爱？在商业里，架构那么大，事务那么多，你只盯着员工的缺点，给不出鸡血和鼓励，又有几个人甘心和你一起踏上梦想之旅？婚姻这点压抑的小空间带来的苦痛，你都无法自我安抚和疗愈，凭什么认为自己可以在嗜血的、一不小心就万劫不复的商场上杀出一条血路？有些问题看起来是婚姻问题，实际上需要你超越婚姻，提升心性。不是女强人搞定了婚姻，而是只有跨越了婚姻的小情爱，你才是真正的大女主。每个女强人都是自己活成一支队伍，而你还在用拉黑老公这种小脾气索取他的低头。

有一次，我很不客气地向另一位常年抱怨丈夫和婚姻的读者指出，你的婚姻问题是很多女性都会遇到的，只是你的心眼太小了。不是别的原因，就是计较。你夜不能寐地去计较小姑今天说了什么，丈夫拖完地的水没有倒……你是个八〇后女性，硬生生地把自己活成了你妈。你既无法离开这段婚姻，又一直抱怨这段婚姻，把自己的福气都抱怨没了。你不断地去喂养这个受害者的感觉，每天盘算婆家人哪里对你不好。你这样下去，会在怨妇的地狱里万劫不复。

很多女性此刻身在地狱。长达数十年的婚姻里，丈夫的不解风情、婆家的矛盾、育儿的压力通通袭来，你常常觉得很多事情需要抱怨，睡在枕头上都仿佛听到小姑在骂自己。这是很多1.0版本婚姻的心酸之处：人太多了，矛盾太多了，婚姻太拥挤了，要在乎的人、在乎的事太多了。很多女人的原生家庭也不怎么样，从来没有教女人如何爱自己，反而只教会了她讨好、忍耐……

很多女性白天给出了精力和照顾，晚上却得不到丈夫的一个亲吻和拥抱。就跟家里的钱一样，只看见出，不看见进。很多女性对自己的丈夫有时候也不是恨，而是有点儿嫉妒，嫉妒他怎么可以如此心安理得地不管不顾。你不需要恨他，你只需要学习他。他管好了自己，就什么都管好了，什么都由你来做，他还要做什么？

有一次，我在网络上看到一个针对全职太太的批驳。说为什么全职太太不受单身女性的欢迎，其中有一个高赞回复：但凡你们的怨气少一点，我对你们的尊重就多一分。

1.0版本里最惨痛的事实是，在这个无法挣脱的系统下，很多女性自怜哀怨。比起离婚这是更残忍的事：快乐凋零了，灵性萎缩了。她们在乎的事情太细微了，孩子的鞋带、吃剩的饭菜，其实又能怎样呢？

我做了女性领域的工作之后，惊讶于如此之多的中国女性处在"伤痛、哀怨、琐碎"之中。单身时，她们被男性的"不回微信，没有回应"伤害，还要花大量时间去学习、去抓取情感课程"如何让这个男人回我微信"。结婚后，又被丈夫"打游戏，不交流"伤害，花费非常多的精力学习沟通术，换来的只有男性的一句"你就没有别的事情做吗"。甚至离婚后，又被"孤独"伤害。

中国女性的集体意识里呈现出一个非常强大的缺爱能量，这种能量让我们有一种一直"被辜负"的意识。

但这是真的吗？这个事情真的无法改变吗？我们一定要盯准某一个男人，等着他给我们爱，不然就是无穷无尽的失望吗？

这件事其实关乎我在前面说得最多的一个词——坑洞。那个进入婚姻前就有的心灵坑洞，婚姻让它变得更明显了。女性最大的误区就是以为那个坑洞是由一个男性来填平的。如果你运气好，有可能。好的亲密关系当然能治愈人。但只有先停止内耗，才能为自己内心填坑。

大部分人的婚姻是1.0版本婚姻。没事要载女同事一程的老公也许不是什么恶人，但你也别指望他做你的心理医生，他连自己的中年危机都搞不定。自愈这件事，大部分时候是由我们自己来做的。我们有一个普通的伴侣，成就一段普世婚姻，在这个关系和资源里，我们默默地独自修行，只要你是愉悦的、平静的、安全的，就可以。

记得有一次，群里几个读者说，先生婆婆不开心总会给自己脸色看。我就戏谑，我一直不理解"给脸色"这件事有什么杀伤力。反正是不说话，那我也可以摆脸色，大家一起摆，摆摆更健康。

她们都笑了。

这件事的问题在于，中国女性从小太会看脸色了，大多数女性以"不受欢迎的性别"出生，拼命想做得好一点寻求认可，太害怕丈夫不爱自己了。实际上，爱不爱这件事，无伤大雅。他再爱，我们也是独自体验生命。但这种"不受欢迎"的潜意识几乎贯穿了我们整个人生，哪怕走到婚姻、走进婆家，也生怕因"不受欢迎"被抛弃。我曾经疗愈过很多胆怯的女性，告诉她们一定要学会对自己说一句话："没有人可以再抛弃你了。"

去体会一下这句话的力量。女人，真的没有人可以再抛弃你了。

你不是小女孩了。你是成年女性，你可以自己好好地活下去。你是安全的。不管有没有人爱你，你都有自己陪伴。突然间你发现，男人的爱太简单。当你狠狠爱着自己的时候，爱你的男人，他们无处不在；你爱着自己，他们温柔注视着爱自己的你。

给坚持在婚姻里的女性一点掌声

中国女性真的很努力、做得很多,有时候,我们想要的不是爱,我们想要一个道谢,我们想被看见,就像小时候想被父母看见一样。我们和男性形成了一种奇怪的互相喂养的关系,我们因为恐惧而给予,而他们的贪婪被喂养,就要得更多——总有给和要不平衡的时候,于是关系开始崩盘。

走过 2.0 版本,我们终于知道婚姻不是人生的全部,即便它覆盖大半心路历程。写到这一章的时候,我的读者给我讲了一个很特别的故事,这个故事的痛苦可以为我们的"保守阶段"做一个完美的总结。

她说有这样一位已婚女性,出了车祸,半身不遂。不久后,这位女性怀孕了,医生都说这太危险了,不建议她生产。此时,她才痛苦地说出自己近年来的生活:不想过夫妻生活,因为没有感觉,只有义务。但觉得丈夫那么年轻,不配合他的欲望,害怕他去外面找人。有了这个孩子,她不敢不要,她希望孩子成为他们婚姻的纽带。

我的读者把这样的故事讲给大家听,大家都流泪了。我们在这个故事里,共情到一种女性集体巨大的无奈和悲伤。我们得到了这样一句评论:"温柔而慈悲地体会自己,方为勇士。"

我看着这个故事也会想:对于很多中国女性而言,究竟是生命重要,还是婚姻重要?还是说,在大多数中国女性的内心里,婚姻即人生本身?可若能剥离,海阔天空。有的女性不理解这个故事,说她可能只是很依赖有个家。

我说我理解,因为我也很依赖我的家、我的伴侣、我的孩子,但这和我更看重自己的生命是两回事。如果我依赖某种食物无法离开,那么它就会成为毒品;如果我爱它但不依附于它,那它会成为我人生的养分。这可能就是我对婚姻和人生的态度。

李子勋老师曾经说过,我们每个人都有自己的生命列车,它需要开往春天。你的丈夫、孩子、男友,都不过是你的旅伴而已。如果他们中途要下车,就让他们下车好了。你我的春天不应该被放弃。我们不能仅仅为了一生一世一双人活着,人生的大女主们,任何人和事都不能动摇这一点。我如何去体会自己在天地间的存在,这才是最重要的事。

"本位的自我意识"一旦培养起来,你才有可能真正成为自己的主角。在我们的人生剧本中,只有自己的主线任务最重要,其他一切的人和事,你都可以当作是消遣。因为我们终会懂得,男性的爱没那么多。他们就那点爱,在追求我们的时候就花光了。世俗的爱,甚至儿女的爱,都没有我们想象中那么多。它们都是手中沙,捏得太紧,终极指向都是分离。如果一个女性不能理解这点,依旧在要要要,那么她无论挣多少钱,都无法成为大女主。

我们必须理解,人与人之间,所有的结局都是分离。这就是人生,这让人很不舍,但很自然。花会离开树,雨会离开云,但轮回之中,我们永远在一起。

有时候,我在网络上看到很多盛气凌人的女性,但我深知她们背后有很深的伤痛,那个痛不疗愈,那种1.0版本看待男性的眼光不转化,就很难真正获得一个独立美妙的人生。

我们爱自己,天地爱我们,此情才是绵绵无绝期。

大女主的 bug：别错把背负当引领

在这个时代，鼓励中国女性通过自己的努力实现人生的升级，比如从零收入到实现经济独立，从零事业变成小事业，这不是非常难的事，机会很多，资源也很多。

但我在长期和普通劳动女性打交道的过程中发现，大多数女性依靠骨子里与生俱来的勤奋勇敢，很容易做到从零资源到1.0 版本的升级；但 1.0 版本到 2.0 版本的阶段，她们开始死撑；2.0 版本到 3.0 版本就更难了。实现从一无所有到稍有成就相对容易，最难的是实现从自我的小独立到具有领袖气质的大女主的跨越。

如果要持续向前，我们就要接受人生有如基金市场一般的"回落"阶段这一点。这很像武侠小说里，一个主角若要最终达到绝世神功，必然经历一个非常大的挫折，甚至闭关、颓废，再去理解这种回旋的美感。但女性在这个节骨眼上，很容易产生恐惧。现在的女性不肯停顿，不肯从忙碌里抬头，不肯从大局来看待人生。这就是为什么她们愿意工作到死，愿意一直停留在"权利"阶段，不肯留一点时间给自己去体会关系。很多人把这个过程的责任完全推给男性，认为是男权社会阻碍了女性上升的通道。也许是的，但我更想帮大家突破的是女性内心的误解和茫然。

十几年前，我认识了一个家庭很贫困的年轻读者，多年过去，她变成一个企业高管，有两个可爱的孩子，但我发现她在晋升之路上变得举步维艰。这个晋升不仅包括她在职业上的升级，也包括她看待事物的格局和眼光。

我形容这种感觉是她持续性地努力带来的结果，她完全迷恋"努力"，但当人生到了一定的阶段，当努力显得作用不再那么大的时候，很多女性误以为是自己还不够强。她逼着自己更加坚强，更加努力，误以为这样就可以抵达巅峰。当我再次在深圳看到她的人生状态时，她整个人"被工作淹没了"。

每次跟她提到任何关于放松、休整、休息等的词语的时候，她就立马反驳我，告诉我她有多么不容易。她无法停下来，所有团队都需要她，两个孩子也很需要她，她的工作迫在眉睫。

我静静地感受着她的焦虑，大多数女性无法意识到，人生是一种进进退退的艺术。在某些时候，你如果学不会退，就无法再进。当我们靠进步拿到第一阶段的成果后，我们把后退和休整视作人生大敌。就比如这位读者，她不敢休假，不肯放松，本来可以每周休息一天，但她认为自己还不够努力，索性把这一天的休息也取消了。结果显而易见，她变得更紧张、更累了。

人生的形势已经发生变化，而她们浑然不知。那个在你二十岁时写着"努力"两个字的金字招牌如今已经没有那么管用了，女性，尤其在三十五岁以后，需要的是一种"四两拨千斤"的能力。我们会发现，男性在休假这件事上显得极有天赋。他们升为部门经理以后，就要带着全部门去喝啤酒、唱卡拉OK，更别提他们一旦拿到了大项目，就要去海岛度假、打高尔夫。他们迷信机会在玩乐中出现，合作在娱乐里谈成；他们并不特别相信努力，他们相信自己，相信只差一个运气和赏识，相信自己的气质决定一切。你还别说，在能量上，他们是对的。一个人如果怀着自信和轻松感去做一件事，比起怀着紧张和恐惧，更容易做成。

人成为谁，不是努力成为的，而是演着演着就像了。

但女性不一样，很多伪大女主累死在她们刚刚拿到的成果，以及想拿到更多成果的路上。一旦拿到成果，她们就开始焦虑，不敢从任何一个小台阶跌落，不敢休息，不敢放下，不敢回头，不敢退一退。

曾经有一个投资人同我说过一个笑话，说他们投的男女创业者的区别。当女性创业者拿到投资以后，她们会变得紧张，账户里有那么多钱，每花一分就紧张一分；而大多数男性创业者拿到钱以后的第一件事，就是把公司最近需要结算但没钱付的那些账单赶紧付了。

女性一旦成为企业领导者或者家庭掌舵手，她们就恨不得把全部人的命运背在身上。一个女性领导者说她的员工需要她，我说她分不清引领和背负的区别。部门员工需要你的关心，但他们没有你也可以过得很好。有时候不肯放手，是因为女性需要关系，需要这份被需要的感觉，这是旧模式，我在前面就写过了。

我曾经和很多白手起家、到了某个阶段就"卡着上不去"的女创业者说过，你一定要学会忘记那些艰辛。你不需要咬牙切齿，如果有一天你能放下这份紧张，分清楚了引领和背负的区别，分清楚了是到了需要更努力还是更聪明的阶段，你的人生就会继续大江大河。没有人需要你去拔刀报仇雪恨，前方没有敌人，前方是你自己，还有明月晚霞。

这早已不是一个流行燃烧自己照亮他人的时代，现在的你是要引领多人的领导，你一定要采用"一人得道"顺带着"鸡犬升天"的方式去做你的事业。一句话，你随时随地都要快乐、轻松、如意、能屈能伸，你才能带领更多人。

如果第一阶段你要做的是亲力亲为，那么第二阶段你要做的是以身作则的人格引领。一个女性在前进的路上走不下去了，太累了，你一定要问自己一个问题：你喜欢现在的自己吗？这是你想要的生活吗？你每天走出家门的时候，有像一个小太阳一样照亮所有人吗？

如果答案是否定的，那么你的升级会变得很困难。即便你信誓旦旦地要成为最成功的那个人，你的疲态也会让所有人不会以你为榜样。道理很简单，谁都不想累死在赚钱的路上。很多女孩子都说，她们看到自己的女上司后，都不想成为她。

女性到了一定时候，成功会从"努力学"变成"玄学"。如果在零资源到1.0版本的阶段，女性的成功在于世人为我们的勤奋、亲力亲为、把每个人都照顾得好而投票，那么到了2.0版本，世人一定会为那种为自己而活、光芒万丈、他们也想成为的人而投票，就像网络上人们关注着那些自己也想成为的人。

到了这个阶段，身为大女主，你能给谁赋能是很重要的，而不是你把谁的人生或者工作任务背在身上才重要。你的下属小姑娘二十多岁，人生迷惘，失恋痛哭影响工作，你能否一句话把她从深渊里拉起来，而不是痛斥她，再把她的工作接过来把自己累死？在家庭里，你的丈夫饱受中年危机，你的孩子厌学，这时你是做更多的事、有更多的埋怨，还是把自己的生活继续经营好，喝杯咖啡，万事冷静稳固，让大家看到"只要妈妈不倒，家就不会散"的气魄？

你只有足够热爱自己，足够满意自己的生活，旁人才会吃你这套，才会把能量重新聚集到你这里。相信我，既然你走到了这里，淘汰法则已经失效，从此管用的是吸引力法则。我建议女性到了一定时候要去学习冥想。从拿起学会放下，从奔走学会停顿，从掌控学会放手。用人格魅力的小宇宙来爆发，用浑身的光芒去引领身边所有人，而不是走任劳任怨的路线。

我有一位九五后的女性朋友，她创业八年来一帆风顺，业绩一直呈增长趋势。去年突然回落了，大别墅的房贷成了强大的压力，各种贷款和投资也举步维艰。她在这种"垮"中惴惴不安，直到我对她说，你觉得你的一生，难道每年都会增长吗，你相信这个世界上有一只从来只呈直线增长、没有一天是回落的股票吗，如果你不接受这点，那么未来的每一天，你都要饱受自我质疑的折磨。增长回落不会击垮你，但自我质疑可以。

她突然明白了。真正的大女主，总要接受跌宕起伏的人生，学会进进退退的艺术，即便白天脚不沾地，晚上照样焚香沐浴。她卖掉了别墅和耗损她的大笔资产，轻装简行地工作了几个月。她接受回落和退步，把多余的时间用来拥抱孩子和与先生在月下喝酒。她跨越了低谷，平和了心态，除了奋进，她成为了更成熟的女人。

今年，她的能量状态极好，开发了一个新产品，又卖爆了。

越是走向高峰，越要明白宇宙的空性，越要有长期主义精神。最终迎接我们的是死亡和虚无，我们执着的此刻并不一定是我们最后的模样。我们执着于努力也没有意义，我们要做的是接纳每一个瞬间的自己，成功的、失败的，深刻接受和肯定我们每一刻的存在，我们才有可能让生命流动，丝滑突破坎坷。

我有一位女性朋友在非洲创业，几年后她发现一个很费解的问题，我们中国人明明产品做得这么好，价格也实惠，为什么就是比不上那几个从印度、美国来的企业家？她焦虑又疲惫，整改团队，改进产品，忙得不可开交，可业绩就是做不上去。有一天，她累病了，休息了好几个月。在苍茫的异国他乡的非洲大地上，她思念故乡，日夜闲晃。直到有一天，她在闲晃中一瞬间想通一件事——她想通了公司的问题在哪里。作为中国人，我们骨子里有一个执着：我们迟早是要回家的。在非洲大地上，我们的人生如寄旅，每时每刻都想着要回家，"迟早有一天，我们是要回去的"。

这句话萦绕在她生活和事业的方方面面。她无论多么努力也干不赢那些灵魂上的游牧民族，美国人和印度人只要到了非洲，就觉得自己是非洲人，他们就像永远不会回美国似的经营公司，她怎么可能战胜得了这种心态呢？她怎么可能赢得非洲员工的信任呢？

后来她发现，她只需要一个小小的思维转变，不是说自己真的不再回中国，而是要"就当自己永远不会回去"那样去经营公司。她不再在乎公司到底是不是全员非洲同胞，有多少比例的非洲人，她的生活习惯、公司装修等使非洲员工更加有归属感了。就是这小小的改动，她的业绩噌噌上涨了。

她并没有真的不回来，而是她在休息的阶段，打通了这个卡点。这件事完全关乎灵魂、自我、分别心，和努力以及更努力毫无关系。如果只沉浸在"我们还不够努力"这个固定思维里，可能这会儿她已经在努力的路上累掉了半条命。

我到了快四十岁的时候，最喜欢和朋友说的话就是，很多问题不是在你努力的路上解决的，而是在你发现努力已经行不通，决定停下来休息的时候悟到的。

女人的整个生命体系很复杂，不是简简单单用一个"持续励志"就能解决的。女性力量千丝万缕，其中包含高低起伏、曲折迂回，有时候甚至要退一步去理解阴性能量的巨大效能。

任何事情都会过去，当我们不执着于努力也不执着于失败，就没有什么能成为我们心灵的阻碍和卡点，我们就搭上了一条具备更大力量的心灵之船。一旦上了这条船你就会发现，你的人生开始进入大江大河的境界。你开始用直觉生活——直觉型选手对于努力型人格，简直是降维打击。

你从掌控他人变成成全他人，从掌管全局变成鼓励所有人去实现他们的天赋。谈及天赋，全员事半功倍。这才是真正的管理艺术，生活艺术，人生艺术。人生不是战争，人生是艺术，既然是艺术，它就没有输赢，只有作品。你只需要让所有人发挥他们最大的天赋，你就成了最轻松也最成功的那个人，无论在家庭还是在事业中。而这种智慧，往往是在你曲折迂回、后退的日子里获得的。

从具象路线到直觉路线，从逻辑走向心灵，化大道于无形。这是女性完成二次升级的一种"感觉"，它很难描述，它从术走向了道。真正的大女主，除开搞定世俗一切，还要学点修心之道。向内看，深深地向内看，搞定自己就搞定了一切。

离开关系，但永远可以重建关系

写了那么多女性坚守婚姻的故事，有人问我是不是认为离婚是可耻的。当然不是。当有女性告诉我，她觉得自己选错了，就是想离开时，我在平衡之后也会说：去吧，重新选择，去获得你的人生。

有的女性真的非常前卫、有个性，她们就像旷野里的小野兽（我还为这样的女性写过一本小说），她们可以独自生活得很好，她们天性就不喜欢婚姻这个模式——这完全没问题。虽然我在前半章很冒险地对女性提出了一些在婚姻里的改进方案，但我依然很清醒地知道那有一个前提：我默认她们想要婚姻，或者想保有婚姻，这是个人选择。假如只是一个选择，那么意味着我们的人生可以有另外的选择。婚姻再好，也只是一种生活模式。

我们这个社会最无趣的一件事就是，大部分时候，我们把这个模式当作所有女人的人生，只是因为这个模式选择的人更多、更主流罢了。但随着时间的流逝、社会的进步，我们看到了不一样的生存方式，更多女性以单身的、离异的、不婚的、同居的方式过完这一生。这条路很大胆、很惊险，和白马王子关系不大，而是对女性自身的要求非常高。我的好朋友，同为畅销书作家的十二女士对我说,她很期待由我去写一本关于"离婚后再次获得爱和人生"的文字。她觉得没有人比我更适合写这个主题了。

我笑道:"是因为我胆大包天地再婚了吗?"

她说:"不,是因为你快乐又松弛。你把离婚带来的负面能量都消解了。这是一种与生命一起流动的天赋。似乎你无论是什么身份都不影响这个内核。极少看到有人可以这么松弛地处理好如此复杂的关系,这需要强大的头脑和心力。"

其实很简单,我只是习惯性地保持正念。

很多女性不敢离婚,即便那个婚姻再糟糕也不离,因为她们对婚姻外的世界更恐惧。很多女性不敢过单身生活,因为她们默认没有男人就是很惨。但世界早已不一样。

我看过俞渝女士的采访,她觉得在一个物质生活比较宽裕、精神世界的包容也越来越松弛的社会结构下,女性真的没必要受那么多委屈。这也代表我内心的观点。我认为一个女性有维系、经营、修复婚姻的能力当然好,但是,假如这个委屈已经要用忍辱负重来形容,我赞成接受分离,接受改变。不建议你在一个真的不看好的丈夫和生活里耗费时间,你绝对可以选择早点分离。

但平日里,我谨慎劝人离婚。我不劝人离婚的原因,并不是我认为她们应该死撑着受委屈,而是以我对大部分中国女性的了解,我认为她们少有离婚的能力。她们只是形式上的离开,但精神上无法独立。大部分女性以为离婚就是领一张离婚证,但实际上,离婚意味着脱胎换骨。

很少有人真正理解离婚和跨越离婚。即便领了离婚证，她们还是会用1.0版本的那一套去看待自己，看待男人，看待婚姻，看待人生。很多人以为不想要婚姻就可以离婚，但你必须学会过离异生活，才可以离婚。这很难。在过去我接触的离异女士里，她们大多悲观地表示再也不会结婚了。这批女性的窘迫也劝退了很多本该可以开始新生活的女性。

大部分离异女性受够了上一段婚姻的苦，从糟糕的婚姻里铩羽而归。她们说不再相信婚姻这种制度，选择只恋爱不结婚，或者单身。她们觉得已经被孩子、伤痛等诸多因素围绕，再也不可能去和另一个同样复杂的成年人建立多么亲密的关系。有的女人觉得自己的青春消逝了，不可能再拥有高质量的伴侣，反正男人只看脸。还有的朋友觉得自己离异独自带着孩子，全身心被孩子占据，不再有爱的资格、时间、能力。还有的干脆选择在孤独里压抑、生病，直至抑郁或者发疯……

这些理由还有很多很多。我在单身的岁月里，自然而然地认识了很多单身女性朋友，她们都不年轻。有的和我一样，曾经有过婚姻，然后就停滞在这里。有的一直未婚，在许多段恋爱里沉浮，却一直没有找到自己的岛屿。但无论是哪一种，她们都带着一种非常强大的伤痛气息——她们主动选择了不再去爱，也不相信有爱，有时也觉得不值得被爱。

貌似只有我胆大包天又结婚了。很多人觉得我的人生看起来太举重若轻了，疑惑我是怎么做到轻飘飘地离开又回来的。但这件事似乎变得有些诡异，你越不相信爱，越不拥有爱，就越被这件事阻拦在这里了。你越想进修、想学习、想成为更好的自己，越是有一门课一直在拖后腿。它一年又一年地让你补课，你想绕过它，却始终无法腾飞。

我鼓励所有的离异女性，一定要谈一场"全然不同的恋爱"，这样你才会对人生和情感有新的领悟，你才会发觉自己人生的另一面。我们必须去看，如果一个女性从 1.0 版本出走后，她需要替代丈夫的这个人，究竟还有什么。或者说为什么这么多人过不好离婚后的生活，仅仅是因为离婚本身做错了吗？

你必须理解离婚，学会离婚。

离婚究竟是在离开什么

毋庸置疑，女性想离开一段糟糕的婚姻，一定意味着婚姻里有她无法忍受的部分。要么是夫妻关系，要么是婆媳关系，或者是财务问题，以及其他。这是必然的。但在这些"烂人烂事"背后，有一个很容易被人忽略的问题，那就是所有的关系模式都是双方互相喂养的。

社会只喜欢吐槽表面，谁遇到了一个很差的谁，女人遇到了背信弃义的男人……实际上，当你决定要离婚的时候，你要把这些都放下，真正聚焦自我。在这段关系里，我最弱的地方是哪里？

离婚，是修正自己人生弱点的方式之一。

有一个阿姨向我哭诉，她的丈夫很多年前就不工作了。第一份工作结束以后，他似乎受到了打击，待在家里一蹶不振，躺了两年。这两年都是她在养家糊口，同时承担工作和照顾儿女的辛劳。在这段婚姻里，我们看到一个操劳的女性和一个没有责任感的男性，她在这段婚姻里忍受了几十年。但我们再去看，就会看到一个隐忍软弱的女性。

隐忍软弱就是她的人生功课。她为什么没有离婚？因为她现在快五十岁了，老公说离开你我也活不下去，你要是和我离婚了，我就去死。她没法让他去死，所以就待在这段婚姻里苟延残喘。但随着年纪增长，她的身体越来越差，她忍不住会想，如果她死在了男人前头，他的后半生大概率是要啃女儿的。很长一段时间，女儿都在给她出主意，让她去离婚，比如先搬出去、分居之类的，但她始终没有实施。没有实施的原因大抵是，如果男性去敲打她的房门，甚至威胁要轻生，她不知道该怎么办。

离婚究竟是在离开什么？我对她说，真正的离婚是你要离开自己的隐忍软弱，与这个男人无关。当有人用生命威胁你、绑架你的时候，你敢不敢划一个界线：你是你，我是我，我不会对你的人生负责，即便你是我的丈夫或者儿女。

她的隐忍不仅表现在婚姻里，很多时候在家族关系里也是一样。每个人都利用她的善良，吞噬了她的很多利益。一个女性如果无法对自己动刀，无法真正离开自己性格里最差的那一点，学会勇敢去改变，那么离婚改变不了什么。很多时候我想对中国女性说，一段糟糕的婚姻关系里，一定包含着你某些非常隐蔽的性格底片。如果这个底片不被修正，那么离婚只是在你生命这棵病树上挖掉的一个巨大疮疤，解决不了问题。

无独有偶，很多男性持续出轨，原配隐忍多年得癌。在这些例子背后，也是一种巨大的女性对自己人生的恐惧和软弱。不离开这种软弱，什么都没有意义。这才是我认为的现代离婚的底层逻辑：离开旧的自己，真正地修正自己，再面对新的生活。其他的一切，都只是基于这件事的技巧而已。

不需要等到 100% 溃烂，才结束关系

传统中国式离婚对女性而言有一个很大的阻碍。传统伦理认为，男人只要不出轨、不动手，女性就不可以提离婚。网红苏阿姨离婚的故事更加说明了这一点。在她离家出走长达两年，找到了自己独立的生活方式以后，她想回去和自己的丈夫离婚。那个暴力了一辈子，把所有钱都捏在手里的丈夫对她说："你拿五十万给我再离婚。我没做错什么，我又没有在外面找人。"

没有在外面找人，是传统中国式离婚最差也最烂的底线。它意味着这桩婚姻可以在这个基础上为所欲为，不顾情感，毫无抚慰，不管养育价值，也很颓废。

曾经，很多女性离婚后，一直活在对自己的指责里。她们觉得丈夫没有出轨，她们对离婚只是因为"想要更好的生活"而感到羞愧，似乎一段关系没有到 100% 溃烂，就没有资格离开。如果不是被逼到绝路，就没有资格开始新生活。

我想说的是，一段关系不可能 100% 溃烂，你不需要等到一段关系 100% 溃烂后才结束。只要你想结束，你就可以。你只需要做一个选择，维护还是离开。离开婚姻，你不需要理由。这个权利你是有的，你有权决定要不要去用它，我国倡导婚姻自由，

那就一定包含离婚也自由。

但更多女性被自己的负罪感和愧疚感折磨。即便在很多以家暴为基础的离婚案例中,也残存一些虚假的温存,让人觉得"这段关系也没那么糟"。传统中国式婚姻对女性最大的束缚,就是把主动要求脱离关系、让孩子成长在单亲家庭的这一行为变成一种罪恶,强加在女性头上。

太有负罪感也是女性的性格短板。离婚考验的是,一个女性多大程度上有从头再来的勇气。

一个女性,必须永远先是她自己,她的思想、喜好才是最重要的。社会没有培养出"我怎么想"的女性,她们最开始属于父亲,然后属于丈夫,再然后属于孩子。很多女性在婚后才发展出自我,这没有什么好诟病的。内心的小女孩迟早会长大,这是件好事。如果没有长大,说明我们没有好好活过。这一生,并没有太多人关心女性到底想要怎样的生活。英国作家德博拉·利维在她的《自己的房子》里写道:"家庭空间,不过是女性借用的空间。"

我在网络上看到一个单身妈妈的分享。她说自己离婚后,儿子很快就懂事了,自己从学校回来,会把米饭煮上等妈妈下班回家。让我没有想到的是,网络上清一色的指责妈妈的声音。大概意思是,如果给不了完整和完美的生活,为什么要生孩子……

以前我可能会沉默,但现在,我会选择对这些年轻刻薄的女性说:"Shut up(闭嘴),女人难以一言以蔽之。你们还没有足够阅历去理解宏大的人生和不完美的选择,更无法理解有时候人是不得已做选择的。"

离婚这件事有时候很没有道理。我身边有初恋的离婚,有浪子回头的离婚,有家暴的离婚,有什么矛盾都没有的离婚。有的主动离婚,有的被动离婚。有时候,它莫名其妙到像上天随机发的一张牌一样。

如果给了我们这张牌,我们就拿好,接住它。不再追悔,不再怨恨,我们要继续走下面的路。

如果要离婚，你要敢于设想一个截然不同的人生

有一个读者离婚后，还在前夫的公司工作。在我看来，她必须开始新生活，我个人非常反对离婚不离家。离婚不离家，或者不离开那个环境，在我看来属于白离婚，除了领了一张离婚证，任何人都得不到救赎，得不到改变和成长。

她觉得这样，孩子会以为爸妈依然在一起。

这个观念害了很多人，其中的bug（错误）是，我们以为维持了表面的和平，孩子就感觉不到。有一位姑娘的故事可以让我们更加直视这种掩耳盗铃。她坚持离婚不离家长达三年，在这三年里，她继续和前夫频繁地吵架，甚至发生肢体冲突，后来，她十岁的儿子被诊断出有重度的躁狂倾向。

这里有一个强大的集体意识没有被打破，你始终认为孩子无法接受这件事，而且你认为孩子一定可以在你的障眼法里被欺骗。对孩子最大的伤害是让他以为原来离婚都没有办法解决这一切。

我的一位读者，她丈夫有暴力倾向，儿子长期和爸爸有严重的冲突，有一次，男人对家里的妹妹又恶语相向后，男孩扑了上

去，打了自己的爸爸，甚至扬言要杀了他，并央求母亲和父亲离婚。但这位母亲干了一件非常愚蠢的事情——离婚不离家。我说你的儿子将彻底崩溃。孩子们很单纯，他们以为的离婚等于母亲开启新生活，他想要的是不活在父亲的阴影下，谁知道母亲还有"离婚不离家"这一招。最后我说她，你不要逼你儿子真的觉得，只有杀了自己的父亲，才能结束这一切。

很多时候我们都能看清，离婚不离家，走不出来的只有女人——哪怕因为丈夫出轨。大多数前夫可没有这种想法，比如我这篇写的前例，人家早就如释重负地搬出去和新的女人一起生活，只有她留在原地，不敢走，估计也不想走。她不知道一个人要怎么生活，每每独自出去生活的时候，就会有一个声音对她说，你好惨，你好孤独，所有人都成双成对，只有你是一个人……她很尴尬地留在旧世界和新世界的边缘。

员工面对这个前老板娘，只有背后偷偷的耻笑。她眷恋在没有男主角的情感剧本里，成为一个老妈子角色，兢兢业业地给公司打工，努力带着孩子，住在原来的房子里，每一刻都在咀嚼着心碎。她对外人说得最多的一句话是，我没有办法离开孩子，因为他们跟着爸爸呀，我得留在这里。

这里包含一个 1.0 版本意识，即所有人都认为孩子需要母亲。

错了。孩子需要的是一个安全、稳定、固定的生活环境。假如这个母亲的内心非常动荡，有母亲还不如没有。很多成年人都犯有一个强大的错误：不把孩子当人看。孩子能感受到你想隐瞒的一切，而孩子的痛苦并不来源于发生了坏事。孩子最大的恐惧是他们发现母亲的懦弱，发现母亲没有办法搞定她自己。孩子的恐惧并不来源于父母离婚，而是他发现他的母亲非常脆弱。

我对她说，有没有可能设想一个新剧本——你从前夫的公司辞职，以你的能力独自租了房子，但住得离孩子们很近，你随时可以见到他们，但你不再是公司的老妈子，也不再和前夫有关系，你有自己的恋情，你前夫和他喜欢的人生活在一起，你也获得了新的幸福，和你喜欢的人在一起，你不再围着孩子转，只是做他们的心灵依靠，你们仍是孩子最好的父母。这可能是你新版本的人生。

她给了我好多理由，比如对方无法照顾好孩子，孩子们习惯了她的照顾……

面对这样的说辞，我觉得很无力。因为我看到这不是个体因素，而是集体意识在她脑子里完全构建出了母亲应该是什么样子的。她的不肯离开让她既无法回到过去的家里，也无法走出去面对一片旷野，只能站在原来的家门口淋着雨，瑟瑟发抖。她和很多女人一样，只是走出了家门，却一直站在家门口。既舍不得走，不敢前行找新的路，也没有办法回去，因为旧人心已变。

这种状况放在1.0版本里就成了离婚了肯定找不到好的。一竿子打翻所有人。

你既无法放弃已经腐败的，又如何得到好的？很多人不敢离去，无法让这一切碎裂得再彻底一点，是因为她从来不肯对自己的人生有想象力一点。在我们这个国度，大部分女性被驯化得认为，"愿得一人心，白首不相离"就是人生最圆满的模式。

有一天，我对她说，你只有四十岁啊，你就准备抱着一个破碎的剧本，完全放弃你的后半生？你能不能先想象一个和你前夫无关的人生？

她小声啜泣。在她所受的教育里，从来没有人给她讲过这样的回转案例，她从来不敢想象别的生活模式，从来没人告诉她幸福不仅有 A 款，还有 B 款、C 款。在她的规则里，王子和公主只能幸福地生活在一起，但没人告诉她该怎么面对王子和公主的分离。A 款破碎后，她就无能为力了。她只有过前夫这一个男人，只和他的家庭打过交道，她年近四十，却是一个情感经历非常寡淡的女人。她留在那里，是因为她完全不知道有什么新的生活模板。

这是大部分中国女性的人生。我们以为自己的人生是这样的，但现实的剧本是那样的，被因缘际会篡改得一塌糊涂。我们假如只迷恋一个幸福版本，就只能永远在这个破碎的版本里滞留到生命的最后一刻。这位女性接下来的功课，看起来是婚姻的，实际上和婚姻毫无关系，而是打开自己，让自己浸泡在复杂多变的情感世界里。当然会遭受挫折和鞭笞，但是，我们需要的人生鞭笞比想象中要多。很多人因为害怕，没有做完自己该做的人生功课，然而人生路，少走一步你都要补回来。

很多人离婚后,并没发现自己真实的功课。看似离婚,实际上并没有以截然不同的面目去做自己。也许从四十岁起,多谈几次恋爱,不为什么目的地多谈几次恋爱,从一个闭锁守旧的妇女变成一个开放可爱的女人,这是上天安排你必须完成的功课,甚至是你这辈子都没想过要做的功课。这是你对自己的人生改的错啊——你不再固执于只有一个人能幸福与共。

只要不站在家门口瑟瑟发抖,你就走出来了。哪怕一次,哪怕只有一小步。胆怯、害怕恋爱、害怕情感,只会让我们更怯懦。她的人生功课,需要在多谈几次恋爱里得以突破。

她一开始就退缩了,四十岁的女人,还能谈恋爱吗?

我说,突破这个课题本身,学会如何去谈恋爱,就已经足够你下辈子修行了。

非常恐惧,对吗?因为这意味着,你需要挑战前半生所有对情感的执念,包括贞洁、名声。很惊奇的是,很多女人把这一课修好后,瞬间就破局了。这与婚姻无关,是很多女人这辈子的成长课题,就是跨越"做个好女人"。

好女人是集体意识之一。如果要掀翻旧婚姻,一定要随时具备觉察能力,觉察什么时候又回到了集体意识。这很难,但唯有这一念之变,人生的帆船才能就此转向。幸福也许就藏在这个课程结业的时候呢?你不去上完这个课,上天怎么给你发这张幸福的成绩单呢?

想起很多年前,我和朋友去柬埔寨旅行,在一个破碎的庙宇前看到了一张神的脸孔,导游告诉我们这是他们的毁灭之神——神奇的是,毁灭之神同时也是他们的创造之神。

从此之后,我对每一个经历破碎的人说,要敢于去设想你的人生,敢于去想象你的人生有新的剧本、更大的剧本,甚至是从来没有人演绎过的剧本。你是自己的毁灭之神,也是自己的创造之神。

很多女人以为自己的功课是婚姻,实际上,婚姻是你打开自我成长的钥匙。在那之前,你必须推翻原有版本里的信念,什么原配不如下一任,什么离婚女人不值钱,让它们统统滚蛋。你已经进入一个新世界了,就不要再拿旧世界的绳子捆绑自己了。

从此,我越来越懂得,什么是奇迹,什么是转机,什么是人的神性。

奇迹就是从来没有人这样做过,转机就是你决定试探着这样做,神性就是你发现念的重要性,出路就在一念之间。我曾经帮助过很多单身妈妈设想和投入一段新的感情,甚至是婚姻。其实根本没有做什么复杂的动作,不过是让她们相信,因为相信有新的东西,所以才能看见新的东西。

从此之后,我生命里,奇迹一个又一个地发生着。有人说幸福就是从一而终,但我怎么看见有个姑娘做到了越嫁越好。有人说,三十岁之前生孩子最好,四十岁之后就不再有生育能力了,但我有个姐姐,四十三岁生了她的第三个女儿,健康活泼——而

1.0版本的人又有新说辞了，说太晚生孩子会离开孩子很早。你看，这帮自己限制自己的人，你不管做什么，他们都会窃窃私语。在决定不听那些声音之后，那些我从小受到的封闭教育、固有观念，一片一片地坍塌。旧世界里的规则征服不了新系统的我。我重塑了观念，相信人可以脱胎换骨。我不再有边界和限制，我的心灵空间充满好奇心，我想看一切新事物的发生。

我终于可以自信地微笑，深谙这个宇宙秘密：打开你的心，粉碎你的刻板规则。

世界不是守旧的那些人说的那样。你信了他们，你的世界就变成了地狱，因为他们定义了你，你将永远遵循他们的规则，你怎么可能幸福？你让他们成了给你打分的人。女人永远可以创造新的生活。这样的故事也在不断地鼓励着我，让我一次又一次拓宽人生剧本的边界，让我一次又一次刷新对人生的想象。原来真的是心有多大，生活就有多奇妙。

一个女孩，以为人生就是要和研究生男友走到天荒地老，但男友却在二十九岁时离开了，他考上了公务员，上岸第一剑，先斩了意中人。

她痛不欲生。我对她说："你以为你的剧本就此结束，但也许是新的可能出现了。你也许会在三十一岁去到别的城市，从事某种新的工作，遇到你从来没有想过的人。"

谁知道呢？

生命未完，你就要去突破它。回头看当年的自己，抱着一个剧本不撒手，毫无必要。那不仅悲惨，还显得我们没见过什么世面。越是闭塞、穷苦、欠发达的地区，对女人的人生模式就越苛刻。

更新你的头脑剧本

很多离异女性有一个很大的问题，就是她们离婚后，依然保留过去那套择偶观和人生观，并想把这种感觉带入下一段关系，结果可想而知——同样的过程只会带来同样的结果。所有离婚女性的第一课，都不是想着怎么找到白马王子，而是自我版本的更新。痛苦意味着你触碰到了边界，意味着你的旧思维行不通。

有一次，一个女性对我说，她离婚后觉得活得更差了。她挣了很多钱，看起来像个女强人，但仍感到很绝望。在原来的婚姻里就过得很不幸福，离开后却依然没有找到更幸福的模式。

我问她："你觉得幸福的模式是什么？"

她回答："可能我这种带孩子的单身女性还是找对象太困难了，我需要这个人有责任感，还需要他经济条件好一点……"

我就笑了："所以，那些漂亮、帅气、经济条件一般、比你小的男孩子就全部被淘汰了？"

她愣了一下说："比我小的，那怎么可能有结果？"

我斩钉截铁地说："谁告诉你没有结果的？"

她吞吞吐吐了一下，说："肯定没有结果啊……"

我告诉她："没有结果，你去创造结果就可以有结果了。"

你按照1.0版本的社会伦理来找寻你离异以后的男朋友，当然会感到非常困难。你属于人离婚了，但内心还是原来的传统人生设想。你的旧系统不可能让你展开新的人生——而且，为什么一定要有结果？你当年不就是为了有结果才结婚的，然后呢？就一定有结果吗？

她想了想，说："试试？"

试试就试试嘛。

我们的集体意识太庞大了，庞大到自己都意识不到有非常多的限制性信念在束缚着我们。很多女人离婚的原因是，她觉得丈夫不够好，她想要更好一点的婚姻。但我们一定要想清楚，什么是对你而言更好一点的婚姻。而且，一定是婚姻才能让自己过得更好吗？

1.0版本的婚姻告诉你，你只要遇到一个好男人就能活得很幸福，你被忽悠得还不够吗？从1.0版本到2.0版本，要有足够的经济独立能力、有精神交流的婚姻生活，这需要两个人都有很强的社会谋生能力、受过很好的教育、情商也高，并不仅仅是遇到一个好男人就搞定了。

很多女人以为，她们的幸福是需要找到另外一个男人，护她周全。这就是为什么很多人觉得二婚也不幸福——二婚如果要幸福，有一个前提条件，你自身要完成观念升级。如果离婚后你还想着"有个男人护我周全"，这个婚是白离的，你依然在1.0版本的那个旧答案里。

　　我对很多离异女性有一个要求,要她们写下"限制性信念"。当你用"社会地位、收入、有没有养老金、有没有人带娃"这些去评价一个男性的时候,你就只能遇到问你"身高、贵庚、能不能生孩子"的男性。能量常常很匹配,你的头脑映射出来的你对男性的现实评价,召回的就是男性对你的现实评价。你不去投入规则,就不会被规则束缚。

　　我对所有离异女性的忠告,首先是"彻底打开你自己",打开你的心,气场全开。如果无关乎男人,你单独一人,可以实现的最好生活是什么?你的前半生已经证明那套旧模式行不通了,没有让你得到你想要的幸福。有时候是你出了问题,有时候可能是你对"幸福"的定义出了问题。如果你需要新的结果,你就要有新的行为。

　　曾经有人问我再婚的秘诀是什么,我想就是一点:发自内心地没有想过再婚这件事,只是偶遇。自己过自己的,有朝一日偶遇罢了。在这个过程中,让我们用好奇的态度替代分离的伤痛,去发掘一个崭新的自己。

从1.0版本出走的小花姑娘

小花离婚后第一次回乡祭祀时,明白了"游戏规则"的含义。要给爷爷迁坟,家里的亲戚都来了,但有一个表弟还没来,大家都在大伯家的堂屋里等着。她问母亲,我也要去吧?一瞬间,自己的亲弟弟突然暴躁起来,对着她吼叫:"你去干什么?你有什么要去的!你以为你很重要啊!你是个女的耶!"

她其实非常明白,弟弟的暴躁不仅关乎眼下这件事。她这个离了婚的身份,在弟弟眼里早就是批斗的对象了,什么都可以借题发挥罢了。

一个女人竟然选择离婚,有什么事情是不能忍的?

小花在那个瞬间不想与他争执,毕竟在这片土地上,关于女人不重要的言论她已习以为常,只是这一刻她觉得有些好笑,自己的表弟,那么普通、游手好闲的混子,只因为他是个男丁,所有人都觉得这场活动他很重要。一个人仅仅因为性别就成为一个很重要的人,他还需要努力做什么?

最后小花当然没有去,这一大群男性祭祀完了之后,浩浩荡荡地又回到了祖屋。完成一件大事之后,他们开始勾肩搭背、觥筹交错,享受着母亲、婶婶、姑姑们这些他们口里"一点也不重要的"女人们做的饭食。母亲、婶婶等家族里的女性们,没有一分钟闲下来,做完了饭又去洗碗、收拾、扫屋……

这样的心安理得,已经持续了几千年。

他们不是坏人,但他们真心觉得自己的所得是"自然而然"的。

小花看着家族里喝得醉醺醺的男人们,突然明白了自己最近在家里因为无聊而看的那些书籍里的话:"所谓男权或者父权社会,是指一切社会活动都是以男性的主导和需求而展开的。"

从来看不懂大道理的她,突然因为这个事情彻底理解了。在这个小小的家庭里,他们决定迁坟,他们决定这个活动,他们组织这个活动,他们让女人们为了这场祭祀而烧菜做饭,最后他们宣布结束,然后离开。他们说今天完成了一件很重要的事,而女人们在背后做的这些烧洗埋汰,不值一提。

在这一刻,她突然领悟了平时没有读懂的"游戏规则"这四个字。放到社会上去,就是同样由一群男性定义什么是婚姻、女性在婚姻里是什么角色,他们给不愿意完成这个任务的女性套上怎样的称呼,最后宣告她们在这个游戏里的失败。婚姻就是男性为自己设计的,他们从来没管过这套体系里的女人过得怎么样。

一切不过就是一个定义,关键是,谁定义了这个游戏?

小花的内心似乎有一道光亮闪过,她管这个瞬间叫作觉醒。以前只听别人说女性觉醒,她多多少少知道这四个字,但觉得太学术了。唯有此刻她才明白,一个女人的开悟真的只需要一瞬间。在那个瞬间之前,你看的所有书、读到的所有道理都是纸上谈兵;但也只需要那么一个瞬间,那些在你脑里的所有理论知识都将被真正读懂。

小花并不爱读书,甚至在结婚前,她有些讨厌读书,加上自己并不是家族里"重要的男性",父母对她读书这件事也没有那么执着,"能读就读,不能读就嫁人、打工"。

如今,三十三岁的小花似乎常常能透过远方看到更多的女人——她的姐妹、亲戚,在这片土地上和她一样生活的女人们——是如何一步步走到现在的。

小花常常在想,自己已经完成了世俗的所有答卷:二十四岁,她按照某种要求结了婚;二十五岁,顺理成章地生下孩子;二十六岁,她发现婚姻似乎有些问题;二十七岁,她即便有了一丝抗争也受到了自然而然的打压,母亲觉得她要忍,毕竟,忍也是"按部就班的一部分",忍也是这个游戏的一部分。

有个声音要求女人按照世俗要求结婚,而在发现婚姻不过如此,甚至有些糟糕时,世俗又要求她们忍下去。那个声音一直在,所有人都能听见它。

如今,小花能够看懂这个游戏了。一代又一代,外婆告诉母亲,日子就是这样的;母亲告诉她,男人就是这样的,有了孩子不管怎样都要过下去,即便丈夫出轨又赌博,也要把日子过下去。她们不是坏人,只是被驯化了,不知不觉地成了帮凶。

小花觉得一直以来她内心的疑惑被解答了：明明我没有做错什么，为什么事情会变成这样？这个游戏里，从来没有人关心过女性角色需要获得什么，婚姻体系里的设置就是女性只需要付出、付出、再付出。这是 1.0 版本里的规则。你选择了它，你就接受它所有的规则和评判。

这不是她丈夫决定的，她丈夫也投身于这个让男性受益的环境，完全没有意识到男性的优势。小花觉得无论如何也过不下去了。她决定在游戏的中途逃跑，她提出离婚。母亲被吓坏了，她不知道一个没有婚姻和丈夫的女人，下半生要如何过下去；她作为一个离婚女儿的母亲，要怎样在周遭的环境里生活下去。所以她对小花说："你是要敢离婚，我就死给你看。"

那是小花第一次知道，原来对于有些女人而言，婚姻的解体比死亡还要可怕。

丈夫家就更不用说了，觉得她简直是疯了。为了孩子，怎么也要忍下去吧？哪有女人提出来要离婚的？再说了，丈夫不就是爱赌了一点，有什么大不了的？

因为没有什么财产可以分，无非谈谈孩子的事，小花在分居的那段时间南下去找工作了，当了一个技术学徒。等到回家签字的时候，她发现唯一的一辆车也不见了。公公婆婆吞吞吐吐地说是被亲戚借走了。后来才知道，这辆老爷车被前夫拿去抵债了。

"你看，在我们家里，男人做了什么荒唐事都是对的，哪怕赌博抵债，而女人只要离了婚，就是错的。"

"无论如何，我都要离婚。我离了婚能不能过、怎么活下去、靠什么生活、拿什么养孩子，我通通没有想过。"后来，小花说起那个过程时说，"我只是发自内心地觉得，我不可能这么过一辈子，可能我的母亲和祖辈可以忍，但我知道还有别的出路啊，我怎么能在那样一个男人身边待一辈子呢？"

如果没有见过太阳，本可忍受黑暗。小花是到了深圳以后，才真正明白了这句话。

她曾经不是个爱读书的女孩，却着实觉得"读书"拯救了她。在当学徒的间隙，她看了蒋勋的《孤独六讲》，看了纪录片《老后破产》，看了《女性贫困》。她终于明白读书的意义，那就是当别人告诉你你待的这个村是全世界的时候，你知道他们说的是错的。

世界远比自己的生活要辽阔。你再也不想听他们说话了。

离婚后，母亲当然没有真的去死。只是第一年，她会愤愤地说："你一个离了婚的女儿就不要回来过年了，省得去亲戚家被嫌弃。"

小花最难的时候，不是没有想过母亲。有一次，她被做学徒的地方坑了一笔学费，独自在外的小花身无分文了，她鼓起勇气找母亲借几千元度日。母亲听到她借钱，气坏了，顿时哭诉："告诉你不要离婚……"在母亲看来，她的一切困境都是离开婚姻造成的。而与此同时，母亲却节衣缩食地给弟弟买了车。

小花明白了在她这样普通的万千女性身上会发生的事：没有人会拯救你，包括古板的父母。所有人都不会拯救从1.0版本婚姻里逃出来的女性，他们宁愿把援手伸向别人。说来也是酸楚，这个社会，默认离婚后过得凄惨的女性是"自作自受"。小花更加明白，如果你待在婚姻里，你所有的不幸都将值得被同情；但只要女性离开婚姻，那么，离开这个动作就是背叛——没有人会同情离婚的女性，也不会有人帮助离婚的女性，这就是社会给女性的枷锁。

但这些规则到底是谁制定的？小花没有停止思考。

在离婚后的几年，小花作为一个小镇姑娘，不断地去提升自己的认知理解。有时候很懵懂，有时候很清晰。第二年，她回去过年，家里的表兄弟似乎并不介意这件事，每日邀请她出去玩。她发觉母亲对她的态度也有转变，她觉得异常奇怪。直到有一天，母亲偷偷告诉她，隔壁村那个谁家也离婚了！原来现在离婚的这么多！母亲有一种幸灾乐祸式的舒缓——她们终于不是异类了。

她顿时失笑，明白了一切不过是源于"不敢和别人不一样"。当大家都差不多的时候，一切规则都会松动。如今的小花在深圳经营一家小小的店，独自生活。

我问她："你谈过恋爱吗？"

她说谈过，但每涉及婚姻时总觉得山高路远。最关键的是，她终于看懂了那个规则，那些"由男性制定的规则"。她告诉自己，永远不要把自己放到相亲圈子里，"只要去相亲，你又开始迎合那个规则了"。

她有孩子，所以对婚姻不再有热烈的期盼。从小到大被灌输的那些"和一个男人结婚生子就是幸福"的话，她实验过了，知道那不过是个教化，是种驯化。她知道幸福不是那么简单的事。

她对我说："我再也不想陪他们玩这个游戏了。再也不想给一个男人洗衣做饭了，性价比太低。"

在深圳经营小店的小花，已经能够理解和使用"性价比"这种术语了。目前，她还是想独自面对老去这件事。未来的事，她不是很清晰。

但小花说，她再也不想上什么情感课了。她突然明白在那个系统里，有很多东西是制造下雨天的人卖给你伞，将你隔绝在黑暗房子里的人卖给你蜡烛——很多女性不知道，推开门，外面有阳光，你根本不需要蜡烛。

离婚带娃，先找伴侣再谈父爱

养育型父亲是很难找的——这是我对很多单亲妈妈说的话。如果你总想找个帮你养孩子的人，是很难的。我们把养孩子这件事交给自己，把情感剥离出来，伴侣反而会容易找一些。

我在一个视频网站做内容的时候，很多单亲父母给我写信，把自己长期单身的原因归结于自己有孩子。

真的是这样吗？

在采访过很多单亲父母失败的恋爱经历后，我发现他们有一个共性，无论男女。如果说离异后头两次恋爱的失败基于各种复杂的情况，那么后来他们的单身几乎是一种主动放弃，他们觉得"不可能有人像亲生父母那样爱我的孩子，为了孩子，我选择孤单一生"。不得不说这个信念很强大、很值得敬仰，但也很悲壮，不是吗？

因为一次婚姻的结束，多了一个孩子，就要终结自己此生的情感生活，这真的正确吗？相反，随着女性的自我意识越来越好，我发现了一批在离婚后带着孩子过得非常好的单亲妈妈，也发现一条惊人的成功规律：成功再恋爱的单身妈妈们，恰恰没有人认为自己的新伴侣需要完全像"父亲"一样，100% 地爱着自己的孩子。

这听起来很刻薄，但在能量上，它反而缓和了关系。那些成功再恋爱的母亲是心态平和的单身母亲，男友对自己的孩子只要达到80~90分，她们就认可这段关系。很有意思的是，在这个比较宽松的条件下，神奇的关系发酵了，所有找了单亲妈妈做女朋友的男性因为没有受到"继父情感绑架"，和孩子的情感都日益增长，几乎接近一个"完美的父亲"。

我曾经帮一个屡屡失败的单亲妈妈做过分析，发现她只要去相亲，第一个要求就是很严肃地说："一定要接纳我的孩子。"这听起来非常正确，甚至所有人都是这样认为的。但大家想过没有，对面是一个完全陌生的男人，人是很复杂的、随时在变的，再优秀有爱的人，也不能在第一时间就认为他可以负这么大的责任。他即便愿意也会有担忧。所以他想想就会放弃。他有什么必要非要为你和你认为的"我可怜的孩子"负责呢？

他现在不行，不意味着他以后不行；他现在假装，不代表他以后不会暴露。就像有个人来到新公司，老板说我们公司门口有个大包裹，你必须每天扛着上班。所有人都会立刻跑掉吧？但假如老板说，我们公司有一个包裹，比较重，但我们一直在等待一个大力士来试试看，扛不起来也没关系，你是不是就觉得：嗯，我想试试？

人面对被绑架的压力，天性想逃。人面对一种积极的挑战，天生跃跃欲试。从被压制到被邀请，这个能量就完全不一样了。男人起身就走，不是因为他们接纳不了孩子，而是他们很担心自己"达不到你那个程度的要求"。男人都讨厌挫败感，他们会在一件还没有发生，但有可能让他们感到挫败的事情面前，选择放弃。

还有一点，很多女人做了母亲之后，她灵魂里关于"女性"那一部分的形象就消失了，全然奉献给母性。没有女性，只有母性，这样的女人即便磕磕绊绊地再婚，也只能找到一个拖着好几个孩子、指望她来当后妈的男人。因为能量是匹配的。这也是为什么很多离异女性不想再结婚，她们错误地认为自己只能找到这样的人。但目前的你和单身时候的你是一样的，你要展示给这个世界的是一个怎样的女人？你展示的若是保姆，当然只会有一堆家务等着你做。

相反地，我的朋友安娜带着儿子进入一段新关系时，做得非常棒。她对约会对象说："我有一个孩子，你可以先和他做朋友，可以把他当成你侄子而不是儿子。我觉得他比较可爱，但也有调皮的时候。总之，你可以试试看。"

在心里，她从来没有期盼过有任何一个男人能够在关系刚开始就 100% 爱自己的儿子，他只需要是个有爱的人就可以了，他只需要对孩子有基本的善意就好了。有一天，她五岁的儿子蹦上沙发，试图把她和她的男友分开，把男友搭在她肩上的手掀开，而且表示很烦恼："为什么你晚上不跟我一起睡觉，要跟叔叔一起？"

这个时候，安娜很平和地对他说："宝贝，因为叔叔是妈妈的伴侣，他搂着我是很正常的。妈妈需要和自己的伴侣一起睡。你长大了以后也会有你的女朋友，也会有你的伴侣，你们就像妈妈和叔叔这样一起生活。每个人都应该和自己的伴侣一起生活。"

可想而知，她的男友听到这段话有多么感动，连我都感动了。随后，我经常看到她的男友带着孩子一起打篮球，在草坪上打闹，现在他们已经非常像一对父子了。孩子从这个叔叔的身上，完整地获得了他因父母离异而缺失的男性力量和父爱，完美地拥有了所有单亲妈妈内心期盼的"100%爱我的孩子"。他们完美地成为一体，所有人都得到了爱，所有人都得到了疗愈。

我有时会打趣她："你前夫呢？现在如何了？"

她大笑着把手机给我看，她和前夫只有寥寥几条对话："请二十号打抚养费。""抚养费。""抚养费已迟三天……"我也哈哈大笑。

但假如我们把这个场景替换为这样：安娜听到孩子这样说之后，非常内疚，非常羞愧，甚至悲伤，从此忽视自己的新伴侣，全身心投入到孩子的身上，永远第一时间满足孩子的需求。如果自己的男友有一丁点做不到，她就觉得"啊，他果然不是亲生父亲啊"。

结局会怎样，我们一定能猜到。这个男性觉得自己永远替代不了她儿子的位置，黯然离开。而安娜也会再次认为："啊！果然！这个世界上永远没有人能够接受我的孩子！我再也不会相信爱了！"

一个悲壮的单亲妈妈又诞生了。一个再也不相信爱的人又诞生了。

她会继续把所有的精力投入到孩子身上，直到孩子长大，她依然离不开他、依赖他、控制他，因为孩子在某些程度上替代了她心目中伴侣的情感角色。直到有一天，这个孩子发现他进入不了亲密关系，只要是他的女朋友，就永远在和妈妈拼命争夺他。爱的代际诅咒就是这么造成的，这难道不可怕吗？

一个单亲妈妈在挑选伴侣的时候，不需要先抛出对孩子负责这么大的一道压轴题。首先，你要看准一个男人，他应该道德过关，善良底线必须存在，对孩子有一种"基本的大爱""本能的关爱"。这是他人格健全的一部分。这就已经有 60 分了。在这个 60 分之上，还能不能再加多少分，取决于你如何再次经营你的亲密关系，取决于这个男性认为他在对你付出之后，还值得给你的孩子付出多少。

请大家记住，一个可爱、坦率、有爱的单亲妈妈的孩子，一定是值得被爱的。而一个敏感、脆弱、焦虑、强势的单亲妈妈，她连自己都不太爱，又怎么能够指望别人去爱屋及乌呢？

人性是非常简单的，对很多再婚的人而言，当对方逼着

"我"要爱ta的孩子时,"我"就不想爱了;但ta只要给"我"空间,甚至允许"我"做不到像孩子的亲生父母那么去爱的时候,"我"反而可以去爱了。很多单亲妈妈的二婚过得很差,原因是在第二次择偶时,她们分不清什么是男友、丈夫和孩子爸爸。

有一位丧偶的读者,她告诉我有一位男士在猛烈地追求她,掏心掏肺地表示他想当她孩子的爸爸,她有点慌乱,不知该如何。对于1.0版本女性来说,可能会欣喜若狂,但在我看来,这一点儿也不是什么好事。为什么一上来就要给孩子当爸爸呢?先好好地给单身女士当个男友不行吗?

我对她说,你为什么一定要把男人带回家恋爱,一上来就充当各种身份?你走出去啊!你出去谈恋爱啊!以你自己的身份去享受情感,而不是以家里孩子的妈妈的身份,找个壮丁回家帮孩子扛书包。

这件事也充分证明了,在家族式关系永远占主导的社会模式中,太多男性依然认为,我愿意给你的孩子当爹就是对你最大的恩赐:我给你一个父权式的庇护。但一个分不清自我、儿子、丈夫、父亲的男性,经常会匹配一个连自我、女友、妻子、母亲也傻傻分不清的女性,直到他们二次进入婚姻,再把这段关系糊成一锅粥,再次抱怨婚姻的不幸。那里只有责任,没有快乐。

果不其然,这位女士丧偶之后的这段恋爱谈得非常糟糕。她发现那个男友不行之后，又很难从他已经在家里住了一年多的状况中剥离。世人将这种难处全部用于恐吓女性，你看"二婚就是不行，二婚就是麻烦"，但麻烦的不是再婚恋爱，而是某一个女性个体，她没有处理这些问题的能力。

她再见到我就懊悔地说："我后悔没有听你的话，我不应该把男人带回家来，我应该走出去谈恋爱。"

为什么很多中国女性没办法走出去谈恋爱？因为没有自我。没结婚就认为自己是个剩女；结过婚就不知道自己是谁，只觉得自己是个怨妇；有了孩子就不知道自己是谁，只知道自己是个妈。她们没办法以独立个体建立情感联系，不敢出去笑傲江湖，只能蹲在家里等着救世主踏着七彩云朵前来。

我发自内心地祝愿所有单身中国女性：等待，笃定，找寻自我，做一匹脱缰野马。先去享受自己美满的亲密关系，以单身的身份把自己夯实，那可能才是值得一生追求的良好体验，随后的好关系都是附带品。不然，我们就会看到痛苦的模式再次开启。每个人，无论男女，只有好好活出自己，才能照亮他人。

一个女人最大的力量，迸发于她和自己有足够好的链接的时候。

孩子究竟应该归谁？

到底应该由谁来抚养孩子？

我认为，孩子不该简单地属于母亲或者父亲，孩子应该留在对他们的成长最有利的环境里。环境包括人、物质条件、亲子陪伴时间及教育氛围。

对所有想要分开的夫妻而言，抚养权的划分几乎是最先考虑的问题。有太多的婚姻在一片混战、婆媳狗血事件和出轨中解体，这个家庭里的男人或者女人甚至会在情绪失控的时候，把"抢走孩子，让对方再也看不到孩子"作为一种报复手段。当冷静下来以后，人们又常常陷入一个怪圈：谁争得最厉害，似乎就能证明这个人更爱孩子，谁就能站在道德制高点，孩子似乎就应该归谁。

甚至人们天然认为，孩子当然要跟着母亲。短视频平台上有太多女人自己也认为，不争抢孩子的女人就不是母亲。我们的社会环境有时过于守旧，死守着 1.0 版本的固定思维，比如"宁跟讨饭的娘，不跟当官的爹"之类的信条；或者过于冷漠，比如"谁条件好，孩子就归谁"。果真如此吗？

某个春节,我见了一个朋友琳琳,酒过三巡她才偷偷地告诉我,她离婚了。她是我身边少见的从高中起就立志要做一个"好妻子、好妈妈"的传统女性。毕业后,她经人介绍,顺理成章地在老家结婚生子,过着按部就班的小镇女性的生活。女儿生下来以后,她和丈夫各自上班,两岁的孩子大多数时间由外婆照顾。这本该是一个千千万万中国平凡家庭岁月静好的模样,直到有一天,她在冰箱上发现一个纸条,常年在外做工程的小生意人丈夫给她留了一句话:"琳琳,我很喜欢你,但我真的不喜欢婚姻。"于是,丈夫走了。

我以为琳琳会承受不住这个打击,可是,她在讶异、震惊、甚至神游中签字离婚后,爆发出了强大的自尊心——她没有像很多小镇女人一样如临大敌、世界崩塌,她甚至没怎么去挽留他。她很坦率地告诉我,自从生完孩子后,他们就没有夫妻生活了。很多时候,夜半时分,她望着屋顶,身体和心灵都隐隐约约地觉得寂寞,这似乎不是她想要的婚姻。比起主动离婚,被动离婚对她而言未尝不是一个解脱。

一个社会的女性走到哪一步,有时候不是看那些受过高等教育、住在北上广深的女性做出什么样前卫的选择,而是看那些小镇里的、游走在传统和现代之间的平凡女性,在面对最传统的人生不得不经历破碎的时候,她们的精神是否依然屹立不倒。

琳琳做到了这一点。只是她从未想到,即便是沉默的、安静的、没有经历第三者和狗血事件的婚姻,在真正要分离的时候也有着千丝万缕的分歧——最大的分歧是孩子的抚养权应该归谁。

在这段婚姻中,孩子的抚养一直由女方竭力付出着,外婆也舍不得孩子。所以暂且决定孩子的抚养权归女方,男方每月支付两千元抚养费。他们的婚房为男方首付四十万,六十万贷款由两人共同还。在实际生活中,非常少见真正有夫妻去请律师分割财产,民间有一个很不成文的规定,孩子由谁抚养,房子就归谁。然后把首付分批还给最早出资的那一方。

可是,在冰冷的财产分割结束半年之后,琳琳感到力不从心。她逐渐意识到,这也许不是一个最好的离婚协议。法律从来只能分割财产,而精神上的忧虑、妥协,孩子的陪伴等却从来无法被精确分割。

对于孩子的父亲而言,在法律意义上,他每月支付两千元抚养费以后就已经仁至义尽了。听说他在沿海地区开了新公司,两千元对他来说只是九牛一毛,也许他还交了新的女朋友,正在热气腾腾地开始新生活。孩子小的时候似乎尚可维系,但到了幼儿园以后,孩子无数次问琳琳,爸爸呢?爸爸去哪里了?一开始琳琳还能哄着骗着,可渐渐地她发现,孩子不问了。这反倒是最令她心碎的。

还有,孩子外婆是非常传统的老一辈女性,面对孩子不跟自家姓的事实,不止一次流露出某些不满:"既然跟他们家姓,就应该他们家带回去啊!"她暗示琳琳,如果要由自己来抚养孩子,孩子就应该随母姓。琳琳上班后,养育孩子的任务大部分落在花甲之年的外婆身上，养育孩子是一个非常细枝末节的工作，几乎牺牲了她所有的晚年时光。而孩子的爸爸一走了之，两千元买断了他所有的陪伴。如果再给孩子改姓，她怀疑这两千元的抚养费都需要仲裁申请。

她有时甚至偷偷想，当年为什么不把抚养责任交给男方呢？这样一来，养育陪伴是他"不得不承担"的责任，男方、奶奶、爷爷都需要承担起来。琳琳身为母亲，即便孩子不跟着自己，她也一定会比现在的父亲更频繁地去看孩子。

如今，社会上有一种小小的声音出现：在父亲可以保障孩子权益的基础上，适度鼓励离异夫妻把孩子交由父亲抚养。专家认为，这是强制要求父亲承担抚养责任，母亲终归是母亲，没有一个母亲会完全放弃孩子，然而父亲就很难说了。

在琳琳的潜意识里，更现实的一件事情是，孩子是个女儿，假如自己以后要交男朋友或者再婚，如何保障女儿和继父之间的生活距离？毕竟，罪恶的例子太多了。

当琳琳提出最好由父亲来带孩子的时候，她发现为时晚矣。随着时间的推移，前夫对女儿的态度越来越冷淡。她第一次考虑到，也许女儿跟着父亲才是最好的选择。抚养权归谁，从来不是评判一个女人有没有母性的唯一标准。

受控制的孩子，与备受控制的前妻

也有后悔将女儿交给男方抚养的女性。

Joy 是在第三次看女儿受阻的时候，才意识到前夫的控制欲比她想象中还要恐怖。虽然已离婚一年多，每每看到前夫，但 Joy 依然感觉他对她的身心有着巨大的压迫能量。结婚七年时，Joy 在一次电脑微信同步时，坐实了前夫出轨。在一片蔚蓝的海滩上，谎称出差的前夫和公司某个女同事的贴面照，让 Joy 对整个世界失去了信任。

心意已决，她不打算忍。善良而传统的婆婆听说她因为儿子出轨要离婚，就像千千万万中国传统女性一样，哭着劝她"男人这种事情太多了，忍忍就好了""他是一时糊涂"，公婆轮番逼着男人写下了保证书。三个月过后，她发现自己依然无法原谅他，无法接受他跟另一个女人，瞒骗着自己在外面租房同居近两年。

她要走，坚决要离开。

每个人离婚时的心境都不一样。有的是麻木，有的是不甘，有的是疯狂，但几乎所有女人都带着七分心痛，保留三分理智决定自己的去留。Joy 首先评估了自己的经济能力，婚前有一套小房子，可以搬出去住。孩子是跟着奶奶长大的，自己可带走也可不带走，在抚养权的事情上她颇多犹豫。直到最后一次，她发现第三者的名字赫然出现在两岁女儿的嘴里。放在抽屉里许久的离婚协议，她看都没看就签字了。如今回想起来，她苦笑着说："那一瞬间，我觉得自己不做点什么就要死了。"

离婚协议非常不公。她没有拿到任何补偿，甚至失去了孩子的抚养权，随后很长一段时间，前夫用尽各种方法拒绝她见孩子。这时候她才发现：当孩子归于一个丝毫不讲道理的父亲时，母亲见孩子成为了一场战争。这些理由说起来非常好笑，比如"今天风太大了，不适合接孩子"。有一次，前夫规定她七点前必须送孩子回家，七点十分，堵车的她气喘吁吁地把孩子送到楼下的时候，看到车灯前前夫铁青的脸，他甚至有些扬扬得意地告诉她："下次你不用来了，这是惩罚。下周你没有资格接孩子了，因为你迟到了。"

沟通，无数次的沟通，恶语相向，吵架。她突然意识到，离婚只意味着前夫离开了她，而她依然没有离开前夫的控制。只要她想看孩子，精神上就是一场鏖战，日复一日，年复一年，每一分，每一秒。为了一点鸡毛蒜皮的事情，她依然在与他纠缠。即便离婚了，在之后的十年、二十年、三十年、四十年里，她都将因想要看孩子而受到前夫的挟制。

这时候，我们所有人，包括律师在内，都发觉离婚后一个很重要的原则是，假如你的前夫是一个难以沟通甚至自私地控制孩子的人，对于母亲而言最好的方式就是不计一切代价带走孩子。

当然也会有新的问题产生，但这个决定的前提就是，我决定带着孩子，独自解决今后的所有问题；而不是人生的痛苦变成我能解决所有问题，却见不到孩子。

抚养权归谁？核心问题是双方能否真正做到和平离婚且达成一个共识：无论任何原因，阻碍孩子和任何一方接触都是对孩子最大的伤害。如果一方有苗头出现，认为挟制孩子是对对方的报复，那另一方就尽量不要失去对孩子的抚养权。

一位网友向我们展示了她为什么要把孩子交给爸爸抚养的心路历程。

1. 我可以不爱孩子的父亲，但我不能阻碍孩子去爱她的父亲。

2. 孩子的父亲可沟通、有认知，不会阻碍自己见孩子。每周五天由父亲陪伴，身为女孩的她会更有安全感，自己可以抽出时间来筹备新生活，周末能够给到时间，全天陪伴女儿。

3. 只要抚养权归父亲，男方答应将房产给孩子继承。

4. 抚养权归谁，不应该看谁更爱孩子，而是看谁的生活环境和稳定性对孩子更好，也能给单亲妈妈更好的修复时光。

我常常对想要离婚的女性说，离婚不是你离开不爱的男人那么简单。它反而需要你有一个很清醒的头脑，让你足以面对各种利益、情感、内心焦灼，然后进行分析和平复。这需要强大的内心和理智的头脑。

这就是为什么在日常生活中，我很少劝别人离婚——这不是出于原配执念，而是我认为，中国女性距离能过好离婚生活还有很长的路要走。离婚是一个很大的反叛行为，而在 1.0 版本社会里浸泡了很多年的传统女性去突破一些思维，还需要很长时间。

从离婚到得到幸福，中间有一个鸿沟，叫作自我成长。很多中国女性的这个过程，一生未完成。

以离婚为镜，照见自己的固执意识

一位离异的女性朋友曾经非常生气地向我数落她的前夫，说他一点人情世故都没有。其实，我有一个观点：如果一段婚姻结束以后，你对前任还有情绪上的波动，在某种意义上这个婚也是白离的。离婚要作为一种结束，爱的结束，恨的结束。你们在物质、精神、生活上都离开了，你发自内心地觉得这个人与你有各自的生活和命运。从此一别两宽，这才是离婚的意义。

她说："总有与孩子相关的问题要讨论啊。"

我说："那就讨论孩子的事情，就事论事，不需要对他有什么个性上的评判。"

她对前夫不满的原因是，她认为离婚后是自己的父母在带孩子，她对前夫有一些期待，认为他应该非常感恩前岳父岳母，嘘寒问暖，逢年过节表示一下感谢，而不是每次开个车，呼啦一下就把孩子拉走了。

我说，你前夫这个婚离得比你轻松，甚至你父母也接纳了，因为外公外婆倒是很习惯，没有觉得被亏欠什么。

这位女性对前夫的期待，恰好反映出她是一个非常传统的1.0版本女性。这种要表达感谢、感恩，和所有人笑脸相迎的态度，就是她的特征。这个特征不能说是个错误，却是一把双刃剑。比如在人际交往的时候，这种细腻体贴会给这位女性带来非常好的人缘。可无法在情感关系中做到斩钉截铁地划分界线，以及对人情总抱有幻想，有时候是一种自殇。

这便是传统中国式离婚。离婚是一个很前卫的动作，但大部分离婚的中国人无法摒弃传统意识，依然在牢牢地捍卫传统社会的习惯和意识，除了让离婚变得更为复杂，并没有什么好处。这也是为什么，有时候我认为离婚的要求非常高，它要求很多女人要真正觉察，对自己动刀，砍掉自己个性中曾经作为"服从的女儿"那一部分的害怕，砍掉作为圣母的某一部分"爆棚的母爱"，不仅是从情感，而是从整个人生规划上来重新给自己的个性进行取舍和修正。

我要讲一个非常正面的离婚案例。

我的朋友小甜，她的前夫是一个情绪暴躁、控制欲极强的男性。在摆脱了这个人之后，她的前夫开始在微信上对她羞辱和蔑视，打击她的自我价值。但她很调皮地对我说，无论他发了什么、说了什么，她都不予回应，且准时在每个月的二十日给他发送一句："请及时打抚养费。"

我笑："那他准时打了吗？"

她说："前半年为了为难我，经常故意拖延，但有一次拖延半年之后，他收到了我给他的法院传票就老实了。不是传票的问题，而是他真真切切地发现，他再也影响不了我了。他无论做什么，都不会引起我的应激反应。在伤害我这件事上，他彻底觉得没意思了。"

她说这句话的时候，我发现她理解了这次婚姻解体的真谛：她不允许任何人再控制她了。一旦这个笃定和强大的念头升起来，一个女人会爆发出无比强大的自信力量。

离异女性需要有一段时间，深刻地对自己进行修正和反思。我们不仅要结束一段婚姻，更应该改变一种思维，一种长达数百年的"我们脆弱无助的内心习惯性无助"的思维。

还有很多女性对我说，她们在离婚后做了自己的重生计划：第一次穿吊带，第一次一个人住，第一次养猫，第一次搞定一个客户……从服从的女儿到自由的女神，她们都在路上。

不要因为离婚，把自己变成"厉鬼"

在很多案例中，我还看到一件非常遗憾的事情。不知道是不是受国产那些悬浮大女主电视剧的影响，有的女性在离婚后，突然变成"厉鬼"。这个"厉鬼"的意思是，她绝情断爱，甚至故意玩弄感情，用一种狂热硬撑的姿态表现出自己谁也不需要就可以活得很好。

一个人的圆融美满，意味着这个人的内在兼具男性和女性的能量特质，就像天地阴阳两面。一个女性因为某一次的情感受挫，就把自己的阴性能量磨灭，这是一种非常遗憾的行为。

我的读者当中有一位小镇妈妈，丈夫出轨后抛弃了她，她认为在这个情感关系里，她太亏了。不久后，她找了个做保安的年轻未婚男生，这个男生的情感经历比较简单，认为爱一个人就是爱她的全部。在他们长达两年的同居关系里，男生辛勤工作，替她接送孩子，所赚收入全部交给了她。即便这样，在上一次婚姻里受伤后，她内心深处一直觉得其他男人都是来替她那个糟糕的前夫还债的。她持续诱导那个男生去借网贷，以满足她在上一段婚姻里没过的高水平消费。无论是经济上还是精神上，她都在这个男生面前骄纵任性，为所欲为。

直到男生受不了提出分手后一周，她发现自己怀孕了，但男生已经被伤透了心，不愿意回头。她没有工作，欠着信用卡，"血包"还跑掉了，人生再次跌入谷底，然而，她却再次认为——这一切都是男人靠不住造成的。从此之后，她只要出来吃饭，就会找一帮同样伤痕累累的女人，她们摆出一副大女主集体的模样，控诉男人。我听了一次她们所谓的成长会后，觉得很震惊。心怀这种对男人的憎恨，是绝对无法完成女性自我疗愈的。

停止恨意，也停止自我受害。

我常常说，当一个女性被伤害、被抛弃，你可以沉沦，但永远记住，可以一时沉沦、短期低谷，但不要此生放弃。很多女人以为，我在A男那里受的伤，我找B男赎回，甚至把自己变成"全天下男人都该死"的灭绝师太，以为就此便可以扬眉吐气、消仇解恨。但恨是无法治愈自我的，只有爱意可以。

伤痛也是我们人生的一部分。一个女性在情感或者婚姻中所受的伤痛，并不能通过吸血另一个冤大头男人来治愈——如果你认为可以治愈，实际上最大的损失是你的精力。

伤痛是女性人生艺术的催化剂，经历伤痛可以让我们变得更理智冷静，让我们发掘自身除了情爱之外的创造力。寄情于工作是好的，寄情于学习也是好的，直到有一天，时间过去，你的能量回来，你重新变成一个有爱的人。这才是女性正道。这个过程是雕刻自己，它很痛苦，但它是一条关乎救赎的道路。靠变成"厉鬼"、剥削男性，你无法抵达彼岸，只会在苦海里继续翻滚。

第三章

3.0版本　重新制定规则的女巫

女巫向来都是敢于有勇气的、强势的、聪明的、不循规蹈矩的、好奇的、独立的、性解放的、革命的女性……女巫在每个女人身上生活和欢笑着。她是我们每个人的自由部分……你若是女性的、桀骜不驯的、愤怒的、欢乐的、不死的,你就是女巫。

——《对女性的恐惧》

江浙沪独生女：被羡慕的3.0版本人生

我在本书最开头处提到，对于传统中国农耕社会而言，女性的出生是作为资源，以能换回"某种劳动力或者资源而存在的"，但中国特色的某些发展和独生子女政策，让一种公主般的女性萌生了出来。在中国女性群体里，有一个很奇特的现象：你一边看到世界上有很多普世女性在吐槽自己人生的不如意，一边又有很多年轻女孩仿佛过着截然不同的人生，甚至有些"不知人间疾苦"。

她们独占资源。

她们大多出生于良好的家庭，作为家里的独生女，或者虽是多子女但不轻视女孩的家庭成员之一，父母都有良好的社会地位，是富商或者知识分子（尤其是母亲）。在过去经济的飞速发展时期，这批出身良好的女性受到了独有的优待。

这批女性是真正的掌上明珠。

她们不存在"争夺"生存资源或者教育资源这一说，整个家庭的资源理所当然是留给她们的。她们穿着公主裙、吃着巧克力，从优质学校毕业，脑袋里从来没有考虑过钱的事（或者说父母咬牙并不让她们知晓人间疾苦）。她们毕业后迅速从童话里走出，热衷分享，成为网络上烫着大波浪卷发、悠闲地在五星级酒店喝咖啡的形象。

在内在感受上，这批女性没有吃过"作为女性的苦"，却同时享受着作为女性得到的优待。家庭认为"女生要富养"，既然是女孩，父母不舍得对她们有过多学业上的要求，反而使她们有一种非常宽松的学习环境。大多数女性会顺理成章地挑选自己喜欢的专业，如金融、艺术、医学……高精尖的行业里不乏这些女性的身影，她们大多会从事与父母相关的行业，毕业后就拿到高平台优待。

想起亦舒的那句话，家境好的女性，大多适合学钢琴艺术，为以后嫁作优渥太太做准备。一方面这职业体面拿得出手，另一方面哪天着实发生变故，一个钢琴教师总归是能养活自己的。

有一次，一位留学归来的朋友想让我和她一起做一档针对大众女性的播客节目。看完她那些职业权利、文学意识等内容清单后，我非常遗憾地表示，以我浅薄的经验，你要分享的这些女性内容，现阶段大部分中国女性既听不懂也没兴趣。

她想探讨"社会再生产的女性意识形态"，我很不客气地对她说，连"意识形态"这四个字，普通女性都不一定能听懂。我非常清楚，如今的中国女性，80%依然处在强大的普世婚姻家庭意识里。大多数人依然只是想过，或者说只能去过一种比较传统的生活，比如到点嫁人、老公能挣钱养家、娘家弟弟不要老是借钱、婆婆帮忙带娃。很多三十岁之前的普通女性无非想知道，怎么快速找到一个家庭还不错、人也不算坏的丈夫结婚；稍微有点独立意识的，觉得婚后还能保住工作权利就已经很棒了。

前半生，早期我在北上广深工作，后来回了二线省会城市，生活环境的变化让我接触到了截然不同的女性世界。有时是坐在国贸中心和新女性畅谈世界局势，有时是坐在农家乐小渔村，和那些从来没有出过镇的女性讨论她们做腊鱼在网上售卖的收益。在这种巨大的差距中，我逐步知道，女性是难以一言以蔽之的。我们想要倡导女性的幸福生活，可是女性和女性之间真的太不一样了。

大部分女性无意识地沦为社会生产的后方、万家灯火的燃料，能一直有资格读书还活出自我的是少数。对于普世中国女性而言，幸福 = 找到另一家人 = 创造一个新家庭，实现家庭生活幸福。而 3.0 版本女性显然对进入另一个家庭、对创造另一个家庭没有兴趣。

3.0 版本女性认为男女之间的关系是自由的，她们想永远以亲密关系的姿态呈现。到了这个阶段，恋爱、结婚、生子三件事开始剥离了。但 1.0 版本的女性，她们从那个普通甚至有点重男轻女的家庭里走出来，千方百计地读完了大学，又在 1.0 社会的监视下懵懵懂懂地结了婚，如今大部分家庭都有很大的问题，或许是精力的，或许是教育的，她们连个完整的觉都睡不上，无暇探索上层意识。婚姻这个包袱太大了，她们能透口气已不错了。

有一次，我在网络专栏里写道，所有女性都比她自己以为的要有才华，只是太多的时间我们被潜移默化地要求解决家庭琐碎事务。即便是高认知的女性，结婚后她也会自动进入琐碎管理员的角色，她们无法逃脱这个命运。大家会发现一个很残酷的现实，很多普通家庭不愿意送女孩去接受高等教育，并不是重男轻女，而是着实看到她们大学毕业后，过上了和那些初中毕业就去打工的女孩子差不多的生活——除了眼光变得更高、脾气更坏、找不到对象，对家族利益没什么好处。

大多数普世女性、1.0版本女性、2.0版本女性，只会在一种情况下开始思考自己的人生，就是老公对她不太好的时候，婚姻生活过得不太幸福的时候，伸手要钱要不到的时候，才会觉得自己需要"觉醒、独立"。独立女性的故事对大部分女性而言，不过是广场上的露天电影而已，看一看，放完了照样回家洗洗涮涮，伺候老公孩子，如果自己的生活还可以，那它就跟自己没关系。

在独立意识上，中国女性多多少少有点临时抱佛脚的意思。

马斯洛的理论永远成立，经济基础才能决定上层建筑。在中国，一个女性，只有无须面对二十五岁要被原生家庭快点送出、不能成为滞销品的环境，缴纳高级公寓的租金也丝毫感觉不到压力，身边没有家人想要明天就把她嫁出去作为给儿子娶妻的交换物时，她才能看文学、读历史、学建筑，在周六的酒吧和同样留学归来的姐妹喝一杯,探讨蒙德里安的线条和刚刚获奖的国际电影。

3.0版本女性,概率很少,但基本拿到了一手好牌。她们的人生,能否一帆风顺?

水土不服的海归女

有一次，我在健身房认识了一位五十岁左右、家境优渥的姐姐。她和我打了几次交道后，提出一个很有意思的请求，让我"带带她的女儿"。一开始我不太理解什么叫"带带女儿"，后来这位女性说，她只是希望我能影响她女儿过上一种比较健康的生活。

这位妈妈忧心忡忡地说，她发现女儿作息颠倒，也不运动，人胖了十几斤。她觉得我虽然居家工作，比较宅，但生活习惯比较好，所以她希望我有空的话，不管干什么，都叫上她女儿，"我只是希望她能有个好的生活心态"。

细问之下，她的女儿二十八岁，二十五岁从国外硕士毕业回家后，家里曾经两次给她钱去创业，无果；上过一段时间班，无果。如今这位幸运的公主嫌弃父母啰唆，独自搬到一个loft公寓里和两只猫一起过日子，据说日夜颠倒，夜夜笙歌。

我哑然失笑，想起亦舒的那句话，对于有钱的姑娘们而言，最可怕的生活是落魄到只能去住两室一厅，只用得起一个清洁工。原来，公主们最大的烦恼不过是这些。

后来我见到了这位女孩，是一个脸圆圆的、笑容很干净的女孩，热爱小动物，除了有些懒散、爱喝奶茶吃麻辣火锅，和大多数年轻女孩一样，没有什么致命缺陷。时间长了，与我相熟之后，她会说出内心深处很真实的恐惧，一种"无法超越感"。她觉得自己无论如何努力，也不可能超过父母的成就，这件事让她对奋斗二字已然失去兴趣。

还有一个外部原因是，经济发展明显到了新周期，她发觉身边但凡能做出一些成就的同龄人，都有着非常强烈的事业心，但她完全不属于这一类。她有些高不成低不就，她的零花钱比她去任何一个公司工作的工资都要高，但比起比她条件更好的女孩，她说得非常直白："艾老师，我们家真的不算有钱人，你没有见过我们班那些同学……"

我突然明白，这样的女孩也有她的阶层天花板，比起她的圈层，她可能算不上有钱。毕竟每个人都只会向上看，不会向下看。

事业上的止步、"拧巴"以及家庭背景，让她很难燃起奋斗的热情。这个女孩如同卡在了一种难以名状的夹缝之中，前半生处于绝对的少女时光。一个3.0版本的女孩可以不受社会要挟，可一旦到了适婚年龄，只要回到了1.0版本的环境，似乎就要把她们在国外受的那些教育统统本土化，就像两个不同电压的系统，需要一个转换器，让两个系统相匹配。在我国，大部分转换器的角色是由叫作婚姻的东西来承担的。

用一句网络流行语来说，她"凌乱"了。当物质生活达到一定高度，又没有绝对的人生目标需要奋斗，身为女性，她明显感觉回国后，环境对自己变得"不友好"了。有一种叫作婚姻的东西对她虎视眈眈，每一天都想蚕食她的单身状态。上学的时候，她几乎不会想婚姻是什么，但如今在中国社会，以"二十八岁高龄"来说，一向宠溺她的父母都有了一丝心惊胆战，在这个传统社会里，他们觉得女儿已经明显"落后了"。

这个女孩的母亲曾经半开玩笑半忧伤地对我说："你觉得她能嫁给谁？她从来不肯让自己受任何一点委屈。"这位在婚姻里待了半辈子的太太明显深谙本土婚姻之道："你觉得在我们这个社会，结婚不受点委屈，可能吗？一般的男孩子负担不了她的物质生活，可是条件好的男性，哪一个不是对太太的要求更高？她能容许自己沦为婚姻的配角吗？"这位穿着华丽的妈妈为自己女儿的前途和生活忧心忡忡。

这样的女孩，假如想在目前的生活里实现突围，要么做到事业更进一步，要么就得实现传统中国式女性的小妥协。但这两件事她都不想做的话，我们就很难去预估后面的人生，尽管在原生家庭的庇护下，她勉强可以做到无忧。

无独有偶，有一位在英国念完硕士，回到国内做高中教师的女孩子跟我说，她觉得自己大抵无法结婚。她有一个姐姐。这个有两个女儿的家庭实际上并不富裕，只是父亲身为学校校长，秉持"唯有读书高"的朴素信念，含辛茹苦地把两个女儿送到了她们所能企及的最高学府。

姐姐从上海的211工程院校本科毕业,在上海嫁给了"小镇做题家"的大学同学。妹妹更有出息一点,在英国半工半读地完成了自己的硕士学业。妹妹回国的那一年,恰逢姐姐的孩子出生。作为一个留学归来的妹妹,她目睹了姐姐经历的产后抑郁、生育损伤、房贷车贷压力。有一天,她看到姐姐下班回来站在灶台边,哄着哭闹的孩子,脸上带着一种无力的悲愤。

妹妹说令她很崩溃的是,姐夫已经算得上人们口中很好的男人了,工资上交、不推卸育儿责任,但即便这样,她也觉得似乎有一种母职是女性无法卸下来的。她一想到要站在洗漱台旁边,把一个孩子吐奶的围兜洗干净,她就感到愤怒。

她想要幽静的夜晚,在台灯下阅读的自由,和朋友出去旅行的快乐,但回到国内后,身边所有人都在告诉她,这样的生活在婚育中几乎是不可能实现的,更别提她想要的那种爱情了。父母为她寻找相亲对象,见过三次后,母亲非常不满,认为她不积极推动这段关系。

我问她自己的感受,她说明显感到对方仅仅是"想结婚"。我哑然失笑,并且很残忍地告诉她,在中国社会里,大多数女孩会认为这是男性的优点。

她很无奈:"这很恐怖啊,如果一个男人只是因为我长得还行,想结婚,那意味着他就是要在我身上实现那些婚姻的功能:擦地、做饭、生孩子,他怎么会关心我想什么呢?如果婚姻就是搭伙过日子，上一辈人过得还不够心酸吗？我母亲还不够辛苦吗？我父亲、姐夫都算得上好男人了，为什么我还是觉得她们如此辛苦，我姐姐还是受过高等教育的女人……"

我不知道该如何回答她。她母亲在旁边说："她就是书读太多、太明白了！"

这句评价在中国社会不是一句好话。这样的女孩，在如今的中国社会虽然很小众，但在年轻女孩里已经有了迅速发展的趋势。这样的女孩，就是沈奕斐教授口中那些摒弃了婚姻旧模式，想要实现更多爱情的"精神共鸣"新模式的女孩。她们需要关系，但不一定是婚姻关系。这些女孩从遥远的高等学府走来，沉浸在先进的女性思想中，却始终要面对一种1.0版本社会的男性市场环境。

一个残忍的现实是，一个高学历、高认知、高精神意识的女性走入择偶阶段，迎接她们的高学历、高认知、高精神意识的中国男性在选择伴侣的时候，不可避免地更看重她们的"妻性"，而非"个性"。大多数中国男性离不开"君君、臣臣、父父、子子"的意识。自认为强者的角色，一定需要一个辅助者。千百年来，女性作为辅助者的形象让男性习以为常。

很多3.0版本女性的问题是，她们的个性和精神世界很容易在1.0版本社会上水土不服。她们渴望爱与关系，但不想像传统女性那样付出那么多；想要独善其身，但没有强大到可以完全抵御外界压力；想要婚姻，但又不想要现行社会的普世婚姻……所以，3.0版本女性需要有一个强大的心脏来做一个特立独行的女性。很多人成功了，顺利地变得更强大，也有女性选择妥协，退到1.0版本里相夫教子。这两种形态目前在社会上并存。但无论如何，我认为3.0版本女性意味着更多的选择性，只要不把人生框在一定要找谁结婚，就会来到一个新的人生境界——我到底要如何度过这一生。

深圳女孩：从 1.0 版本直接跨越到 3.0 版本的深圳女性

2024 年 9 月，我去深圳见我的老读者们。一位叫 Jelly 的粉丝，她带着鲜花热情地来车站接我。车站外的广场正在修建，我们火急火燎地绕了一圈，终于坐上了出租车。

在车上，她问我："深圳还是这么热辣吧？"

是的，还是这般热辣。38 岁的我想起 25 岁的我独自拎着行李箱来到深圳时的场景，楼那么高，每个人都跑得那么快，没有人抱怨工作，所有人都只有一个目的：搞钱，多多地搞钱，快快地搞钱。从写字楼大堂的保洁阿姨到拎着公文袋的都市丽人，在深圳，没有人讲究身份比拼，所有人都在问："利润多少？"

这些年我也回来过，但是 15 年过后，当我以一个成熟的写作者的身份来看待这座城市时，我更多的是从人的本身来探究这座城市——人，终究是城市的主体。

朋友们告诉我，在深圳这座城市，单身男女的比例是 1∶7。在深圳待了十几年的单身表姐向我详细地解释过这个数字的根源。在深圳，你必须很努力才能站稳脚跟。但因为受到中国传统婚嫁中"男养家、女生娃"的思想影响，女性如果想在深圳站稳，必须有一份很稳固的工作，或者凭自己的能力买一套住房；男性如果要自立，同样如此。假如男性在此之外还有结婚生子的需求，那么他几乎要把上述能力再提升三倍，用来供养家庭和孩子。如果达不到这个条件，女方又因为婚育而暂停工作，整个家庭的压力就会变大。

对于在深圳的女性而言，如果没有办法找到一个经济条件很好的男性，又要因为婚育放弃工作去抚养孩子，那么她们理所当然会选择工作。而很多在深圳略微完成原始积累，有着很强大的生育意愿的男性，大多数会在30岁左右选择回到出生地或者二三线城市，在一个房价稍微公允的城市结婚生子。

深圳的男性因为婚姻需求走了，深圳的女性因为经济独立而留下了。在深圳打拼的大多数女性只分为两种，要么是家庭本就富裕的年轻女性，要么是出生在农村、城镇，毫无依靠的1.0版本女性。

这些女性非常清醒地知道，要么留在深圳，要么根本无家可回。对于大部分出身农村、家里还有弟弟的女性而言，早在成年的那一刻，那个家就已经不再是自己的家了——深圳女孩是回不去老家的。

在坊间流传一句话，很多深圳的大龄女孩，就像宫斗剧里的白头宫女，吃过很多好吃的，见过很多世面，但一生都没有自己

249

的家，也没有自己的孩子。换句话说，大多数深圳女孩从传统的1.0版本直接跃迁到3.0版本，即全靠资源支撑。

她们很难实现传统的2.0版本婚嫁。2.0版本的女儿出生在二三线城市，父母小有积蓄，她们找一个门当户对的家庭，两家凑份买个小房子，生育三两个小孩，父母帮衬。这样的生活对很多深圳女孩来说是遥不可及的。因为她们的父母中大多数绝对不会有为女儿出钱买房的想法。

所以，深圳女孩一直在努力，非常努力，努力到完全可以靠自己在深圳买房扎根。有一次，我对一个江西的女生说，"如果太累，回南昌也行啊"。她笑道："老家没有灵魂，南昌没有工作。"一个在深圳习惯了每个月赚5万还嫌少的女孩子，是无法适应在南昌朝九晚五才4500元的工作的。

在杭州的时候，我听到很多新婚女孩说，"婚育也没有那么可怕嘛，早点结婚，爸妈帮衬一下，两个孩子很快就长大了"。这些江浙沪的独生子女夫妻独住一套房，周末睡到自然醒，然后去爸妈家蹭饭。我忍不住写下这样一句话："3.0版本的江浙沪独生女，根本无法理解1.0版本河南'扶弟魔'的辛酸苦辣。"虽然在同一个国家，但我们讲的根本不是同一种女性的故事。

有时候，我会在公众号上写一些女性困境，比如家务困境、育儿困境，这时候最令我伤怀的是大多数的攻击来自同性。当一个女性诉说自己在婚育里的疲惫时，要么是未婚女孩跳出来看戏——都是你自找的，要么是已婚女性认为自己有很好的驭夫术，扬扬自得地提出很多建议——都是你不会管老公，都是你运气差，看我找了个好老公。

这些事情证明了一点，女性依然被蒙在鼓里，潜意识里只有两个出路：第一，"不婚不育保平安"；第二，人生的全部幸福依仗找到一个好男人。

如此一来，也难怪 20 岁出头的女性会把全部心思放在钓金龟婿上而忽略自身发展，因为风险实在是太大了。一个社会，如果女性对婚育的依赖和风险越大，那么说明这个女性的生存环境越恶劣。因为她们输不起。

大家想过没有，为什么要收这么高的彩礼？为什么要把婚育看得这么重？因为一旦嫁错，一个女人的一生就基本上被"毁"了。大家试想这样一种环境：你可以随意嫁给你想嫁的人，一旦出现变故，你可以把孩子送到社区托育机构，那里有令人放心的医疗和教育。你再去找工作时，不太会有人在乎你生孩子或单身与否。

这种自由才是真正的女性自由。我要探讨的就是这样一个模式。无论你选择什么，你的人生都不会亏到血本无归。

一个老读者对我说，每次朋友们聚在一起，总有女性把话题围绕着她，对她说："你老公还不错，真好，对你也好。"

她说："我觉得我老公很好，我很感恩，但我着实觉得这件事没什么好讨论的。大部分时候,她们认为我的好命就是嫁了一个好老公。但实际上,人生那么长,未来呢?如果不好了呢?万一离婚了呢?"

我们也笑道:"那她们就会重新调整议题,可怜你、讥笑你,甚至讽刺你、剖析你,认为你太强势、太自私,或者平常不打扮,老公才不要你。"

看到了吗?这个游戏真的太无聊了。女性不是在羡慕、嫉恨同性,就是在批判、指责同性,她们比的是谁在婚育里更会做女人,更能完成波伏娃所说的"女性气质"。再说残忍一点,就是比谁更会做"奴仆"。千百年来,这就是1.0版本的女性游戏,因为男人好而沾沾自喜,因为男人不好而暗自伤神。我看着中国女人在这个游戏里求生求死——这个游戏太烦人了。

相反,我还是喜欢15年前的那个我,拖着一个行李箱,满眼新奇地冲向深圳。那一刻,我一无所有。

我去深圳,不是为了嫁给谁,我是为了看看,我到底是谁。

后来,我经历人生风雨,体会悲欢离合,如今已算是岁月静好,那个勇敢的深圳精神一直留在了我身上。一日深圳女孩,一生深圳女人。我觉得那种一直清清楚楚地知道"我是谁"的力量,远比"我遇见谁"更荣耀。

选择1：适应单身，让关系来得更先进一点

有一次，我参加了一场名为"铁饭碗女性"的读书会，参与者都是体制内或者医生律师这种工作非常稳定的女性。很可爱的是，聊天方向不出意料地归于大家的情感和爱，最后我们得出来的结论是，铁饭碗行业之所以大量出产剩女，是因为工作给了她们无限的底气。

有一位公务员单身女性笑着开玩笑说："社会常常敲打女性，不结婚一个人死在家里没人知道怎么办。我不怕，因为单位工会的同事一定会把我好好安葬，还会给我出丧葬费。"

全场哄堂大笑，我在笑声里真正感受到了一种女性自由。结婚不结婚不是最终归宿，关键是，以前只能在婚姻里获得的安全感和归属感，真的有可能被女性所获取的资源满足。一个女性有了"单位兜底"的资源底气，那么关系对她而言就已经省略了一个功能，即替自己兜底。

一个中国女性，不太需要别人为自己负责，这其实有点尴尬。在1.0版本的中国世界，这位女性说她经历过很长时间的困扰：为什么相亲都走不到最后？除开各种物质因素，她最后发现一件事，她可能对结不结婚这件事没有那么在乎，婚姻的普世功

能对她而言不太需要。第一次有这个潜意识的时候，她有些沮丧，因为随即而来的是强大的关于未来和孤独的恐惧：如果我不结婚，那我会不会沉溺于孤独？

当时，她没有办法仅仅选择恋爱关系，因为身边有稳定工作的男性对于女性不结婚这件事看得更严重，他们想要一个妻子，但她不想进入这个角色。事情的转机发生在她三十八岁以后，追她的男孩子的年龄一点点变小了。这样的男士会有一个问题：他们可能也逐渐不再热衷于婚姻了。

后来，她发现一个更难受的状态，她可以选择不结婚，但当对面的男士也用这种态度进入关系时，她又变得不太适应，不知道该怎样应对这段感情。这是一种非常熟悉而矛盾的模式，我们没办法选择仅仅以婚姻为前提进入关系，也没办法维持一个并不进入婚姻的关系。

但这个矛盾被另一个四十岁单身女性一语道破：你只是不习惯。她的理论是，任何事情都是可以被练习好的。我听到这个理论的时候，感到一种强大的主动性和探索力，这是 3.0 版本女性身上逐步出现的一种特性：我不害怕自己是特殊的，如果是，我就去寻找新的答案。别人的答案解决不了我的问题，我要找我自己的。

这代表我们将面对越来越多的生活样本，你的情况可能和所有女性都不一样，别人选择的生活方式可能没有一种适合你。这种情况有时会令你茫然，甚至令你恐惧，但你最不应该做的就是效仿他人。强大、自由、开放的关系，不是一开始就能被中国女性接受的。那位说"只是不习惯"的女性表示自己直到四十岁，才开始真正享受"活在当下"的关系。在过去的教育里，她认为恋爱只有两种：第一种是要结婚；第二种成了结婚的反面，随便玩玩——这种极端思路很常见，但也很害人。

那个说"只是不习惯"、很开明的女性如今四十一岁，她有一段长达七年的恋爱关系，这让她第一次知道了人生除了婚姻、除了父母口中的"滥交"这两个极端之外，还有一种健康的关系，叫作"认真恋爱"。在这段认真恋爱的关系里，她学会了一个很重要的人生态度，叫作边界。人的出路，有时就取决于我们发现人生不是只有非 A 即 B 的选择。

她有男友，但不同居。他们财务分开，不为彼此的家庭负责。在这段关系里，他们会保持一种开放的态度探讨未来或者眼下遇到的问题。探讨，这在很多貌合神离的婚姻里是很罕见的。

她的理论给了我很大的触动，于是，我提出了"样板"观点。中国女性之所以常常在关系里受挫，是因为近百年来，中国女性的生活样本数量太少了。社会上，不是已婚带着两个孩子、每天一大家过日子的，就是被老一辈拿来做反面教材的"茕茕孑立"的女性。而这中间，我们似乎不欢迎任何一种新模式，但实际上，模式可以有非常多。

有一段时间，我非常喜欢看侯麦的电影，在他的作品里，我看到了女性的多样性：独自一人的寡妇准备再恋爱，不婚不育的年轻女儿，年纪大了但有男友的单身女性……这样的故事会给我一些信心。未来，我们一定会有更多的可以效仿、参考的女性生活模板，这些模板会夯实一件事：如果我们选择不结婚也是可以的，它并不代表我们一定会孤独终老。

我们要再耐心一点，等待对女性的舆论再宽松一点。我们要等待时间的流逝，社会的进步。

选择 2：做权力女性，拥有比爱情更美妙的体验

我写这本书的时候，恰逢中国一个著名企业家去世。他的全部事业和身家都由他四十二岁不婚不育的独生女继承。在这位完美继承人的个人账号下面，我简直看到了浓缩版的中国 1.0 版本社会，也深深地感到一种悲伤——即便优秀如她，聪慧如她，有能力如她，依然摆脱不掉整个社会看待女性的陈旧眼光。

她的一切成就都被淹没在不婚不育的头衔之下，有些底层男性几乎有点癫狂，不仅在社交媒体上求婚，甚至还撑着一把红伞去了她父亲的追悼会。这些男性都非常自信地认为，无论如何她是个女人，太弱小了，太无助了。他们认为这个没有儿子的企业家，太遗憾了。他们一股子大红灯笼高高挂的论调，以为这是 20 世纪 40 年代，说什么"一个女人独自不容易"，要帮她管理企业，而这位要帮忙管理企业的"痴心人"，甚至连初中都没毕业。

还有人在网络上假装高级知识分子，分析这位独生女继承大企业的三种出路：第一是全盘接班，但叹息"她就没有时间解决个人问题"了；第二是把企业打包卖掉，找个老实人过平淡的日子；第三是找个职业经理人，然后去过平淡的日子。看起来很有知识、有文化，但落脚点都是她要是不结婚，这家可怎么办，似

乎过不上平淡的日子就是大小姐悲惨的结局。他们甚至懒得去了解，大小姐这几年在企业为经济作出了多少贡献。他们只想把她赶回去过日子，还觉得这是为了她好。一群拿着三千月薪的男人，操心一个亿级企业女性管理者的人生。

那段时间听到这些声音的我才意识到，这本书写得最成功的一个部分，可能不是提出了女性的痛苦，而是深切地解释了整个社会长期地并将持续地，把对于女性的道德看法钉在1.0版本上。这一刻我才深切意识到波伏娃的精妙之处，深深地明白了"第二性"是什么意思。

有一段时间，我发现一个很微妙的问题，大多数中国传统男性没有意识到，中国年轻一代的女性已经彻底进化了。不是初级进化，而是几乎从生理上都彻底进化了。这个进化不仅是经济结构的变化、教育的变化、能力的变化改变了很多女性的认知，而且，很多女性从神经回路上就已经对爱情、小恩惠、小浪漫无感了，她们生理上的感知已被重塑，对幸福的定义和三十年前完全不一样。比如，当当的管理者俞渝女士曾经说过，她早就知道自己不属于好看的那一类，所以索性不在美貌上下功夫，她比较喜欢另外一件事情——权力。她说权力的时候，我还想起一位女性朋友，她是一位很出名的律师，有一天她很疑惑地对我说："怎么一过四十岁，觉得自己变得爱说教了。"

我说何以见得，她说现在看到律所里那些小帅哥律师愣头青,总是忍不住说他们几句,觉得他们工作干得不行。

我哈哈大笑,说:"Z律师,你有'爹味'了。"

她也笑:"对啊,我觉得自己'爹里爹气'的。"

原因是什么?因为她有权力了。这么多年的职业生涯,她在行业里风生水起,做得很好,很有话语权。她的权威身份远远大过了她的女性身份。对此我半开玩笑半认真地表达:"享受吧,Z律师,不要改。男人们这么做已经很久了。好好享受你的权力,好好训斥那些又高又帅的男实习生吧!"

她也笑:"那我比那些油腻老男人律师好多了吧,我不会对他们职场骚扰!顶多骂骂他们案子做得不好!"

权力,一旦触碰,比爱情的感觉好太多了。

中国女性在成长过程中,曾经被灌输太多浪漫爱情的定义,让我们觉得这些可以给我们快乐。但女性只要体会到权力的感觉,就会发现这种快感从来不输爱情。我们从情爱高潮体会到了另一种高潮:权力高潮。

有一次,一位年轻读者很开心地告诉我,她们公司换了一个有孩子的女高管后,她们那层楼就多了两个女性洗手间和一个母婴室。这个小小的改变让我们看到了权力的作用。

从这一刻起,每当我遇到那些初出茅庐、崭露头角、家境资源和自身能力都比较高的女性,而她们还没有完全从 1.0 版本里蜕壳,为了爱情而怯懦时,我都会鼓励她们:向前一步,去更高的地方，从关系去到资源，从情爱去到权力。不要以为只有委屈巴巴回归家庭那一条路，你还可以变成制定家庭规则的人。

有一次，我的亲子时光和工作时间相冲突。读书会的工作人员很贴心地和我商量，说可以换时间。但我说毫无必要，因为我可以把女儿带到现场来。她都十岁了，是时候见见世面了。受过教育的权力女性可以选择带着孩子一起"走出来"，而不是一定要"回去"。

这就是我们这个时代的女性资本。以我们的资质完全可以再上一步，向前一步。在那个阶层，你将重塑对爱情和关系的定义。爱情不来自索取，而来自你强大的给予。你还可以倒着来思考，假如你工作优秀，能力突出，却依然为了一个普通的男性而痛苦，那可能意味着你升级的时刻又到来了，你不仅要心态升级，你的神经回路也要进化一次。

只要你不把评判和衡量你的那些价值观当作全部真理，而只是将之看成一个很普通的社会版本的信念，那么只要你看到了边界，你就可以选择突围。比如，一个年轻女性到了经济全面独立的时候，她的财富在无限增长的时候，是否可以重新定义人生的道路，将不婚不育纳入自己的考量范围里？是否可以尝试弱化关系，甚至逐渐走向零关系，用新的权力关系代替传统的婚姻关系，找寻好的人生感觉？

选择3：单身生育，为什么非要和男人结婚呢

在如今的年轻女性里流行一句话："穷则不婚不育，达则去父留子。"这句话的背后是年轻的育龄女性基于自身资源能力的判断，对自己做出的不以婚姻为目的的新型人生规划。她们清楚看到自己只要选择不去成为妻子，就可以不遵守"妻性"，不需要站在水槽边把婆家的碗洗干净；孩子倒是可以生的，因为孩子"就是自己的孩子"。

如今电视剧的风向转得非常快，甚至连以浪漫爱情著称的韩剧，在短短十年内也已经完成了从霸道总裁爱上灰姑娘的剧情转向豪门赘婿。我写这本书的时候，正在流行两部剧：一是法国导演茹斯汀·特里叶执导的电影《坠落的审判》，二是由金秀贤主演的韩剧《泪之女王》。这两部说的都是，当一个男性开始承担起几千年来发生在女性身上的日常，他们会出现怎样的哀痛。当男女互换后，很多事情就变得很好理解了。

北大教授戴锦华戏谑《坠落的审判》的男主角太脆弱："不是什么坠落，就是跳楼嘛。一个男人，老婆成功了，不得不当自己老婆的贤内助，每天带孩子。还要眼睁睁看着老婆被各方人士崇拜，而自己的事业一落千丈。这不就是千百年来女性的日常，

结果他干了几天，就跳楼了。"评价到位且犀利，台下哄堂大笑。

在这里，我们看到了婚姻对于女性的意义。对于 1.0 版本的传统中国式女儿而言，第一，压根轮不到思考，社会约定俗成，她要避免自己成为异类；第二，女性通过婚姻才能完成资源均分；第三，人本能的对安全和归属的渴望。

在 2.0 版本婚姻里，和男性获得同等资源，甚至资源超越男性的女性，面临资源和关系之争，也就是俗称的事业和家庭之争时，她们开始尝试弱化对关系的需求，或者简单维持一种表面生活的平衡；如果做不到，她们会直接放弃关系。

3.0 版本女性在丰富和充沛的资源里找到了安全感和归属感，比如体制内女性，当她们对婚姻里的妥协和维系关系感到不屑时，她们会怀疑婚姻的意义，甚至抛弃婚姻。于是带来了新的问题，假如不通过婚姻来完成一种长期的生而为人的亲密感，女性的关系维度要从哪里开展呢？传统关系无法给女性更幸福的满足的话，少数的探路者必然开始出现。

比如，单身生育。用一个单身生育的读者的话来说："为什么非要和男人组成一个家庭呢？"她决定给自己"生"一个相亲相爱的家。我笑称她不知不觉掌握了女性最强大的力量，就是可以保证孩子绝对亲生，每一个孩子都是自己的绝对血脉。如今，她生了三个孩子，女儿属于前男友，双胞胎儿子是现在这个男友的。比较另类，但意味着一种开端。

网络上还有这样的例子，一些经济条件非常好的女性，选择去国外用代孕直接获取孩子。但这个领域有争议：第一，是否在现行法律许可范围内；第二，代孕本身是否物化了其他女性。

但无论是哪种方式，独自拥有孩子，这是非常强大的女性获取资源的手段。我可以独自养育孩子，我用孩子的到来直接跨越了婚姻这个步骤，亲子关系直接接管了单身女性在关系的维度。

无独有偶，我的一位朋友在和男友分手后发现自己怀孕了。三十五岁高龄的她意识到，如果不把这个孩子生下来，那么随后的岁月里，她可能很难有机会再去拥有一个孩子，无论是生理上还是情感上都会变得更困难。

这些勇敢地把孩子生下来的单身女性，如今大多正和自己的父母以及育儿嫂一起养育孩子。我称之为 3.0 版本家庭。这种家庭对传统男性是一种巨大的冲击：女性家庭可以完成单独育儿，只要超越社会道德观念，以及具备经济能力，就可以实现。

很多女性发现作为一个单亲妈妈，她们择偶的维度变宽了。她可以选择和一个有孩子的离异男性，甚至未婚男性再次组成家庭。她们只是考虑到，一旦这种传统意义上的家庭成立，那么一个旧问题又出现了：她的资源获取能力不错，但这占据了她大部分时间精力，所以，在这个新家庭里谁来维系关系？这个家庭之复杂，需要维系人有充足的心力和情商。

很多中国女性在一段并不幸福快乐的婚姻里坚守，一个很大的因素就是，她们看到了重组家庭背后的问题，即她们可能需要花心思处理更复杂的关系。比起离婚，她们宁愿守婚，很多女性表示，假如离婚了，她们肯定就不会再结婚了。单身有孩子的女性认为，她们一边有自己的事业，一边由自己的父母或者保姆照看孩子，她们可以为自己挑选一个年轻浪漫的伴侣，而不再考虑婚姻的形式。

有时候我会感慨，只要我们接受人生不是完美的，我们就可以好好地走在人生路上。我们不执着于有一个完美伴侣、一个完美家庭、一个完美孩子，反而就可以摆脱束缚，达到完美。

我希望年轻女性注意一个问题：能够在单身生育上做得很好的女性，一定是资源获得者。换句话说，她们生孩子，是出于能力、选择、理性、财富能力，而绝不是仅仅因为恋爱脑要完成爱情。生活不是霸总小说，你带着谁的孩子出现想要绑住男人的时代已经过去了。

不要犯浑也不要犯傻。所以下一篇，我们要看看单身生育的反面教材。

选择4：那些后悔生下孩子的伪独立女性

如果一个女性，只有独立女性的外表却没有内核会怎样？

写这本书的时候，恰逢爆出一件这样的事：小网红自称生了富二代的孩子却没有"成功上岸"，没有被纳入豪门。这位年轻姑娘十分摇摆，一会儿说孩子是给自己生的，一会儿在网络上大肆寻爹，在这种纠结中，我仿佛看到一个缩影——1.0版本的内在和3.0版本的外化显现。我想借此事，聊一下大女主时代的"独立男性"。

有年轻读者问我："她到底做错了哪一步，挟女儿上位没成功？是因为没生到儿子吗？"

我不是那种擅长嫁学的情感博主，而且所有事情的成功都很难说是某一个单独作用力的结果，我只是借此机会谈谈我在近三十年里，看到的男权和女权之间的幽微博弈，解释一下这个热点背后的社会变迁：为什么豪门不再认子了？为什么生孩子不再能要挟豪门了？

并不是生儿子、生女儿的问题，而是有一件事情悄悄地变化了。新的资源型有钱男性，他们不再像父辈那样重视和认可子嗣。女性如果还觉得生育是你掌握的一条对男性的勒颈绳，那你想多了。现代独立的新男性没有你们想象中那么重视传宗接代。

在这种幽微的变迁中,如果一个女性还抱有我整出个谁的孩子来,或者我就不给谁整出个孩子,就能要挟到哪个男性的想法,我只能说这是女性个体的落后和愚蠢。生孩子除了能绑住哭着喊着要生孩子的那个人,谁也绑不住。不生孩子也只意味着你个人决定不体验做母亲,除了刺激一下你社区居委会管生育KPI(指标)的阿姨,刺激不了任何人。

不是只有女性需要自由,现代男性也一样,尤其是有资源、有事业、有发展前景的金字塔尖上的男性,他们的人生高潮点,未来更多的是自我的发展而非基因的复刻。他们也想唱着"哥就是男王,自信放光芒"大步向前,爱谁谁,爱结结,爱生生。

还有一个现实情况是,经济新周期的普通年轻男人养不起孩子,有钱男人不缺孩子,男性本来也没有子宫本能,生理性、社会性、经济性决定了男人对孩子也逐渐意兴阑珊。生育率降低不仅是女人不想生孩子,男人本身对生孩子也没兴趣。尤其是很多家族企业男性,年轻一代生孩子并不是因为男人需要儿子,而是家里的老人需要孙子。

如果旧的处女膜约束不了新女性的独立,那旧女性也要挟不了新男性。不要以为DNA(基因)能搞定法律赡养,你去稍微了解一下,这件事比登天还难。首先,在法律认可的基础上认定父亲就已经很难了。我很早之前就写过,中国人太容易把一件事的发展用男女来区分，在一个商业至上的社会，从来没有男女，只有强弱。强弱决定了一段关系的走向而不是男女。

大家都难，都在忙着共克时艰，而不是多多繁衍。在一个道德没有办法约束女性的时代，或者女性从一个道德社会里挣脱出来的时代，一定要认清一件事，不要以为只有女性在挣脱女性的枷锁，独立新男性也在挣脱他们的枷锁。千万不要以为我们能用女性红利来欺负男人、要挟男人，比如以为看在孩子的分儿上他们就会怎样，当女性从烧洗埋汰的锅台边独立出来的时候，男性也正在从君君、臣臣、父父、子子的父权制度里独立出来。

我认识一个行业第一的年轻男孩子，他在女友未婚先孕的攻击下迫不得已被家人要求闪婚。孩子生下来后，他发现和女孩毫无共同语言，于是决定离婚。我问他那你的孩子怎么办，他说他给了一个亿的分手费，决定永不相见。他觉得前妻迟早是要嫁人的，亲生儿子还那么小，也会变成其他人的儿子，所以，他决定就这样了。

我们先不去做道德评判，而是要看到人想要的东西都是一样的，不是只有女性想要自由，男性也想，男性也会觉得凭什么我一个人赚钱全家人花，就凭你是我老婆？那我不娶了还不行吗？

当男性放弃传宗接代的想法后，他们也自由了。还比如去年，我写了一篇文章，被很多女人骂。网络上有一位年轻男孩子攒了十六万八千元的彩礼准备结婚，结果丈母娘临时变卦要三十八万，男孩子一寻思，不结了，拿着钱去穷游了，发现游了一个多月才花了一万多，这些彩礼钱使劲花都花不完。

当时，我说出一个结论：男人如果觉醒了也是很潇洒的。这句话令女人们恐慌，说他们就一点责任也不负了吗？我说你要知道，如果这个社会的男性还在兢兢业业地赚钱养家，那意味着他的太太和孩子让他感到了发自内心的体贴和安慰，他是主动进行这单情感消费而非被责任捆绑的。如果你单靠他是丈夫的身份，就想逼他有责任，那么多男人昏了头要跟婚外情人跑是怎么回事？

这很残忍，也很现实。我遇到的任何一个单身男性朋友，他们都想要恢宏的事业、饱满的生命、红颜知己，而不是只有责任捆绑的婚姻与孩子。女人没指望孩子能养老，男人想通了又何尝不是？当这一点无法要挟男性的时候，男女之间的独立模式就真正开始建立了。

有些男性情感博主，每天在网络上大肆宣扬婚姻无价值、无意义，但我的想法不一样：婚姻不是无意义，它只是升级了。时代性决定了这是一个你不要指望从婚姻中拿到任何一点投机盈余的时代。年轻人对婚姻的消费升级了，他们知道什么是好的婚姻，那种娶个听话老婆传宗接代的意识他们不需要。即便互为伴侣，也得活成两棵橡树，互相尊重。即便结婚，男性也想要被尊重。人与人都是一样的，谁还不是个宝贝呢？怎么结了婚，男人就活成了牛马，女人就活成了保姆，那这个婚，年轻人真的会觉得，谁爱结谁结。

一切不纯粹的婚姻都要被淘汰，人类的婚姻将真正回归它的精神功效，因为爱的共鸣而结合，因为不爱而分开，任何为了结婚而结婚，或者为了孩子不离婚的婚姻都维持不了或者名存实亡。女人生再多孩子也绑不住一个野马男人。聪明人会意识到，未来的婚姻会进入全凭两个个体之间的恩情与和谐维系的阶段，财产、孩子、家族，都保证不了一段关系。

人都要冷暖自知，不是做了人家老婆，人家就要跪着对你；也不是你做了人家老公，就是大爷。这个时代的婚姻，但凡能量有一丁点儿不匹配，弱的很容易被扫地出门，男女都一样。过去的婚姻赌恩情，现在的婚姻赌的是谁拎得清、摆得正位置。这也是自我修养问题，大家都不容易，再有钱的人，钱也不是大风刮来的。对比满大街有了钱就只交三十岁以下男朋友的富婆，男人有钱就变坏，哪里是性别专属？

这是一个透明的、正直的，每个人都需要自立自强的时代，包括男女关系。这是一个好女人才能找得到好男人，好男人才能留得住好女人的时代。任何一点"装"都过不下去。无论男女，各自靠本事吃饭。任何魑魅魍魉都无处遁形，任何小手段、小聪明都终将无用，婚姻里的钻营之术将持续褪色。

未来，好的关系、好的婚姻，就像如今的房地产一样，真正优质的很稀缺、很保值、流通率很低，其他的都是凑合，甚至贬值，早早破产。盘算二字在当今的婚姻中毫无价值，最终它会以强弱、高低，而不是男女来决定这段婚姻的结局。

在这个极度崇尚个性化的时代，婚姻的意义究竟是什么？沈奕斐教授认为，可能真的只能是一份真诚的承诺：我愿意在千万人面前表态，你是我唯一的伴侣。

如果婚姻如此，那我们女性个体在未来如何修炼自己？未来的女性个体要放弃一个幻想："我给某个男人生了个孩子。"孩子一定是要自己生的。无论婚内还是单身，你决定生，能承担生的风险，无论这个孩子的父亲是否在你身边，你都能完成这一段母子缘，那么你就生。否则，不要认为男人会看在什么分儿上负责。他们负不了，有的有心无力，有的有力无心。

这是一个拼个人能力、勤奋、努力、真本事的时代，无分男女。在一个低结婚率、低生育率的时代，人们将更多地以个人而非家庭或者CP（组合）的模式展现人类力量，你这一生最大的幸福是实现个人价值，婚姻只是顺带的。假如在这个旅途中，有个心意相通的伴侣已是锦上添花，那么还能有个孩子就是侥幸了——这是三件各自独立的事，而且还要一件往一件后面排。女性单单指望用婚姻、孩子这个大套餐包揽幸福生活，几乎是一个不可能得到保证的事情。变化太快了，变数太多了。面对社会潮流，任何个人的悲观和抵抗都是杯水车薪，时代的车轮根本不在乎你怎么想。

未来，我们也许会看到一种奇观，有的人生五个孩子，有的一个都不生。大家都是各生各的，也各过各的，这都没有什么好诟病的，生命本来就是百花齐放，只是过去的三十年，我们人为地把它标准化了。如果想要一个更现代、更文明、更开放的社会，我们就必须接受人们各有性情。

我觉得大家可以对生育的态度放轻松一点，不要搞得苦大仇深，不要给生孩子或者不生孩子找理由。什么多生孩子有伴儿，老了有人管，或者像丁克说的，生孩子没用。谁都不在乎你那个理由，谁都不在乎你的生活。你最好把自己当猫，做个绝育或者一胎六个都行，对生育的态度要轻松得像养猫才行。你觉得猫可爱你多养几个，你觉得它们拉屎拉尿又掉毛很烦你就不养。生育一定会变得越来越个人化。生育反映出来的是社会价值观的大变化。一扇大门打开，千万个扎麻花辫、穿同样工装裤的人乌泱泱地走出来，分不清谁是谁，那个时代已经过去了。

作为大女主，我们未来最大的任务不是爱上谁、嫁给谁、生了谁，我们最大的任务是完成自我修行，遇到谁只是顺带罢了。丈夫不是我们的目的，孩子也不是我们的终点。你生几个孩子都保证不了你绝对的幸福，这不是残忍，这是时代必然。比如，埃隆·马斯克的妈妈就算没生埃隆·马斯克，也是个非常飒爽的女人，不是吗？完成你自己的生命形象，这是最大的任务，如此才能不枉此生。你是谁、你要成为什么样的女人，这比你嫁给谁、能不能拿到豪门门票重要多了。再说了，豪门也有破败的时候，谁靠谁还不一定呢。

　　有个小妹妹说："艾老师，我越发觉得你是真正的独立女性。你从来不需要别人为你的决定负责。你不依附男性，这很常见，但难得的是你也不怨恨、不指责他们。"

　　我说我不想当"厉鬼"。我见多了凌厉的女人和懦弱的男人，我认为这不是男女造成的。每个人最后都要成为一个圆融、正直、平和、包容、有爱的人，无分男女。无论情场、职场还是人生全场，最终，只有爱会赢、支持会赢、真诚会赢、勇敢会赢。

　　爱的艺术就是人生的艺术，就是笃定圆满的大女主之道。

选择5：六亲不认，和有毒的原生家庭分离

如果说有良好资源能力的3.0版本女性正在给自己书写一个新的家庭关系，自己决定生育或者不生育，独立建造家庭，那么就有另外一批女性，正在想办法断掉原有的关系。

2024年春节，有一个词悄然升起，叫作"断亲"。它大多发生在年轻人身上，一般是指年轻人不再愿意和二代以内的亲戚互动，有的人甚至连父母也不愿意来往，更加不愿意拥有下一代。用这批年轻人的话来说，他们选择有今生没来世。断亲的不仅仅是年轻人，在很多五〇后，甚至六〇后的女性身上也会看到这个现象的偶发，大多出现在高龄父母去世后，有些女性选择和自己家族的兄弟姐妹断掉往来。

年轻人断亲需要的是一种精神独立。在看到了上一辈女性一辈子活在宗族关系、婆媳矛盾、妯娌争执和为孩子牺牲一切里之后，年轻人希望过一种"不被亲戚打扰的生活"。而老年女性大多是"经济上和精神上都受够了"。

在中国农村，酒席文化盛行，一位读者的农村母亲每月都不得不找孩子拿钱去"吃酒席"。在中国农村，几乎每个人都在抱

怨要去别人家送份子钱，同时几乎每个人又都不得不想办法给自己家里办一场，如果不这样做，送出去的钱就收不回来。很多老年农村妇女在年轻时受过很多"家族的气"，比如没有生出儿子，只有女儿，被同辈或者亲戚嘲笑；或者因为穷困被鄙夷。同家族老人去世后，这批老人就顺理成章地想断掉这个关系，更多的是"想为儿女省掉一些人情往来"。衰老让她们不再有心思与家族做口舌之争，比拼谁的房子盖得更高、谁的儿女更有出息。衰老和病痛成了最紧急的事务，一切都不重要了。曾经的家族纷争也不重要了。

中国的家族关系非常复杂，它是由血缘构成的，但很多时候，给人伤害最深的也是这种血缘关系。正如尼采所说："只有那些一直不停伤害我们的事物才留在记忆中。"

按理来说，以一个自我完整、个性强烈的个体生活在这个世界上，并且保有自己的边界，与他人保持距离，本是一件很自然的事情，但狂热和复杂的中国家族式关系使一切很难实现。断亲给了一个机会，让很多1.0版本的女性用几乎决绝的方式，在生命最灿烂或者最衰老的时候，催化自己成为一个"能够保有自我的人"。

我的自媒体朋友老妖在网络上写过自己的故事。她出生时因为是个女孩，差点被母亲送走，还是奶奶把她捡了回去。整个童年，她都在为一点微小的生存资源而奋斗，小时候多吃一口饭也会被母亲骂，老实巴交的父亲选择沉默，偶尔维护她。弟弟出生后，她努力考上了大学，从上大学的那一刻起她就知道，再也回不去了。

同样身为女性的母亲对她的谩骂和苛待，几乎彻底摧毁了她最初的女性能量。在随后的整个青年时期，她不断地做心理咨询，可很难构建起美好的亲密关系。她成为知名博主后，原生亲戚不断地找上门来谩骂她、指责她、绑架她，在她的网络后台留言，用不孝、不道德这样的词汇指责她的"永不回归"。

她如同从 1.0 版本被迫直接来到 3.0 版本：我全然为自己负责。这反而是很多有很好家庭的女性也有点羡慕的事情，不是每个家庭给予的都是温暖和包容。

如今，她独自成为一个城市女孩，选择以一个没有亲人的身份活着，陪她最久的是两只猫和一条狗。这也是很多 3.0 版本女性的现状：很多时候，她们会选择用一只宠物来扩展自己的关系维度，在这个"毛孩子"身上找到自己的快乐。

寄情于宠物，这是很多人无法理解的事情。我女儿也养了一只猫，我多多少少理解这种能量。宠物给人的是不会有背叛和指责的能量。它的全然忠诚和信赖是大多数人类无法一直做到的事。

一个现代人的基本素养，是至少对自己不理解的事物保持尊重。尊重他人，尊重生命。总有一天，即便是按照最主流、最符合大众期待的方式活着的我们，也会因衰老想要得到他人的尊重。这就是时代性，时代已经把所有女性的意识修改得截然不同。

爱家、爱自己，或者爱猫，我们在这个时代，各种关系开放并存。

选择6：拥有独立房产和空间

在写这本书的时候，我常常和朋友或者其他女性探讨书中的内容。聊到3.0版本时，一位女性问我，3.0版本女性拿到资源后最大的优越点在哪里，我仔细思考了一下，浮现在脑海里的是一个词：重塑的能力。

3.0版本女性无论是含着金钥匙出生继承父辈财产，还是在后来的时代浪潮里获得自己的资源，她们基本拥有了同1.0版本传统中国式女儿和2.0版本纠结的圣母最不一样的东西，即重塑的能力。

物质上是重塑生活空间，有自己解决住房问题的能力。在中国房地产的黄金十年，无论"女人要有一套自己的房子"是不是房地产商的促销手段，它从某种程度上解决或改变了单身女性的生活形态。如果说在北上广深拥有一套自己的住房，女性最大的困境是房价太高。那么在我常居的内地省会城市长沙，在2024年，一套普通的一居室公寓的单价是每平方米七千元左右，这意味着一套三十平方米、足以让一位中部地区的年轻单身女性获得居住自由的经济基础大概是二十一万元。

很多女性把幸福人生的第一个目标，从一直以来社会提倡的白马王子，直接替换成一套简单明了的二十一万元公寓。只要有了这二十一万元，任何女性都可以开启一段"不被打扰的人生"。在这个基础上，一个女性完成了从无到有的迭代。从此只需改进，面积更大或者多套房产，丰俭由人。只要有了这套三十平方米的房子，每个女性都在某种程度上自由了。

一个拥有独立住房的女性，从某种意义上，生命的原始股被改变了。

在过去很多年，女性被认为不需要拥有自己的住房，甚至在如今的中国社会还有这种声音：女性迟早是要结婚的。这背后的逻辑是女性如果不结婚，就会老无所依。如果一个女性没有办法离开房子，无论是物质上还是精神上，她们就无法离开一段关系。

有位读者同我说过这样一件事，她通过自己的努力，在公司附近买了一套一居室的公寓。她非常满意，也觉得够住。但当周末同事来参观聚会的时候，一位男同事说"这样的房子，你以后结婚生孩子了非常不方便……没有燃气，也没有给孩子的房间"，她顿时意识到，千百年来大家认为女性的"单身"就等于"未婚"，单身生活是婚姻的预演，包括房子。哪怕是自己买的房子，也只是借住。大家不认可女性可以在独立的空间里拥有快乐。

英国小说家德博拉·利维把这个理论在《自己的房子》里阐述得更直白："家庭空间，不过是女性借用的空间。她们用自己的爱和劳动创造了一个家,结果只满足了除开自己之外的所有人的需求。"

在我长达数十年对女性的书写中,有一个现象十分恼人:大部分职场母亲,她们既讨厌和自己的家人住在一起,又不得不依靠家人帮自己带孩子。很多女性没有意识到,也没敢去想——自己有权利拥有独立的空间。

一位读者说她在离家不远的地方租了个小公寓,没事就去坐坐,不干什么,就是想要单独喝点茶,喘口气。无独有偶,2021年,一位江苏的九〇后年轻妈妈在常州买了一套公寓,只有二十五平方米,她邀设计师将之精心改造成只属于自己的空间。据说公寓的钥匙只有她自己有,先生和孩子要被邀请才能过去,每周大概有一两天,她想重温一下自己无拘无束的独居时光。

我在之前的内容里写过,在完全抛弃关系和完全投身于关系之间,中国女性处在一个"妥协时代"。女性各有各的高招,她们想通过住房的灵动性保留自我,也保留关系和爱。这是女性为了全面平衡所做的努力,任何一种新的尝试都值得被尊重。而且,一旦空间可以被重塑,很多女性对于工作的定义也可以被重塑,对于婚姻的定义也可以被重塑,更别提生活的意识。

在过去的社会,女性的岗位常常被定格于某个商业中心的某一幢办公楼里,她们必须在早上七点离开家人和孩子,在晚上七点匆忙赶回家。而在2024年的今天,很多女性的工作可以靠一部手机完成。这意味着她可以在任何一个空间拿到收入,重启人生,重塑生活。

这也是我常常鼓励失婚女性的原因。无论是出于什么原因失去一个男性、一个家庭,只要你有这个信念,社会就做好了迎接新的我们的准备,你可以去重新选择。

选择7：不生育的自由

女性有没有权利选择不生孩子？不生孩子的生活会不会很凄苦？或者说，女性可不可以毫无理由、毫无原因，就是没有生孩子的意愿和本能？

2023年，上海的生育率已经跌到了0.6。十个女性当中，只有一半会选择生育，且大多只生育一个孩子。这是一个非常严酷的指标，意味着非常多的女性将以无孩的方式度过一生。既然我在开篇就写过，这是一本非常具有中国特色的女性主义书籍，那么我会往更贴近现实的层面去看——网络数据和现实生活往往有一个巨大的差异。也就是年轻人说的，网上不婚不育，现实中人人追二胎、求生男宝。

这两个群体的差异化也是由综合原因造成的。一部分女性完成了绝对的经济独立和思想更新，另一部分女性淹没在四线城市以下，从思想到人际关系，还在农耕集体意识里苦苦挣扎，除了婚育，人生没有别的剧本。她们所谓的进步，就是在剧情里找一个更好的男人，但总的来说，剧本不变。这两个群体长期在社会上并存，但有些争议是毫无意义的。每个人在意的部分不一样，个体性格也全然不同。

一个从小成长在上海的大家族，饱受传统家族观念侵袭，认为多子多福的上海年轻女孩，未必不会生三个孩子；一个在家族控制里受够了压榨和剥削，靠做题走出来的小镇女性，未必不会选择更自由开放的人生。正如波伏娃所说的那样，女性做母亲的体验是各异的。做母亲的感受取决于她们是处于反抗、顺从、满足，还是热情之中。

后来，我长期秉持一个观念：女性不想生育，不要仅仅因为想要抵御婚育的坏处。最好的原因是，你发现了比用十八年的时间去教养一个孩子更有意义、更能让你觉得不会虚度光阴的事情，也就是说，你找到了比生孩子更大的任务，你更愿意投身其中的任务。

文学和艺术界盛产不婚不育族，原因是大部分艺术家在画一幅画、捏一只陶碗、拍一部电影里找到了人生的乐趣，尤其是女性。男性艺术家往往还是会把这个责任移交给女性，大部分时候他们不会特别在乎——因为生养孩子的责任，大多在妻子的头上。而女性艺术家和万千普通母亲一样，会感受到母职的拉扯。只是她们更为先锋大胆，所以选择不育的群体更多。

还有一件很有意思的事。有一次，一位男性经济学博主在网络上侃侃而谈，从现实角度分析为什么女性不愿意生孩子，比如经济压力、没有人帮忙带孩子、影响职业发展之类。这个观点的前提是默认所有女性都是想生孩子的，是现实因素阻碍了女性的生育本能——只要解决这些现实问题，女性就会甘之如饴地去生孩子了。但下面有位女性的评论非常有意思：有没有可能即使解决了这些问题，我们也不想生孩子。我们就是单纯地不想把这辈子最美好的时间花在养孩子上，和你们男人一样，我们也想要恢宏的事业，快乐且自由地和朋友们坐在沙滩上喝啤酒。我们有子宫，但我们不想使用它，就这么简单。

这个评论居于高赞榜首，由此可见，能够理解女性最深层想法的依然是女性。

一直以来，男性有两个关于母亲的错误观念：第一，成为母亲能在任何情况下使女人感到满足；第二，默认孩子一定能在母亲的怀抱里找到幸福。其实，男性也能理解做母亲的非必要性，只是他们佯装不知罢了。随大流于他们无害，他们把母爱的王冠随手加冕在女性头上，片面地代表了所有女性。

这些年，有非常多女性在纠结是否生育、是否二次生育，她们都会来找我聊一聊。我会问具体的现实困难，可我更多的是想问：如果不把时间花在生养孩子上，你有没有一条人生七彩路是想要踏上的，而不是仅仅为了逃避生养孩子的辛苦。

不要乱生孩子，也不要乱不生孩子。

更重要的是不要去讲逻辑。生孩子为了养老、为了传承、为了……从农耕社会走来，一对夫妻生养九个孩子，一锅粥养大，各个独当一面,这种性价比超高的婚育在随后的经济周期里,其生育红利已经消失了。如果把养育孩子当成一场投资,它并不是接下来最划算的一门投资。

生孩子唯一能够说服自己的理由应该是,你想体验。除此之外,都是徒劳。

不要逃避这个问题。我常常意识到女性在逃避什么、害怕什么。她们害怕不够美,害怕不遇良人,害怕老公出轨。她们不生孩子又害怕孤独终老。对于女性的这些害怕,我真的受够了。遇到问题,不要绕过,直面思考且解决它,即便是在生育这种重大事件上。

希望女性的任何选择,不是出于害怕,而是出于热爱。这便能从胆怯的人生,变成勇敢的人生。因为热爱自由,热爱创造,热爱比生孩子更值得热爱的事——比如颜宁更热爱科学,所以选择投身于此,而不是选择成为母亲。我觉得这才是所有女性在决定要不要生孩子的时候最该思考的。

你要做一个胆怯的女性,还是勇敢的女性?

第四章

4.0版本　勇敢清醒的先锋女性

多年之后我才意识到,当年的自己错失了许许多多。我现在对女性主义的印象是,它就像一张又大又薄、五颜六色的毯子,由无数根丝线编织而成,其中有那么几根连接在我的身上。要是我能早些从这块广阔的土壤中捞出一根细线就好了。

——《始于极限》

那个庆幸自己没有去读女性主义的女孩

一个读者对我说,三十岁的时候她差点去香港读了女性主义。但回到国内后,很长时间她都有点庆幸自己没有读,因为觉得自己有可能会"太过"。

我能理解她说的"过"。我在上一章3.0版本里也说过,思想意识过于前卫的女性,在现代中国社会有可能会水土不服,我们毕竟处在"乡土中国"时期,大部分人的思想意识还停留在1.0版本。思想意识超前,生活和心灵却要服从旧版本,这可能造成更大的现实层面的痛苦。

那我们究竟要不要学习女性主义和女权主义?

我的答案相比前十年,肯定了很多。当年我很年轻,看到权力两个字被吓坏了。后来我才知道,身为女性,我们被驯化到惧怕权力二字。我们总认为那意味着争执和鲜血,其实只是因为我们骨子里并不赞成暴力和冲突而已。但权力不等于暴力。中国社会容易把女权主义当成一种笑话,指责其实质是一群长相丑陋的暴躁女性要求男性不看长相而读取内心——但女权主义并不暴躁,它更多时候关乎让我们恢复一种浪漫和想象力。

有时女性也指责女权主义者,认为她们让女人变得更"邋遢暴躁"，变成孤家寡人。实际上，如果没有真正读过所有的先锋女性作品，你不会懂得，你以为的女权主义和真实的女权主义完全不一样。甚至，我二十岁时读到的伍尔夫和四十岁时读到的截然不同。在二十岁、三十岁的时候，我羞于承认自己是女权主义者，因为我误解了它，我认为它带来的力量感会让我变得不够女人，不够被人喜欢。而这个思维本身就是被压抑的想法。

大部分中国女性接触到的女权主义和女性主义，太碎片了。大部分普通女性只是在社交平台上读过几句女性作家的金句，就认为了解了她们的全部。比如说起波伏娃，就认为她是女性主义者。所以在这一章里，我会很轻松地对这些年我读到的女性主义、女权主义作家们的作品写一个小小的读后感，亦可将它当成向大师致敬章节。

上野千鹤子：在日常中，温柔地领悟女性主义

我与关心女性境遇的读者，还有曾经为我做书的编辑一起聊天的时候，有一个共识：大家认为在中国探讨女性和女权主义是比较悬浮的。这个事情好像和我们有关系，又好像没关系。

相对于整个东亚或者更封闭的国家，中国女性的地位表面看来要高很多，似乎再去谈什么女性主义就显得我们不识好歹。比如在东亚默认女性地位最低的韩国，女性结婚后要伺候丈夫的整个家族，现代中国女性多少还有说不，或者只要经济独立就有拒绝和公婆同住的胆量。比起日本默认女性已婚就等于同意做全职太太，中国女性似乎还有挣扎的权利。

这种拒绝的胆量和挣扎的权利，是女权主义带来的好处之一。

中国作为曾经在某个阶段狂热倡导男女平等的国家，女性的劳动参与率常常被拿来作为中国非常尊重女性的证据。但是根据最新研究，2020年的新冠疫情后，女性劳动参与率已从当年的70%掉到了50%，当然，这也有整体劳动参与率下跌的因素；但对于女性而言，似乎更能清楚地看到，大部分四十岁以后的女性在职场上消失了。

用一位普通女性的话说："我干累了。管他什么女性主义也好，全职太太也罢，我要从这些争执里面告辞了。我承认我无法做到完美，所以我选择让自己休息，管好高三孩子的学习，然后做一个懒女人。"

听到这句话的时候，我觉得她很可爱，四十岁以后退出女性主义和女权主义的江湖，无意再与家中的老公争执，整个进入一种爱谁谁的精神状态。但这种爱谁谁，不正是自由的表现吗？没有人能控制我们选择进入职场还是回归家庭，这本身就是一种选择的权利。

日本的女性主义对于中国女性最大的启示是，日本女性和我们一样处于亚洲家族文化的土壤，日本女性意识发展到什么阶段，几乎可以作为我们的参照物。日本于经济腾飞上领先我们三十年，社会意识又比较接近，我们可以以这个国家为镜子，照亮我们下阶段可能遇到的问题。

日本女性有一种默默的反抗性。我在东京留学的女友做了多年主妇，她说在长期的全职主妇生活中，日本女性酝酿出了属于她们的婚姻和女权智慧，那就是温柔而平静地反抗着。去东京会发现，无论怎样的全职女性，都会拿着丈夫的钱买最昂贵的手提包。女友说这大概是对于无法退出婚姻生活的补偿。但在另一方面，她们有着隐秘的恨意，然后将这种恨意如数化作老年的单身平静。

在日本，少有婆婆带孙辈，女性普遍认为"我熬过来的事情，请你们也自己承担吧"，所以日本祖辈一般不会像中国祖辈那样带孩子，当然，也没有那样紧密的家族关系。

上野千鹤子女士对这种自由的权利表现出极大的尊重："愿意结婚就去结婚，不结就独善其身；爱异性很好，爱同性也不错；喜欢做爱就去做，不感兴趣也不用勉强；生孩子固然幸福，不生也不是什么损失；想当父母的祝福，不想当也天经地义；有离婚的想法也没关系，离就行了；想发展事业，那就坚持努力……"

而我尊崇的是她更精彩的一句话："女性追求至今的女性解放，并不是要变得像男性一样拼命。"某种意义上，我们认为只有变成男性才能解决自己面临的女性问题，这恐怕才是我们要努力改变的方向。

伍尔夫：让高敏感促进你的天赋

"女人想要写小说，她就必须有钱，还有一间属于自己的房间。"

大多数现代文艺女性，几乎都是从这句话开始了解伍尔夫的。一间自己的房间所代表的经济独立的态度，让一代又一代女性开始理解，如果想要有自己的生活并追逐自己的梦想，就必然要先有自己的钱和空间。也是这样的态度，指引了很多想要突破束缚的女性，先从经济独立开始。但是此刻，我想谈的是伍尔夫带给我的另外一个思考：敏感与天赋之间的爱恨纠葛。

身为女性，我常饱受情绪和敏感的困扰，甚至很长一段时间，我受社会思潮的影响，认为敏感的情绪是非常羞耻的，它代表脆弱、不够成熟、幼稚……敏感和脆弱的品质让我一度和社会流行的"大女主思潮"格格不入。我想不只是我，在那段时间，大多数女性都在掩藏自己敏感和脆弱的特质，如今回想起来，这种想法实际上是一种"厌女"，厌恶以脆弱为首的女性特质。

在敏感又饱含天赋这一点上，伍尔夫可以说是鼻祖。幼年可能遭受猥亵的她，常年活在一种不安全感和神经质当中，父亲的离世、母亲的忧郁、同父异母的哥哥对她的骚扰、怀孕的姐姐突然去世……这一系列的家庭打击，将她的精神状态直逼至悬崖边缘。在病床上，面对身体的无力，她的生命力只能在思考上展现——她发现这个世界竟是如此不公，为什么母亲总是围绕着父亲忙碌？为什么她的哥哥能去剑桥读书，自己却只能被锁在家里？为什么明明是她的哥哥性侵了她，被关进这里的却是她自己？为什么这个世界对女性如此不公，却很少有人为此发声？

那时候，她的多思、敏感、神经质并没有让人意识到，一个伟大的作家即将诞生。爱人伦纳德给了她最大的支持，他懂她，看到她的才华，照顾她的生活，想办法缓解她精神上的病痛。某种程度上，她对生命最后的坚持，来自对伦纳德的一种感激。抓住发病的间隙，她努力写作，《奥兰多》《达洛维夫人》《到灯塔去》……关于生命和死亡、女性和生活，她在梦呓和现实中，将这些臆想化作文本。她的挣扎时常让我思考，如今面对铺天盖地的女性压力和情绪，我们究竟可以做什么？著名女演员梅丽尔·斯特里普在金球奖的获奖致辞中说到一句话："将你的心碎化成艺术。"

我常常在想，现在的脆弱女性缺乏什么，答案就是，缺乏转化。一直处在抗争状态的女性，很难恢复到真正的女性状态，即一种柔软而强大的爆发力，也很难复苏为一种极度具有灵感、创造力的生灵。

家庭令我们感到沉重，孩子的教育令我们感到沉重，我很久没看到嘴角向上的婚内女性了。脆弱、敏感、纠结，在我们的生活中一览无遗，可我们常做的只是沉溺和控诉。是不是有另外一种办法，让我们转向自己独特的创造力？有时候，我们似乎把女性的创造力想得过于高贵和尊荣，以至于我们忽略了女性的创造力无处不在。

巧手做出一个漂亮的蛋糕，不算创造力吗？用羊毛毡创造出一些栩栩如生的动物，顺便开个画展，这是一个叫殷越的姑娘在做的事。在东京代官山，她开了第一个个人展览。个展的名字叫"指尖造物"，展览主题是蘑菇。她说自己经历过宅家、没有收入、迷茫的日子，有多少女性不是如此呢？如果我们非要消灭那些敏感和脆弱，可能就不会有后面充满艺术性的作品了。

在做女性活动的时候，常常有非常多的女性向我倾诉一种感觉："被困住了。"生活对自己而言就像一团逐渐凝固的油脂，包裹着家庭、孩子、婚姻，令自己动弹不得……她们想要熔化那团油脂，想要找到自己作为少女时的那种轻盈。实际上我也一样。进入家庭后，我会习惯性地给自己"做梦的一天"，这一天可以"漫游、离题、探寻、自由、逃离、神秘、缓慢和不确定"，不需要对自由有任何的评判。看一场电影流泪，看一本书动容，被天边的一朵云打动而发呆。

这是我在伍尔夫身上学到的，永远不要因为那些微风一般的灵感和脆弱，放弃自己作为女性的体验。有时我们的痛苦来自那些敏感，但我们庞大的创作空间也来自那些敏感；当你拒绝了你的敏感，封闭了你的敏感，你就放弃了你的才华。这个社会崇尚旺盛的精力、孜孜不倦的攻击性人格，相比起来，敏感者就像一个小可怜躲在社会的深处，他们是那些在聚会上容易跑去洗手间把自己反锁起来的人。

有无数女性告诉我，她们怕死了大家族的聚会。那些传统意义上的觥筹交错、其乐融融、丈夫和家族的天然投入，对她们而言是一场声光电和人际关系的残忍冲击波。有一次我做读书会，一位女性把这个感觉说了出来，瞬间得到了非常多女性的共鸣，而在此之前，她们常常被冠以不合群、不懂事之名。敏感的女性逃避所有物质和精神上对感官的入侵，而实际上我们可以尝到清茶不一样的鲜味，听到大部分人察觉不到的细微鸟鸣。我们有非常美好的内在体验。

其实我也一样，我并不比你们强悍。我的外壳敏感而脆弱。只要出差超过三天，高铁的轰鸣、不规律的饮食、商场里尖叫的孩童，就能够把我的能量层击穿。三十五岁之后的大部分时间，我只能安静地一人待着，吃简单的食物、听轻柔的音乐、做舒缓的运动。稍微被消耗一些，我就会有一种神经被扰乱、破碎掉的感觉。

我曾经一度恨自己，为什么不像个现代人。我为什么不能像那些创业女友一样二十四小时连轴转，我熬个夜就要昏倒，而她们可以直播七个小时、开会到两点还精神奕奕？为什么我不通晓人情世故，只感觉人情厌烦？直到我开始接受自己就这点电量，从此不再去和别人拼精力、比体力、比谁更能扛。别人日更万字，我就写一年。我开始接受我的速度、我的程度、我的韧度。我把自己当成雪山上的一朵小花，只能慢慢地释放自己的香气。

终于，我花了十年时间才接受自己的脆弱，才真正地和自己的高敏感体质握手言和。我虽然一直在写作，可只有我才知道我怨恨过自己的难过、迷茫、发呆，我永远在质疑自己的女性特质。直到快四十岁时，我终于承认，那些灰色的像乌云一般的意识是我内在天空的一部分。我接受它，慢慢地看着它，当它散去以后，是如此美妙的景象。

我幸运地留下了这些特质，不指责，不放弃，我没有变成一个刀枪不入的人。很多读者对我说，在当下女性主义、大女主盛行的社会，我罕见地保留了柔性，并且很好地将之转化成一种柔韧，不像太多似懂非懂的女性一样，高唱战歌，含泪拼搏，最后放弃了作为女性的美好体验。

我想，那是因为她们经历过太多的脆弱，但那个脆弱没有很好地被转化而变成了恐惧和自责。她们因为脆弱，所以恐惧。而我因为某些机缘遇到了如今的我，如在书里遇见了伍尔夫的特质，而那个闪光的信念拯救了我：我坚信脆弱的背后一定有它存在的价值。这很珍贵，我把我的脆弱酝酿成创造力，这没有任何问题。我累了就休息，困了就睡觉；别人睡三个小时，我必须睡九个小时。当我可以了，我就去把自己开放。我不再追求一定要和百花一齐开放，我，自有花期。

就像电影《至爱梵高》里所说："我常想认识上帝的最佳途径，是去喜爱很多事物，去爱一位朋友、一个妻子、一件事情，任何你喜欢的东西，可是必须把崇高庄严的深密同情心、力量以及智慧灌注到这个爱里头去，而且应该经常了解得更深、更好、更多。这是导向上帝、导向坚定信仰的路。"

我没有放弃敏感。穿越时空，我知道曾经有那么多敏感的女性守住了自己的才华，这一点值得效仿，值得传承。

波伏娃：有才华的女性，思考胜过一切

如果说每一位先锋女性都给我们指明了一个方向，那么波伏娃的标签大概是，思考的独立性。

作为在男权时代从事哲学写作的女作家，波伏娃的成就被大大低估了。走到当下，大多数人只在对男权质疑的只言片语里看到一个零散的波伏娃，她最大的价值似乎就是告诉女性不要享乐，要和男性同样走在奋斗的路上。但波伏娃是超越性别的，她更大的领域是，作为一个哲学家去思考，人究竟要用怎样的姿态存在。只不过在这个领域，她的女性身份让她层层碰壁，当然，这也激发了她的灵感。

在阅读波伏娃生平的时候，我也接触到了这片矛盾的海。越是忽略我的性别，越是会触碰到我的性别痛处。萨特说作为人类，我们注定要获得自由；而对于波伏娃而言，她会站在这句话的前面思考：当我不顾一切去获得自由的时候，我注定会感到分裂。女性一直在"主体性"和"女性气质"中摇摆。

成为主体性的女性，勇敢、有攻击性、有追求、有才华，这意味着她在做自己；但当她获得爱的时候，她似乎必须放弃这些，回到另一个更加有女性气质的"利他角色"中去。这是千百年来属于女性的矛盾,似乎我们只有"利他"才值得被爱,才能打开情感关系的大门;我们要活得像个女人,才能得到幸福。

于是,令波伏娃书写一生的议题到来了:究竟什么才是女人?

阅读波伏娃之后,我看到当下女性在用这样一条比较普世的独立道路去诠释什么是女人:最开始,我们被灌输王子公主的婚姻童话;吃完爱情的苦之后痛定思痛,投身工作;在工作中逐步发现金钱和权力的乐趣,发现很多问题的根本不源于我们是女性,而源于我们是弱者;当金钱和权力托举我们脱颖而出后,我们对打倒男人逐渐失去兴趣,对取悦男人也没有兴趣,这一路上我们发现了更有意思的事情,即我们的才华和创造力。

前四十年社会对我的女性规训,正在被我一点点地打破。我逐步把内心去性别化,越来越没有我是女性就应该怎样的概念,那种一定要做男人眼中漂亮乖巧的女性的意识,随着年龄和阅历的增长逐步散去。无论社会如何定义女性是"第二性",我仍借这股女性力量的东风,成为我人生的第一性,我人生的第一负责人。我想,我要,我可以;我选择,我接受,我负责。

有一次,一位读者向我倾诉,她总是觉得自己被丈夫忽略了,她想要很多的交流,不想要不说话的感情。那一瞬,我想这种总是"被忽视、在看脸色"的情绪究竟是如何控制我们的。在快要四十岁的时候,我的这个感觉几乎消失了。我已经成为那个想说话就说话，不想说话就不说话的人。我似乎把所有的观众，包括伴侣对我的关注的权利，都还给他们了。大家都是自由的。

这时候再回到那个问题：什么才是女人？

临近四十岁，我慢慢发现这个问题也消失了，我对这个问题没有兴趣了。接下来的日子，让我们真正踏上这条自我之旅吧：我是谁，我还能创造什么。我爱谁，谁爱我，我依然觉得这些都不重要；我能做什么，这才是最重要的。

有一年，我去法国看波伏娃的墓地。千千万万的女性在她的墓碑上留下了火红的唇印，留下飞机票根，留下她们的故事。她们在那里静静地体会我们曾千万次想要的爱、才华与自由。先驱的意义无非如此。在她身上，我们第一次懂得了一句话："我绝不让我的生命屈从于他人意志。"

我们中国女性应用一生去践行这句话。此一生唯独为自己而活，这是一场朝圣。

最早提出 1.0 版本女性的时候，与我合群的很多女性都说她们被戳中了，同时也非常好奇，4.0 版本女性会是一种怎样的状态。大家很容易把 4.0 版本女性用通俗的"人生赢家"这个词来比喻，好像这个女人就一定要做到面面俱到、没有缺憾才是人生大女主。后来我看到很多牢牢把握自己人生的女性，她们并不完美，也不追求完美，只是活出了最真实的自我，把天赋发挥到最大，而不是追求全面美好。她们不投身于任何一种规则，她们从

1.0版本而来，不入局，不执着，深知人生没有固定的路，自己走通的那条就是最好的路。

随时愿意改变自己，是4.0版本大女主最大的特点。她们不会把自己固化在某一种痛苦、某一个状态上，她们是流动的、敏感的、有创造力的。她们并不自私。4.0版本女性会真正地关心自己，关注身边所有的女性。

写到这里的时候，我给身边好几个非常能够代表"传统中国式女儿""努力维系婚姻的主妇""离异的单亲妈妈""不婚不育的女性""单身生育女性"的朋友看过一些内容，且询问了她们的看法："你们认为在未来十年，什么样的女性才是真正幸福的？"

答案略有不同，但没有一个人认为，幸福是找到一个男性然后由他带来幸福。即便是认真做主妇的朋友也是同样的看法，太太和婚姻是一份工作，做得好不好与自己的心态和能力有关。还有，没有一个人认为人生会出现某个烟花灿烂的时刻，或者某个能够给人带来幸福的宝藏盒子。她们皆认为，女性的人生由诸多支柱组成：健康的身体、爱学习的心态、可靠的朋友、精进的事业……这些元素平静地渗透在每一天里，不过是一个女性早上起来跑了个步，晚上睡前读了本书，在孩子生病陪她打针的间隙也不忘记自己的课业，但日复一日，年复一年，这些枝丫改变了我们人生的走向。

幸福意味着能够按照自己的意愿过一生，而不是按照社会安插在女性身上的意志过一生。这期间，要么改变自我，要么从环境里突围、成为领导者，改变环境。

做了一辈子"扶弟魔"的传统中国式女儿对我说，她近几年感到幸福轻松的时刻，是努力让自己不通过讨好模式去换取原生家庭的爱。她不再需要通过被谁爱着来证明价值。

希望家庭幸福、人生圆满的三胎妈妈说，她最大的快乐，是看到自己亲手抚养的三个孩子都长大了，且成为对社会有用的人。即便那么多人高唱"不婚不育保平安"，她从来没有动摇过自己的决心，认真地教育好了三个孩子。

不婚不育的女士是一个高敏感人类，她说她跨越了所有人对她的劝婚，发自内心地知道任何一种捆绑的人际关系对自己而言都是一种消耗。她要独自生活，承担独自照顾自己的孤独感，且逐步接纳了这种孤独感。只要是女人，当然是什么都想要。我们既想要海天一色的自由，又想要身边有人陪伴。若能两全，则是大美。但生而为人，太多时候我们要去辨别，什么才是我人生最想要的。

51%和49%的区别，要确定那多出来的2%，有多难。

为何我们追寻先锋女性的脚步，是因为她们有足够的勇敢去跨越世俗，追求一种灵魂自由，甩开女性灵魂翅膀上的泥泞和枷锁，在轻盈中恢复自然而然的、流动的女性力量，而不是阉割女性特质。不公平的家务劳作、道德价值观狭隘的绑架、集体主义的拉拽等令我们女性感到很黏腻、很沉重，很容易沉溺在痛苦中，放弃人生，甚至放弃生命，或者走向性别反面。

所以，4.0版本女性是勇敢的，她不一定口头标榜自己是女性主义者或者女权主义者，但她永远将自己的生命力放在人生最重要的位置上，并带动其他女性的生命能量。她们在自己的日常里，跨越千百年，与某些勇敢的女性特质同在，并且将之传承下去。这是本书的最开始我写过的，也是我对自己的要求：我希望这一生最重要的是我的生命、我的体验、我的创造力，而不是我的角色。

让我们再次了解那些先锋女性，她们历久弥新，是我们永远的灯塔。她们引领我们，然后千千万万的我们又成为她们。

女性中年，什么是最后的依靠

写这本书的我已经三十八岁了，过几年我就要不惑了。

比起写《嘿，三十岁》时的心态，我常常问自己，在意识空间内，我和那年的自己最大的不同是什么。我想答案是，我把更多的时间花在和自己的对话上了。每当我情绪波动时，我能深呼吸问自己，而不是立刻把情绪撒给事件，更不会寄希望于改变他人。三十岁时，我还在想怎样的男人适合我，什么样的工作适合我，有一个什么人或者某一份具体的工作可以拯救我于当下水火。我那么愤怒，认为世事对女性不公；我那么忧伤，认为自己受到了伤害。

现在，这些东西都散去了。

我再也没有寄希望于某一个璀璨的人、某一个奇迹的想法，我所有的稳固都来自我接纳一切的发生，接纳一切的前来，也接纳任何失去。生活之智慧在于日日夜夜如流水，每一天都为之做了什么，清晰而稳固，而每一年都是自己为自己负责。如果非要分析，如今的我可以斩钉截铁地写出那几个因素。

能够陪女人到最后的：第一，绝对健康的身体。

过了三十五岁，我每一年都比上一年更加感到身体健康的重要性。这种健康不来自涂抹多贵的面霜，或者吃了什么昂贵的保健品，它在于每一天我都把凝聚的精气神花在检查我的饮食、睡眠、运动、心情。日复一日，细水长流。内心似乎有一个很清晰的声音：我爱我的家人，我知道无论是丈夫还是孩子，皆只有一程。倘若我是最后面对人生尽头的那个人，至少我还可以健健康康地陪自己一程。到了最后，我想那是老年的功课——可能会出现在我之后的作品里。如何接纳生命是一场失去，最后连自己也会失去。

第二，独立的财富和人格。

这不是一个养儿防老的时代。大部分女性需要面对的是独立生活的下半生。我想到自己的母亲。二十年前，她和外婆生活在一起，直到外婆寿终。对于我母亲而言，人老后，和自己的子女生活在一起，儿孙满堂，是她曾经自然而然的一种期盼。这也是所有传统女性眼里唯一的幸福，以家庭模式操劳一生，在子孙的注视下过完此生。

可是直到今年，我的父亲依然没有退居二线。他退而不休，开辟了新的事业领土，还在兢兢业业地工作。而我并未和母亲生活在一个城市，对于她的养老问题，我有诸多思量，但目前尚未有定数。好在她有自己稳定的退休金和朋友圈，一个人生活对她而言不是困苦之事，只需要调整心态上的期盼：为何如今的养老状态和心中曾期盼的不一样。

有时候我会想,我老了可能还不如她。我没有那么稳定的退休金。那么从现在起,一个健康的财务状况该有多重要。我怎么可能把希望寄托在孩子身上,等他们这一辈长大了,还有自己的人生课题要处理。除了财务,更多的是要理解人要随着时代而改变,对于幸福快乐的期盼会倾向于个人化。大家族在逐步消失、散去,城市更集中却又更疏离,人与人的关系瞬息万变。如果一个女人往后始终抱有"其乐融融"才是幸福的想法,大概率是要失望的。

但大部分中国女性在家族里度过一生,似乎没有往前探索的能力,很多人在突然面对孩子长大或者丈夫离去时会变得茫然空虚,不知如何生活。那一刻,考验才刚刚开始。

写这本书之前,我没有往人生后段看的意识,只是一天一天地往后活着,探头踮脚似乎能听到大部分人要面对的人生后半段的空旷回声。人生不仅仅是轨道,还是旷野,更是荒野。这不是谁造成的,这就是生命本身的进程。以终为始,我必须先领悟生命结束的那一天,怎样才算不枉此生,才能知道如何度过这一生。

除了以妻子和母亲的身份围绕他人生活,以他人意志为生活主线,我们独自一人时,可不可以不去逃避这些追问:我是谁,我要做什么;以及老了之后,我一个人如何面对暮色将近。这一刻，独立人格显得如此重要。这是大女主的核心：我拥有一个独立的人格，身边人来来去去，但我的人生始终是我自己的。

朋友说，她到了四十岁才敢一个人出门旅行，之前她无法想象一个人出门是一种怎样的状态。假如一个女人没有办法陪伴自己，那么生命的考验其实尚未开始，更艰难的还在后面。

学会如何和自己的心在一起，将这具肉身心魄投于天地，去领悟我们是天地的一分子，与它的春夏秋冬、花草树木链接，去看、去感受。我想，这是你独自坐在那里时最大的功课。未来的人生大女主，绝对是精神上有着顽强信念的女人。

第三，寻找可以慢慢度过人生荒芜的小乐趣，锚定它，用来架构坚实的自我。

不少朋友从今年起开始报各种成人兴趣班，把曾经用来买漂亮包包和华服的预算都拿去学一门兴趣了。有的在声乐钢琴里抚慰自己，有的在泼墨挥毫中见天地、见内心。我想，这可能是一种共同的领悟。人生漫漫，余生如何生活？给这个问题寻找答案，就是人生的意义所在。

最开始，女性在情爱里找意义；后来，女性在工作中找意义；再后来，女性回到自己的内心，在人生的悲欢离合中找意义。

一位深圳的女性朋友做了二十几年商人，如今回到老家开了一个小家居店。她说儿子很快就要独立出去，而她组织起当地的小沙龙，在家居研究中找到了每一日的小确幸。

我写《嘿，三十岁》的时候，只觉得人生为勇敢的女性而来；如今，我能想到四十岁女性的感受了。这个世界上，只有两种四十岁女人：一种是认为自己最好的人生已经过去了，一种是认为自己最美的样子还没来。

后 记

历时三年多，这本《大女主》终于完成了。

究竟什么样的女人能够被称为当代社会的大女主？即便写完了这本书，我也没有一个标准答案。我只是提出一些思考、一些探索，给在千百年男权社会里浸泡得没有了自我的中国女性一个探出头来喘息的机会。

曾经的我们不是这样的。唐宋时期，我们处处歌舞、人人年少，女性穿着襦裙半裸酥胸，自信张扬，但后来因为世事变迁而变得沉默寡言。而如今我们又跑偏了，大女主绝非国产电视剧里标签化的那样，穿一身盔甲大杀四方，把男人踩在脚下，靠多谈几次恋爱来证明魅力。那太玄乎了。到目前为止，我只能说，任何能把自己的小生活搞定，还保留着清晰的自我边界的女人，都是大女主。这听起来很简单，但聪明人都知道这有多难。

想起我母亲说，有时候她不敢把我写的书给她的同辈人看，即便她们热情地想要"拜读"一下。

我非常理解，因为在某种程度上，老一辈女性理解不了我之所想。大部分中国女人的人生，把家庭婚姻摆在前面，有个像样的丈夫和有出息的孩子便圆满了。可我们这一代非要问个清楚，除了做妻子、做老妈子,我还是谁?还能是谁?

我写了六本书,每一本都朝着这个问题更进一步。每写一本,我就隐隐痛苦一回,但快要四十岁时,我开始欣然接受这份痛苦的意义。即便最后我都没办法找到答案,可是这一生,我为"我是谁"所做的思考与记录便是意义本身。这可能是我的礼物,也是我的使命。我在社会规训的身份之外,给我的灵魂保有了余地。

大部分中国女性终身要被淹没于家庭身份之中,而我们这些不听话的家伙,总是在水面上扑腾,频频冒头,不死心,势必要"在江湖上给自己搏点名声"。你我这种女人,换作古代天下大乱的时候,是要去做侠女的,但无奈生在此时,人生海海,咬着冰棍儿上学,只能默默做个城市良民,结婚生子,按部就班,照顾老小。但总有点不甘心、不服气、不乐意,这一路,理想模模糊糊却从不消散,现实磕磕绊绊却清清楚楚。

个性是东亚社会最不需要的女性特质之一。有个性的女性必然活得辛苦一些,铿锵过、怀疑过、委屈过,也勇敢过,她们想问自己,是不是真的要学会服从,不折腾才能好好地过完这一生?最后接受,行吧,我有个性也可以。

那我就写出我所有的看法。我算得上一个好女儿,但不算乖女儿;我算得上一个负责任的母亲,但不是传统意义上的好妈妈，更别提贤妻良媳这种角色了。人生纠葛，中国人的人情世故，我放得很轻松，不怎么在乎别人如何评价我。亲戚往来，我更是不能理解。我觉得人与人之间，比起血缘，灵魂姿态之和睦更加令人欢喜。

任君评判。一直以来，情感婚姻这件事，我看得非常淡，缘来聚，缘浅散。不是因为我憎恶男人，恰恰是因为我理解男人。这年头谁都难，我若是男人，有个女人单单以爱之名就要把她的一生托付给我，我也会心惊不已。

大女主仗义，丈夫也是兄弟，何苦压榨他一生？我愿自负盈亏，但这个姿态是一把双刃剑，要冷暖自知。我们都是普通人，人人都得自己立起来，而不是找到另一个人就融化在他的世界里，自己连一点骨血的痕迹都不剩。

很多女性朋友都说羡慕我可以这样，但她们做不到。通过她们的故事，我着实发现在传统社会里有一种骗局，越是做好女人，越是痛苦。我尝试着叛逆了一些，在过去近四十年的人生里，我更多时候把精力放在如何完善自己，而不是成就另一个身份上。

最大限度地做自己，而不是做母亲、做妻子，这件事本身就是一个传统中国女性对价值观的巨大挑战。我从辅助者的角色跳出来，全力以赴地为自己而活。这种力量有时会震慑其他女性，引发内部冲突。但我依然想告诉你这种感觉：爽呆了。值得一试。

人生最大的美满是清清楚楚地知道自己是谁，以自我的视角饱尝生命的灿烂。未来女性最大的快乐，是努力发掘自己的创造力，成为独一无二的自己。人只有先很好地成为自己，才算活过这一生。更别提我还要背负一个任务，书写其他女性的人生，我总得探探路。

《我的天才女友》作者埃莱娜·费兰特在《巴黎女性》访谈里提到："一个写作的女性，她唯一应该考虑的事情是把自己所了解的、体会的东西讲述出来，无论美丑，无论有没有矛盾，不用去遵照任何准则，甚至不用遵从同一个阵线的女性。"

我也一样，我并不是为了讨好所有人，或者遵从某一个具体的价值观来写这本书的，我是为了展现一种新类型的女性精神意识才写这本书的。我能很肯定地告诉所有人，如今的女性没有那么乖，没有那么听话，没有那么三从四德，也没有那么"非谁不可"。

这直接提醒未来的男性，不可能再真正做到征服某个女性，把她们藏在后院里娇生惯养。如果你想成为大女主的伴侣或者合作对象，你就要学会尊重、合作，与她们平等沟通。她们不比你蠢笨，也不想做辅助者。你的事业很重要，她的亦然；你的家族很重要，她的理想亦然；你需要她打辅助，那你得问问，她要去的方向是否和你一样。

男性单凭性别躺赢的时代终将过去。谁能尽早认识到这一点，谁才能走向双赢。比起作为一个家庭的辅助，现代女性更注重成为一个家庭的精神核心，女性的母性力量决定她足以承载任何冲突和悲伤。而我的任务就是帮助所有女性表明一种态度：比起某一种必须成为的标签化女性，你有权利成为你想成为的任何人。你可以特立独行成为自己的女主，或者成为一个家庭的舵手，只要你的履历和能力足够漂亮。未来很长一段时间，我们这种女性还会挨骂，受到各种压力，但无所谓，这是潮水的方向，并非我一人之力。

走向四十岁的大关，我只觉得人生太短暂了，也太难、太复杂了，但又太精彩、太有魅力、太难以割舍。如果这就是四十岁的感觉，它真的好极了。

女性在这个世界的闯关游戏好辛苦，但令我着迷，尤其当我成为一个成熟女性时，我觉得力量又多了几分。做一个真正的大女主，我们会变老，但一定会更好。中国女性时代崛起，崛起的究竟是什么？其实是一种厚积薄发。千千万万的上一代女性用她们牺牲的人生，给了我们经验和方向，让我们知道，下个时代一定是属于思想独立之女性的。

借用我老闺密的话："稳住，这把，你我皆能赢。"

2024 年夏

图书在版编目（CIP）数据

大女主：唤醒女性内在的力量 / 艾明雅著.
长沙：湖南文艺出版社，2025.4. -- ISBN
978-7-5726-2215-1
Ⅰ．I267.1
中国国家版本馆 CIP 数据核字第 2025FR7812 号

大女主：唤醒女性内在的力量
DA NÜZHU: HUANXING NÜXING NEIZAI DE LILIANG
艾明雅　著

出 版 人	陈新文
出 品 方	中南出版传媒集团股份有限公司
	上海浦睿文化传播有限公司
	上海市万航渡路 888 号 15 楼 A 座（200042）
责任编辑	吕苗莉
封面设计	孟小尚
出版发行	湖南文艺出版社
	长沙市雨花区东二环一段 508 号（410014）
网　　址	www.hnwy.net
经　　销	湖南省新华书店
印　　刷	河北鹏润印刷有限公司

开本：875mm×1230mm　1/32	印张：10	字数：190 千字
版次：2025 年 4 月第 1 版	印次：2025 年 4 月第 1 次印刷	
书号：ISBN 978-7-5726-2215-1	定价：58.00 元	

版权专有，未经本社许可，不得翻印。
若有质量问题，请致电质量监督电话：010-59096394
团购电话：010-59320018